Peter Garski

Die Kuhsee-Katastrophe

W0270784

Ein Augsburg-Krimi

Klaus Kessler und
Helle ermitteln wieder

Für alle Musiker in Augsburg,
die schon mit Impotenz
auf der Bühne, oder vor der Bühne
standen, oder zumindest schon mal mit
den Impotenzlern einen gehoben, oder
sonstwas Schlimmes
unternommen haben.

Impotenz-Produzent Martin Bleich hat
mit dafür gesorgt, dass die
Scheibe »Jawoll falsch«
ein gnadenloser Hammer wurde.

Spezial-Widmung für Nono, Isi, Mo,
Matthias S., Timm B., Music-World, Kuki,
Kai-Uwe W., Albert, Joe, Mirko,
CIA-Heinz, H.W., Christa, Danijel Z.,
Alaska W. und Lacky, die niemals Angst
vor Gefahren wie Garski und Impotenz
haben.

Impotenz
Filme und Songs von der
berühmt-berüchtigen Augsburger
Straßenrocker-Combo:
www.impotenzband.blogspot.com

Das Impotenz-Album »Jawoll falsch«
kann bestellt werden bei:
impotenz@googlemail.com

Impressum:
Die Kuhsee-Katastrophe / Peter Garski
Original-Ausgabe / All Rights by TTBC Ltd.
Lektorat: Jeannette Kunz
Cover-Design: www.propagandanet.de
ISBN 978-3-941183-08-7

Die Kuhsee-Katastrophe / Der Inhalt:
Ein Massenmord am Augsburger Kuhsee ruft riesiges Entsetzen hervor. Wer kann hinter dieser abscheulichen Tat stecken? Die Augsburger Politiker-Szene, die sich gerade im Wahlkampf befindet, reagiert schockiert, als sie erfährt, dass sich auch einer der Oberbürgermeister-Kandidaten unter den Toten befindet. Der OB-Kandidat einer neuen Partei soll durch einen folgenreichen Seitensprung erpressbar geworden sein. Ist das aber nur ein böswillig gestreutes Gerücht von der politischen Konkurrenz? Warum spielen sich dubiose Geschehnisse in einer Schönheitsklinik ab? Der Ermittler Klaus Kessler wird durch den Kontakt seines Freundes Helle zu indischen Filmleuten in äußerst gefährliche Aktionen verwickelt. Was geschieht mit der Leiche, die von zwei Inderinnen gestohlen wird? Wer hat die Wahlhelferin ermordet, die am Fünffingerlesturm gefunden wird? Die Kommissarin Sara Insagg, die den Massenmord aufklären soll, hat noch ein Problem: Wer hat ihre Mutter entführt?

Klaus Kessler und Helle / Die Ermittler:
Klaus Kessler, früher Polizeipressesprecher in Augsburg, arbeitet in verschiedenen Jobs. Auch als privater Ermittler. Seine Freund Helle, mit dem er schon einige Mordfälle lösen konnte, ist mit der Mutter der Kommissarin Sara Insagg befreundet, was einige Komplikationen auslöst.

Sämtliche Namen, Personen und Geschehnisse in diesem Roman sind frei erfunden. Ähnlichkeiten mit lebenden Personen wären rein zufällig.

Die Hauptpersonen

Klaus Kessler: Ermittler
Helle: Kesslers Freund
Sara Insagg: Kommissarin
Anna Insagg: Mutter der Kommissarin
Bernd Bückling: OB-Kandidat der WLA
Judith Bückling: Frau des OB-Kandidaten
Lucia Eberle: Schulleiterin
Ursula: Wasserwachtlerin
Kareena: Inderin im Kuhseerestaurant
Kalima: Inderin im Kuhseerestaurant
Gundia: Inderin im Café der Schönheitsklinik
Krishna: Inder im Internetcafé
Dindi Windi: Inder
Roland: Wirt im Kreuzweise
Tatjana: Wirtin im Kreuzweise
Randy: Showstar
Sweety: Schlagersänger
Max: Onkel von Helle
Dave und Mike: Punks
Günter Heikelmann: Containerfahrer
Laura und Lore: Schwestern
Heddi und Bruni: Freundinnen
Horst Schwarz: Geschäftemacher
Christian: Gitarrist bei Impotenz
Michi: Gitarrist bei Impotenz
Matthias: Bassist bei Impotenz
Yogi d. Gr.: Drummer bei Impotenz
Aaron der Fette: Sänger bei Impotenz

Prolog

Es war schon nach Mitternacht. Die Fackeln warfen ein unruhiges Licht. Der Mond war nur eine schmale Sichel. Die Sterne funkelten am nächtlichen Sommerhimmel ein wenig. Das Floß schwankte. Die Stimmung auf dem Floß war enorm. Die Band spielte *La Paloma*. Die Hände unter Wasser hefteten die letzte Mine an. Dann schwamm der Taucher zum Ufer. Auf der Wiese am See waren die Kioske schon geschlossen. Aber einige Jugendliche feierten noch. Auch eine Gruppe Punks mit wilden Frisuren, gepiercten Lippen zerfetzten Netzstrümpfen und buttonbesetzten Lederjacken auf denen stand „Punk is not dead“, die gerade von einem Konzert gekommen waren und es sich in den Blockhütten des Kinderspielplatzes bequem gemacht hatten. Aus ihrem Getto-Blaster tönte wahnsinnig laut der Song »Liebe macht Blöd«. Dave meinte zu Mike, dass er diesen blöden Aaron, dieses Kommerzschwein, abgrundtief hasse, der mit diesem Song jetzt Kohle macht. Die Explosion auf dem See übertönte alles. Holz- und Körperteile flogen durch die Luft.

»Mann, du Wixer, trau dich, nimm das Messer!«
»Ich nehm die Knarre und mach dich platt!«
»Mann, du Wixer, du bist bald tot!«
»Komm doch, ich knall dich ab!«
»Du Wixer, versuch es!«
»Alter, du bist tot!«
»Mann, du Wixer, ich erwisch dich!«
»Komm! Komm ran! Trau dich!«
»Scheiße, Mann, ich bin tot!«
Ein aufgeregter dunkelhäutiger Mann, ein Inder mit

pechschwarzen Haaren und einem Handy am Ohr, rief durch das Internetcafé: »Seid mal still. Meinem Bruder Rami ist etwas Schreckliches passiert!«

Anna weinte leise vor sich hin. Im Fernseher lief Augsburg-TV. Das hätte sie von ihrem Hellilein nie gedacht. Sie hatte ihn gesehen. Mit einer Jüngeren. Er hatte sie umarmt. Diese Dunkelhäutige. Und mehr. Schlimm. Sie faltete den Brief, den sie geschrieben hatte, zusammen. Dann steckte sie ihn in ein Kuvert. Mit einem heftigen Aufschluchzen drückte sie es kurz an ihren Busen und verschloss es. Dann ging sie auf den Balkon und schaute zu den Sternen, wie sie es immer gerne mit Helle in ihrem Garten getan hatte. Sie wollte es ihm heimzahlen. Der Bericht über den neuen Job des Augsburger Schlagersängers wurde unterbrochen. Eine folgenschwere Explosion hatte sich am Kuhsee ereignet.

Philipp, der kleine zappelige Wasserwachtler mit hellbraunen dünnen Haaren auf seiner Halbglatze, saß in einem dunklen Raum vor dem Computer-Bildschirm. Seine Hose war offen und er onanierte tüchtig. Er war allein. Sein Kollege Hans war mit einer Tussi von dem Party-Floß, die sich ein Pflaster von ihm auf den Knöchel machen ließ, vor einer Stunde abgezischt. Mit dieser Tussi auf das Floß als Rettungspersonal, wenn was passieren sollte. Auf dem Bildschirm vor ihm öffnete eine Frau langsam ihre Schenkel.

»Weiter! Weiter«, ächzte er.

Die Webcam, die auf den Bildschirm montiert war, übertrug sein schweißnasses verzerrtes lüsternes Gesicht auf ein Fenster in ihrem Bildschirm. Die nahe Explosion, kurz vor seiner Sexplosion, ließ das gesamte Gebäude zittern und sein Bildschirm verlosch.

Kareena ruderte mit dem Boot zum Landungssteg beim Restaurant zurück. Sie hatte die letzte Lieferung mit Nachspeisen zum Floß gebracht. Jetzt setzte sie sich in der Küche vor den DVD-Player und schob eine Bollywood-Scheibe rein. Sie schaute sich den Liebesfilm »Dilwale Dulhania Jayenge« an, was so viel heißt wie »Das mutige Herz wird die Braut mitnehmen«. Kareena schmachtete Shahrukh Khan an, der doch das mutige Herz haben solle, um sie als Braut mitzunehmen. Sie konnte doch hervorragend tanzen. Mindestens so gut wie die Frauen in dem Film. Das hatte sie doch den Leuten auf dem Floß gezeigt. Warum hatte sie nur einen Vater, der ihr die Ehe mit diesem netten Musiker verbot? Die Explosion warf den Tisch um, auf dem der DVD-Player gestanden war.

Horst Schwarz war in Bombay. Auf der Terrasse eines Luxushotels. Sein deutsches Gesicht sollte ein Vollbart verstecken. Er hatte mit diesem Mann, der sich Shaukat nannte, bestens gespeist. Sie hatten ein gutes Geschäft abgeschlossen. Über den Dindi hatte Horst Schwarz zu Shaukat und den Pakistanis, die auch in Afghanistan operierten, den Kontakt bekommen. Damit konnte er ein gutes Geschäft abwickeln. Millionenschwer, aber ein wenig gefährlich. Bei diesen Typen musste er mit allem rechnen. Sie machten Rauschgift aus Afghanistan zu Geld und gaben es ihm für die heiße Ware. Ihm hatten sie auch schon Drogen als Joint Venture für Waffen angeboten. Aber er hatte dafür keinen Vertrieb. Er nahm nur Bares.

Horst Schwarz beruhigte sich wieder. Vorhin hatte er heftig mit dem Hotelpersonal gestritten, als sein Fax auch beim dritten Versuch nicht rausging. Beim fünften Versuch klappte es endlich. Auch Dindis Worte hatten ihn aufgeregt. Er hatte Dindis Fax vorhin sofort zerknüllt. Der wollte mehr Beteiligung. Sonst würde er Probleme machen. Und sein Geldgeber, dieser blöde Kerl, machte Druck. Für seine neue Verrücktheit war ihm das Geld ausgegangen. Seine Frau, von der er das Geld für diese pakistanischen Geschäfte hintenrum abgezweigt hatte, wollte es zurück. Gerade jetzt, wo es Lieferprobleme durch ein bei Somalia gekapertes Schiff gab, das die begehrte Ware an Bord hatte. Ohne Warenlieferung kein Geld. Horsts pakistanische Geschäftspartner hatten ihm eine reizende Englisch sprechende sehr junge Schönheit als Tischgesellschaft geschickt, das lenkte ihn etwas von seinen Sorgen ab. Die Lichter auf der Terrasse wurden gelöscht, damit die Kunst der Feuerspucker besser zu sehen war. Jetzt vibrierte das Satelliten-Handy auf dem Tisch vor Horst Schwarz und zitterte mit zuckendem Licht über den Tisch. Er nahm es an sein Ohr. Eine bekannte Stimme sagte nur ein paar Worte, dann hörte Horst eine Explosion.

Sie hatten sich ihre Gesichter schwarz beschmiert. Sie waren in dem Zelt, das sich auf dem bewaldeten Ufer des Sees befand, das vom Publikum des Naherholungsgebietes kaum besucht wurde. Vor dem Zelt saßen eine Frau und ein Mann. Sie spielten Schach. Neben ihnen stand ein großer Grill, bei dem sie die Kohle zum Glühen brachten. Als es Nacht wurde, schlüpften vier angemalte Menschen auf der Rückseite des Zeltes hinaus. Einer trug eine

Motorsäge. Eine besondere. Es war ein Gerät, das auch unter Wasser bei Bergungsarbeiten an alten Wracks eingesetzt wurde. Als sie die Füße ins Wasser setzten, erstarrten sie. Vor ihnen auf dem See zerfetzte eine Explosion das Floß mit den feiernden Menschen darauf. »Reiche Ernte wartet«, sagte der mit der Motorsäge in einer östlichen Sprache.

1. Kapitel

Klaus Kessler hat einen neuen Job / Picknick am Kuhsee / Ein Ex kommt im Radio / Von einer Entführung wird berichtet / Helle ist beim Film

Über meinen neuen Job hatte ich Lucia nach vielen Jahren wieder getroffen. Sie war jetzt meine Chefin. Sie hatte sich ziemlich verändert, seit wir uns vor zehn Jahren das erste Mal begegnet waren. Natürlich ließ ich den Spruch vom Stapel: »Hallo Lucia, du hast dich kaum verändert!« Sie war seriöser geworden. Nicht mehr das unbeschwerte Hippie-Girl von der Kiesinsel im Lech, wo wir als Studenten mit Lambrusco und Gitarre gefeiert hatten. Nun trug sie eine Designerbrille. Im länglich-ovalen Gesicht mit den dünnen Augenbrauen, der kurzen Nase und den braungrünen Augen hatten sich ein paar Falten um die Mundwinkel eingegraben. Gott sei Dank Lachfalten. Sie hatte noch immer diesen burschikosen Humor, den ich an ihr schätzte. Ihre kastanienbraunen Haare waren kurz geschnitten. Ihre Figur war etwas stämmiger als früher. Aber sie hatte noch immer diesen bezaubernden Gang. Beim Baden hatte ich fasziniert ihre feine Haut betrachtet. Sie war durchscheinend und hell wie Porzellan. Ich war vor ein paar Monaten Hausmeister am Augsburger Holbein-Gymnasium geworden. Die Leiterin war sie. Inzwischen geschieden von ihrem Mann. Ich war auch geschieden. Schon länger als sie. Sie erzählte mir von ihrer Ehe. Von der Geldgier ihres Mannes, die ihre Ehe ruinierte. Wir hatten uns am Kuhsee verabredet. Zu einem Picknick. Eigentlich wollten wir besprechen, wie wir die neue Bibliothek in der Schule gestalten wollten. Morgen begannen die Sommerferien. Nachmittags hatten wir am Kuhsee gebadet und uns über die alten Zeiten unterhalten. Mein Skizzenblock lag neben mir. Sie notierte sich unsere Ideen zu der Schulbibliothek. Sie hatte eine Flasche Rotwein mitgenommen. Ich eine Flasche Weißwein. Es war ein heißer Sommertag. Ab und zu sind wir gemeinsam in's Wasser gegangen. Unsere Körper suchten sich wie Fische, die gerne im Schwarm schwammen. In meinen großen Satteltaschen am Rad hatte ich einen Schlafsack dabei. Ich hatte es geahnt, dass es eine lange Nacht mit Lucia werden würde. Als es um Mitternacht richtig kalt wurde, nahm sie mein Angebot an, mit mir in den Schlafsack zu krabbeln. Wie früher. Ihre Lippen schmeckten süß. Sie hatte einen alten Liebesbrief von mir dabei, den sie mir vorlas. Eine Explosion und ein enormer Lichtblitz unterbrach sie.

Natürlich sind wir gleich verschwunden. Raus aus dem Schlafsack und weg. Wäre zu peinlich gewesen, wenn der Hausmeister des Holbein-Gymnasiums und seine Chefin bei der Polizei eine Aussage machen müssten. Und dass die Polizei kommt, wenn ein Party-Floß explodiert, war ja klar. Ich war mit dem Rad da. Sie zu Fuß, weil sie nicht weit wegwohnte. Ich schob das Rad und latschte mit zu ihrer Wohnung in der Nebelhornstraße. Als wir noch nicht vor ihrer Türe standen, hörten wir schon die Sirenen.

»Komm mit rein«, sagte sie.

Sie warf ihre Kaffeemaschine an. Wir konnten nicht schlafen. Wir schalteten den Radio ein und hörten die Augsburger Sender. Ziemlich bald berichteten sie über die Kuhsee-Katastrophe, wie sie es nannten. Sie zeigte mir ihre Fotoalben. Dann ihre gesamte Wohnung. Im

Schlafzimmer stand ein Doppelbett. Wohl noch aus ihrer Zeit mit Ehemann. Sie erzählte mir aus ihrem bisherigen Leben. Dann holte sie was aus dem Kühlschrank und machte uns was zum Futtern. Irgendwann in der Frühe, kurz vor Sonnenaufgang, als wir doch langsam müde wurde und ich mich schon im Doppelbett neben ihr liegen sah, meldete ein Radiosprecher aufgeregt, dass eine Liste gefunden worden wäre, in dem indischen Restaurant am Kuhsee, mit den Teilnehmern der Party auf dem Floß im Kuhsee, das durch eine gewaltige Explosion zerstört worden war. Er las die Namen vor. Wer einen davon kannte, sollte sich sofort bei der Polizei melden. Bei dem Namen Dindi Windi wurde ihr Gesicht blasser. Sie schnappte nach Luft.

»Das ist er!«, stammelte sie.

»Wer?«

»Mein Ex.«

»Aber du heißt doch Eberle.«

»Ich habe wieder meinen Mädchennamen angenommen.«

»Aha. Wie kommt dein Ex auf dieses Floß?«

»Weiß ich doch nicht.«

Sie bekam ein verdrießliches Gesicht.

»Der macht mir nichts als Ärger. Wenn du wüsstest, was mir der Geld gekostet hat.«

»Na, jetzt kann er kaum noch Ärger machen«, meinte ich.

»So schlimm hätte er auch nicht wieder enden müssen«, bekam sie feuchte Augen. »Was soll ich nun machen, ich muss bei der Polizei anrufen. Das haben die doch im Radio vorhin gesagt.«

»Du kannst ja so tun, als hättest du das nicht gehört.

Wir könnten ja schon im Bett liegen«, versuchte ich die heikle Situation noch zu retten.

»Ich geh nicht mehr ins Bett. Ich dusche mich und fahre dann zur Arbeit. Ich nehme dich mit. Du steigst halt dann schon vorher aus. Muss ja keiner wissen, dass wir eine Nacht zusammen verbracht haben. Mein Gott, ich muss bei der Polizei anrufen. Wenn die glauben, dass ich es war, der meinen Mann umgebracht hat, was ich schon längst hätte tun sollen, dann werden die auf mich kommen und wenn ich mich nicht freiwillig melde, dann sieht das doch verdächtig aus.«

»Musst du nicht tun.«

Sie wurde immer unruhiger, ließ sich von mir nicht beruhigen. Dann griff sie nach dem Telefon. Sie wählte die Nummer, die sie vorhin automatisch auf den Rand der Zeitung geschrieben hatte.

»Hallo, hier Lucia Eberle am Telefon, ich rufe an wegen diesen Personen auf der Liste, äh, wegen der Explosion, dieser Kuhsee-Katastrophe, äh, ja.« Sie deckte das Telefon mit der Hand ab und sagte zu mir: »Sie verbinden mich weiter an eine Kommissarin.«

Sie erzählte der Kommissarin, wen sie von der Namensliste kannte, die über das Radio verbreitet worden war. Ich schaute im Kühlschrank nach was Süßem. Jetzt war ich wieder munter. Dann gab Lucia noch ihre Personalien an. Als sie aufgelegt hatte, sagte sie zu mir, dass ich ja vor ihr duschen könne, weil sie nun auf die Toilette müsse. Sie ließ mich dann am Predigerberg heraus, und fuhr weiter zum Holbeingymnasium in der Hallstraße, wo in einer halben Stunde der Unterricht beginnen würde. Ich lief noch schnell in meine Hausmeister-Wohnung und zog mir den Hausmeister-Kittel über. Dann lief der

Tag ab, wie er normal beim Hausmeister in einer Schule so abläuft. Bis nachmittags um 17 Uhr Helle zu mir kam. Wie ich gerade auf meinem Sofa eingeschlafen war. Er klingelte Sturm.

»Mensch, du hast mich geweckt«, sah ich ihn verdattert an.

»Um diese Zeit schläfst du? Das muss ja ein anstrengender Beruf sein«, grinste er schief.

Ich sah an seinem Gesicht sofort, dass er mindestens ein Problem hatte.

»Was ist los?«, fragte ich ihn.

»Anna ist weg. Entführt.«

»Ach, komm, das glaub ich nicht. Wer sollte deine Anna entführen.«

»Sie ist weg. Ich erreiche sie nicht in ihrer Wohnung und nicht auf ihrem Handy. Sie ist seit zwei Tagen verschwunden.«

»Und was sagt ihre Tochter dazu?«

»Die? Die hat gerade andere Sorgen, hat sie gesagt, als auf ihre verrückte Mutter aufzupassen.«

»Welche Sorgen soll sie haben?«

»Zwölf Tote, sagte sie, sie habe den größten Mordfall, der je in Augsburg passiert ist. Ich solle gefälligst meine Verlobte selbst suchen. Vielleicht ist sie ja mal in den Urlaub gefahren, ohne mich, sagte sie, stell dir das vor, ohne mich!«

»Das kommt davon, wenn man sich mit der Mutter einer Kommissarin zusammentut.«

»Das ist nicht lustig, jetzt lies doch mal den Brief von ihr.«

»Also gut.« Ich las den Brief, der von Anna Insagg war.

Sie sei entführt schrieb sie und man müsse Lösegeld zahlen, wenn man sie wieder befreien wolle.

»Ist das ihre Handschrift?«, fragte ich Helle.

»Ja, sicher, warum?«

»Hm, seit wann schreiben Entführte ihre Lösegeldbriefe selber?«

»Man hat sie dazu gezwungen, das ist doch klar. Was sollen die dummen Fragen, wir sollten sie lieber befreien«, wurde Helle unfreundlich.

»Natürlich, natürlich«, gab ich ihm Recht. »Aber wie? Wir wissen ja nicht, wo sie ist.«

»Nein. Das stimmt.«

»Na also. Dann ist das die Arbeit der Polizei. Du musst eine Vermisstenmeldung aufgeben.«

»Das will die Kommissarin, also ihre Tochter, nicht.«

»Nicht? Warum nicht?«

»Das verbietet sie mir, hat sie gesagt. Ihre Mutter würde schon wieder zurückkommen. Heute oder morgen. Ich solle mir überlegen, was ich angestellt hätte, dass ihre Mutter so durchdreht.«

»Und? Was hast du angestellt?«

»Nichts. Überhaupt nichts.«

»Soso. Und welcher Arbeit gehst du gerade nach?«

»Film. Man hat mir eine Rolle gegeben.«

»Dir? Dir? Ehrlich? Welcher Film?«

»Ein indischer Film.«

»Aha. Und du hast die Hauptrolle?« Ich musste lachen.

»Schmarrn. Ich spiele einen Wirt.«

»Und wo wird der Film gedreht?«

»Am Kuhsee.«

»Höre ich richtig? Am Kuhsee? Seit wann?«

»Seit einigen Tagen. Ich war gerade mit Anna in dem

neuen Lokal am Kuhsee, da haben die mich gefragt, ob ich in dem Film mitspiele. Wird auch bezahlt.«

»Das klingt ja spannend, weißt du was, das sollten wir lieber in einer Kneipe bequatschen.«

Meine Müdigkeit war wie weggeblasen. Wir marschierten zur Kneipe Kreuzweise. Auf dem Weg zeigte er mir die Visitenkarte des indischen Filmproduzenten. Wir stiegen an der Ecke Adenauer-Allee, Hallstraße die Treppe in die Undergroundkneipe hinunter, die im Keller lag.

2. Kapitel

Impotenz tummelt sich im Kreuzweise / Bruder stirbt in Afghanistan / Der fette Aaron führte ein Doppelleben / Eine Mutter weiß mehr / Blutige Frau

Vor der Eingangstür saß Punker Mike.

»Mensch, habt ihr's schon gehört?«, fragte er uns.

»Was?«

»Na, den fetten Aaron hat's verrissen.«

»Kein Wunder, der hätte mal weniger in sich reinstopfen sollen«, erwiderte ich hämisch.

»Is' kein Witz. Den hat's echt verrissen, bei der Kuhsee-Katastrophe, gestern. Der war mit auf dem Floß. Jetzt haben die Impotenzler keinen Sänger mehr. Vorhin haben sie mich gefragt, ob ich als Sänger bei denen einspringen könne, sie hätten nämlich bald einen wichtigen Gig bei einem Open-Air.«

»Musst du wissen.« Mehr sagte ich dazu nicht.

»Ich habe denen gleich abgesagt«, rief mir Mike hinterher. »Ich bin doch mit Dave in der Band No Trigger No Corpse, die ist mir wichtiger.«

Wir gingen an die Theke. Wir bestellten uns zwei helle Weizen.

»Habt ihr das schon gehört vom fetten Aaron«, stellte uns Wirt Roland die Weizen hin. Seine Frau Tatjana, von allen nur Tati genannt, wurstelte in der Küche herum. Dann hängte sie den Angebotszettel des Tages mit vegetarischem Eintopf von außen an die Küchentüre.

»Ja, eben, vom Mike.«

»Ist doch krass. Der war auf dem Floß, das sie im Kuhsee in die Luft gesprengt haben. Als Sänger einer Tanzband. Seine Bandkumpels sind voll schockiert«, wandte sich Dave, der neben mir an der Theke stand, an mich.

»Wär ich auch«, sagte ich.

»In letzter Zeit erlebe ich lauter abscheuliche Sachen«, meinte Punker Dave, der neben mir an der Theke stand.

»Was denn?«, wollte ich wissen.

»Vor ein paar Tagen hat's meinen Bruder Kurt in Afghanistan erwischt. Mitten im Mohn, irgendwo bei Kandahar. Der war beim Bund. Hat sich zum Einsatz in Afghanistan gemeldet. Auch wegen der Kohle. Das war aber nicht sein Hauptmotiv.«

»Was dann?«

»Der war Junkie. Er dachte, bei diesem Einsatz könnte er von dem Zeug loskommen. Er wollte damit aufhören. Ausgerechnet in Afghanistan.«

»Und?«

»Er kam zurück. Im schwarzrotgoldenen Sarg«, bestellte sich Dave mit möglichst sachlicher Stimme bei Tati ein weiteres Weizen. Es war ihm aber anzumerken, dass es ihm in der Seele weh tat.

»Was ist beim Kuhsee passiert?«, schaltete sich Helle mit einem Glas Weizen in der Hand ein. »Ich spiele dort gerade in einem Film mit.«

»Hier, kannste in der Augsburger Allgemeinen lesen, von der Kuhsee-Katastrophe. Zwölf Leute haben sie in die Luft gejagt«, reichte uns Roland die Zeitung.

»Hoffentlich war dein Produzent nicht dabei«, lästerte ich, »sonst ist deine Filmkarriere schon vorbei.«

»Wär' mir auch egal, ich würde lieber meine Anna wieder haben«, schaute Helle traurig drein.

Selbst das frische Weizen mit der wunderbaren weißen Schaumkrone schien ihm nicht besonders zu munden. Das war ein sicheres Anzeichen dafür, dass er Anna liebte und vermisste. Tja, was blieb mir übrig. Ich musste meine Scherze in dieser Richtung einstellen und musste meinem Freund Helle helfen. Wozu war man ein Freund. Er hatte mir auch schon öfters geholfen. In den heikelsten Fällen.

»Und weißt du, warum die Bandkumpels vom fetten Aaron schockiert waren, das musst du dir geben«, meldete sich Roland hinter der Theke, der vom Plattenspieler zurückkam.

»Wieso waren die schockiert?«, gab ich Roland das Stichwort für die Fortsetzung.

»Weil der dicke Aaron als Sänger bei einer Tanzband auf dem Floß war. Ausgerechnet ein Oberpunk wie der dicke Aaron.«

»Das hat die Impotenzler schockiert?«, staunte ich.

»Klar und wie«, meinte Roland. Er musste selbst einen Schluck aus einem Weizenglas nehmen. »Der fette Aaron führte ein richtiges Doppelleben, der hat denen nix gesagt, dass er noch als Schlagersänger auftrat und damit tüchtig Kohle machte. Starkes Stück, finde ich.«

Ich fand es eher ein starkes Stück, dass sie nicht über seinen schrecklichen Tod schockiert waren. So sind die Punks. Schlager sind für die wesentlich schlimmer als der Weltuntergang.

Helle blätterte sich durch die Zeitung. Vielleicht hoffte er dort was zu finden, was auf seine verschwundene Anna hinwies? Normalerweise ist Helle kein Zeitungsleser. Zeitungen sind für ihn höchstens Füll- oder Putz- oder Einpackmaterial. Seine Nachrichten saugt er sich aus der Glotze oder aus dem Internet.

»Die wollen eine Hommage-Veranstaltung für ihren

fetten Aaron machen«, wusste Roland hinter der Theke. »Mit ein paar anderen Bands noch. Sie überlegen gerade. Da hinten sitzen sie.« Roland zeigte auf einen Nebenraum im Kreuzweise.

»Mensch Klausi, hast du schon gehört, das mit dem fetten Aaron«, sprach mich Impotenz-Bassist Matthias an, als ich zu den Jungs in den Nebenraum schaute.

»Traurig, traurig«, sagte ich.

»Wer hätte das von dem geglaubt«, sagte Gitarrist Christian.

»So ein Zipfelhuber«, sagte Gitarrist Michi.

»Totaldepp!«, ergänzte Drummer Yogi der Große und zog an seiner Pfeife.

»Tja, Schicksal«, meinte ich, »da habt ihr euch wohl den Falschen ausgesucht.«

»Du hast doch gesagt, du willst nicht mehr bei uns mitmachen«, sah mich Matthias vorwurfsvoll an.

»Ich hasse Revivals«, meinte ich.

»Wir haben schon überlegt, ob wir dich fragen sollen«, schaute Christian auf seine Zehenspitzen.

»Was wolltet ihr mich fragen?«

»Na ja«, druckste Michi.

»Also, wegen dem Hommage-Konzert für den fetten Aaron«, brummelte Yogi der Große. Seine Pfeife gab schon Geräusche von sich, so fest zog er daran vor Aufregung. »Das müssen wir ja wohl geben, da kommen wir nicht dran vorbei.«

»Dann gebt es halt«, meinte ich grinsend.

»Schon, schon«, stotterte Christian herum.

»Wir bräuchten halt einen Sänger«, kam Michi zur Sache.

»Und der Roland, also, der hat vorhin gemeint, wir

sollten deswegen, einfach dich fragen, wenn du schon mal da bist«, brach es aus Matthias heraus.

»Ich? Bei euch als neuer Sänger? Und dann noch ein Hommage-Konzert für den fetten Aron? Da gebt ihr mir einige Kröten zum Schlucken«, holte ich tief Luft. War es doch der fette Aaron gewesen, der mich abgelöst hatte als Sänger von Impotenz. Wegen einem blöden Streit.

»Hier kommen noch ein paar Kröten zum Schlucken«, ertönte hinter mir eine Frauenstimme. Ich kannte sie. Sie gehörte zu einer sportlichen Frau mit kupferroten Haaren und Sommersprossen, ungefähr einssiebzig groß, eine erwachsene Mischung aus Pumuckl und Pippi Langstrumpf. Seit sie keine Milchprodukte mehr verspeiste, wie ich von Helle erfahren hatte, fühlte sie sich voller Energie. Ihre Augen, die sie gerne zusammenkniff, wenn ihr was nicht gefiel, gehörten zur wanderlustigen Sorte. Ich traute meinen Augen nicht.

»Schön, dass ich Sie hier alle treffe, meine Herren«, baute sich die Kommissarin Sara Insagg vor uns auf. »Ich hätte nämlich ein paar Fragen an Sie.«

Sie hatte ihre Rothaarfrisur mit Extensions verändert. Ich konnte mich nicht entscheiden, ob mir das gefiel. Hoffentlich fragte sie mich nicht danach.

»An mich auch?«, wollte ich wissen.

»Vielleicht. Bleiben Sie ruhig hier, Herr Kessler«, hielt sie mich am Ärmel fest, als ich mich an die Theke verdrücken wollte.

»Wer sind denn eigentlich Sie?«, wollte Christian wissen.

»Das können Sie gerne wissen. Mein Name ist Sara Insagg, ich bin in die Kommissarin, die in dieser Stadt für Morde zuständig ist«, zog sie einen Ausweis heraus und reichte ihn Christian. Der reichte ihn an seine Bandkumpels weiter.

»Spannende Beschäftigung mit Pensionsanspruch«, grinste Matthias, der sich gerade bei seinen Musikerkollegen wegen der Künstlersozialkasse schlau gemacht hatte. »Und was können wir für Sie tun? Wollen Sie unsere Band engagieren?«

»Das sollten Sie sich nicht antun«, hob ich mahnend den Finger. »Die Burschen hier machen üble Texte und einen verdammt harten Triebtätersound.«

»Danke für das Stichwort«, holte sich die Kommissarin ihren Ausweis aus den riesigen Fingern von Schlagzeuger Yogi dem Große zurück. »Ich suche einen Täter. Vielleicht sind es sogar mehrere. Nämlich den- oder diejenigen, die ein Dutzend Menschen auf dem Gewissen haben.«

»Den suchen Sie doch nicht bei uns?«, wurde Matthias etwas kleinlauter. »Wir ruinieren nur die Ohren unserer Mitbürger.«

»Was? Alter Schwede. Spinnst du? Wir urinieren doch nicht in die Ohren unser Mitbürger«, grinste Michi, der gerade sein neuestes Tattoo am Arm präsentiert hatte.

»Noch verdächtige ich Sie nicht. Aber Sie kennen doch alle einen gewissen Aaron Bloed. Oder täusche ich mich?« Ihr Zeigefinger machte die Runde und zeigte am Schluss auch auf mich. Aber ich schwieg dazu.

»Schon«, schaltete sich Michi ein. »Wir kannten ihn.«

»Sie haben also bereits mitbekommen, was mit ihm passiert ist?«

»Er war mit auf dem Floß, das auf dem Kuhsee explodiert ist«, gab Christian sein Wissen preis.

»Und woher wissen Sie das schon, wenn ich fragen

darf«, erhielt die Stimme der Kommissarin eine leichte Schärfe. Sie runzelte etwas missmutig die Augenbrauen.

»Das hat uns seine Mutter gesagt. Die wollte ihn abholen nach dem Auftritt auf dem Floß als Schlagerfuzzi«, verzog Yogi angewidert sein Gesicht.

»Er hat uns schwer ge- und enttäuscht«, nickte Christian mehrmals. »Wir hätten ihn heute aus der Band geworfen, wenn er noch leben würde, dieses Muttersöhnchen.«

»Jawoll richtig«, schlossen sich Michi, Matthias und Yogi der Große an und klatschten ihre Hände zusammen.

»Wie haben Sie überhaupt gewusst, dass die Jungs hier anzutreffen sind?«, wandte ich mich fragend an die Kommissarin.

»Erstens lese ich regelmäßig die Augsburger Allgemeine und zweitens kann ich im Internet recherchieren. Und drittens habe eine Liste aller Teilnehmer, die auf dem gesprengten Party-Floß waren. Darunter sind auch die Musiker. Auch ein gewisser Aaron Bloed ...«

»Hab ich's schon gesagt, der hat seinen Namen zu Recht«, mischte sich Christian ein.

»Jawoll richtig!«, tönten die anderen im Chor.

»Ich habe heute Nachmittag mal den Namen Aaron Bloed in eine Internet-Suchmaschine eingegeben«, erklärte die Kommissarin ihre Fahndungsmethode.

»Sie hat gegoogelt«, hob Matthias anerkennend sein Bierglas. »Und was haben Sie entdeckt?«

»Aaron Bloed ist Mitglied bei den Straßenrockern der Augsburger Band Impotenz. So steht es jedenfalls auf Ihrer Homepage und ich fand einige nette Live-Filmchen von Ihnen auf Youtube. Und auf Ihrer Homepage konnte ich auch erfahren, dass Sie ein paar Lieblingskneipen haben. Die Haifischbar, die Kantine, das Cheers, das

Brechts, das Neptun, das Striese, die Sackpfeife, das Kerosin, das Schwarze Schaf, den Paritätswirt und das Kreuzweise. Uff, habe ich alle abgeklappert.«

Sie endete ein wenig stolz über ihre gelungene Recherche und schien ein paar Zentimeter zu wachsen.

»Respekt, Respekt, Frau Kommissar«, hob Michi sein Bierglas. Sie stießen an und grölten fröhlich »Auf Augsburgs beste Kommissarin!«

»Das ist nicht lustig, meine Herrn Musikusse«, unterbrach Sara Insagg. »Momentan werden die Teile Ihres Sängers zusammengesucht. Es sind mehrere Gerichtsmediziner damit beschäftigt, sämtliche Leichenteile wie ein Puzzle zusammenzusetzen, damit wir die Gewissheit haben, wer sich unter den Toten vom Kuhsee-Floß befindet.«

»Schöne Karriere. Dass unser dicker Aaron mal als Puzzle endet, wer hätte das gedacht. Ihr, Jungs?«

Sie schüttelten den Kopf.

»Dem geschieht's ganz Recht, was muss der auch mit diesen Cannons auftreten. Wir hätten nämlich zur gleichen Zeit einen Vertrag mit einer Plattenfirma unterschreiben sollen. Die blöde Sau hat uns im Stich gelassen. Selber schuld.«

»Genau. Geschieht ihm ganz Recht«, schüttelte Yogi der Große seine enorme Drummerfaust.

»Wer war denn sonst noch auf dem Floß«, erkundigte ich mich bei der Kommissarin.

»Auch einige bekannte Leute«, sagte sie. »Auf dem Floß war eine Party zur Einweihung eines neuen Modehauses. Darunter war auch Dr. Ulrich Folter, der OB-Kandidat der CSU. Die suchen gerade nach einem neuen. Ein Festmahl für die Medien. Und die Herrschaften von der

CSU haben mich sofort unter Druck gesetzt. Nicht direkt. Über meinen Chef natürlich, der sicher auch bei dem schwarzen Verein ist, sonst kommt man in der Weißblauen Zone nicht ganz nach vorne. Sie kennen ja die Partei, die bei uns an der Regierung ist und den Justizminister stellt, oder?«

»Kann nicht so schlimm sein«, meinte ich. »CSU, das ist doch wohl die Abkürzung für Christlich Soziale Union und nicht für Catastrophale Skandal Unikums.«

»Hey, ihr seid doch die von Impotenz«, meldete sich ein junger Kerl mit Irokesen-Frisur. »Wir hätten da einen Gig für euch.«

»Das steht jetzt nicht zur Sache, wenn Sie uns allein lassen könnten, bitte«, blockte die Kommissarin ab.

»Nanu, wer ist denn die Alte? Eure Managerin?«, schaute mich der Irokesen-Mann verblüfft an.

»Äh, nein, noch nicht«, erwiderte ich. »Aber sie hat wirklich was ganz Wichtiges mit uns zu besprechen.«

Der Irokesenmann trollte sich zurück an die Theke.

»Passen Sie auf, was Sie sagen«, durchbohrten mich die Blicke der Kommissarin. »Auch wenn wir uns ein bisschen kennen, so gibt Ihnen das noch keinen Grund, hier blöde Witze zu reißen.«

»Ich habe über den fetten Aaron keine Witze gemacht«, sagte ich.

»Aber über mich«, donnerte sie. »Jetzt mal aufgepasst, die Herrn Rentnerrocker, ich kann auch anders. Sie scheinen mir ja direkt ein Motiv gehabt zu haben, ihrem Sänger das Lebenslicht auszublasen.«

»Und das wäre?«, hakte ich ein.

»Sind Sie denn taub, mein lieber Herr Kessler? Sie haben doch gerade gehört, dass der Tote daran schuld sein soll, dass diese genialen Musiker keinen Plattenvertrag bekommen haben. Ein geradezu klassisches Rachemotiv zur Tötung eines Menschen. Dabei wurde noch billigend in Kauf genommen, dass weitere Menschen sterben mussten.«

Schweigen.

Fünf Münder schlossen sich vor Schreck.

Aus den Lautsprechern klang die raue Stimme von Aaron Bloed: »Meine wilden Finger suchen deine heißen Dinger ...« Ein hartes Gitarrenriff durchgellte den Qualm des Raucherclubs, der eine Mischung aus Bunker und Kanalisation mit roten Wänden war. In einem Raum lagen sie Gäste auf Sofas, vor dem Klo wurde gekickert und in einem anderen Raum hing eine Mattscheibe für Nachrichten, Fußball und Musikclips an der Wand.

»Habe ich richtig gehört, wir werden des Mordes am fetten Aaron verdächtigt?«, erholte sich Yogi der Große am schnellsten.

Er begann aufgeregt seine Pfeife zu stopfen. »Der Aaron geht uns so was am Arsch vorbei. Den hätten wir schon längst rausgeworfen, wenn wir gewusst hätten, dass er mit einer Schnulzen-Combo wie diesen Cannons auftritt. Unzuverlässig war er auch.«

»Mal langsam«, warf ich ein. »Vergiss nicht, dass die Cannons in den Sechzigern auch mal Rock'n Roll und Beat spielten.«

»Ach was, das war doch nur die Begleitband von dieser Schmalzschleuder namens Roy Schreck ...«, meinte Christian.

»Roy Dreck ...«, ergänzte Matthias.

»Roy Schmalzheini«, schloss Yogi der Große die Betrachtungen über die Cannons und ihren einstigen singenden Frontmann Roy Black ab.

»Mir egal, was Roy Black und Aaron Bloed gemacht haben«, zog die Kommissarin mit schneidender Stimme das Gespräch wieder an sich. »Ich möchte von Ihnen jetzt wissen, wo Sie zu der Zeit waren, als das Floß auf dem Kuhsee in die Luft flog.« Sie nahm einen kleinen Notizblock in die Hand und einen Kugelschreiber. Dann beugte sie sich zu Matthias. »Wo waren Sie gestern, kurz vor Mitternacht?«

»Da muss ich überlegen«, legte Matthias seine Stirn in Falten.

»Wir hatten gestern Bandprobe«, half ihm Christian.

»Genau. Und dann sind wir zuerst ins Cheers und dann noch ins Pari und dann in die Haifischbar«, erinnerte sich Matthias.

»Wie kommen Sie auf diese Zeit?«, wollte ich von der Kommissarin wissen.

»Ganz einfach, wir wissen von vielen Zeugenaussagen, ziemlich exakt, dass das Floß um elf Uhr fünfzig in die Luft flog«, antwortete sie. »Aber die Fragen stelle noch immer ich.«

»Und wo waren Sie um diese Zeit?«, ging sie nun Christian an.

»Also, bei mir ist es wie bei Matthias und wie übrigens bei Michi und Yogi auch«, versuchte er das Fragespiel der Kommissarin abzukürzen, »weil wir ja alle in der gleichen Band spielen.«

»Außer dem fetten Aaron eben«, meldete sich Michi.

»Der war nicht da«, hob Yogi der Große den Finger.

»Und wo ...«

»Hilfe! Hilfe! Da ist alles voller Blut«, kam eine Frau aus der Toilette und eilte zur Theke. Sie hob als Beweis für ihre schreckliche Aussage ihre Hände, die voller Blut waren, dramatisch in die Höhe.

Sofort eilte die Kommissarin in die Frauentoilette. Als ich meinen Kopf neugierig zur Türe hineinschob, kniete sie neben einer Person am Boden, die in einer Blutlache lag. Sara Insagg war gerade dabei, mit ihrem Handy den Notarzt anzurufen.

Auf einer Tragliege wurde die Frau vom Boden der Toilette von den Sanitätern nach draußen getragen. Neben ihr eilte auch die Kommissarin in die Nacht hinaus. Meine Frage, was denn passiert sei, beachtete sie nicht. Sie rief mir nur zu, dass ich mich bald bei ihr melden solle, ihre Nummer wisse ich ja.

Ich stellte mich mit der Band an die Theke zu Roland. Wir rätselten gemeinsam über den Vorfall.

»Wenn keine Polizei gekommen ist, dann wird es sich um einen Selbstmordversuch handeln«, äußerte sich Roland. Inzwischen ließ er passenderweise den Impotenz-Song »Oh, Mama« laufen: »Draußen ist es dunkel, draußen ist es kalt, draußen ist das Böse, draußen wirst nicht alt ...«

»Kennst du sie?«, wollte ich von ihm wissen.

»Ich weniger, aber sie ist mit Bea und ihrer Freundin Biggi, der Sängerin von Just B., gekommen«, zeigte Roland auf zwei Mädchen, die auf einem Sofa saßen und von wild gestikulierenden Mädchen umringt waren. Als Biggi zur Theke kam, um zu zahlen, sprach ich sie an: »War das deine Freundin, die sie eben rausgetragen haben?«

»Das war Lore, meine Cousine. Ich verstehe nicht, was sie da getan hat. Gerade jetzt, wo sie so erfolgreich ist in ihrer Arbeit.«

»Wieso, was macht sie?«, fragte ich.

»Sie ist bei der Werbeagentur, die für Bernd Bückling, den OB-Kandidaten der WLA, den Wahlkampf macht. Sie schreibt die Texte für die Prospekte. Auch seine Wahlreden. Wie kann sie das nur tun?«

Hastig zahlte Biggi ihre Zeche und eilte mit Bea davon.

»Stimmt, wir sind ja im Wahlkampf«, langte ich nach meinem Glas.

»Wer wird der neue Augsburger Oberbürgermeister? Der Wengerle, die Zwiebel, der Bückling, der Schönzwerger, oder den Ransmeier?«, wollte Roland von mir wissen.

3. Kapitel

Bollywood am Kuhsee / Indische Frau im bunten Wickelkleid / Ursula taucht als Wasserwachtlerin auf

Unglaublich, aber wahr: Helle saß als eingefleischter Augsburger in bayerischer Tracht mit Lederhosen und Wadelschoner auf einem Klappstuhl. Verrat! Augsburg und Bayern, das ist wie Eis und Feuer! Ich winkte ihm zu, aber mitten in dem quirligen Film-Team sah er mich nicht. Er hielt einen Kontrabass. Ich ging zur Terrasse des Kuhsee-Restaurants, wo mich schon Sara Insagg erwartete.

»Haben Sie das gesehen?«, zeigte ich in die Richtung von Helle und dem Film-Team.

»Meine Mutter würde da auch noch mitmachen, die schreckt ja vor nichts zurück, seit sie in Ihren Freund vernarrt ist«, meinte die Kommissarin. »Haben Sie den Brief dabei?«, kam sie schnell zur Sache.

Die Sonne schien an diesem Nachmittag durch die Wolken. Es war ein wenig schwül. Ich holte den zusammengefalteten Brief aus meiner Gürteltasche. Das ominöse Entführungsschreiben ihrer Mutter. Sie betrachtete sich die Getränke- und Speisekarte des Lokals.

»Haben Sie Hunger? Ich lade Sie ein, weil Sie heute mal so richtig pünktlich waren«, grinste sie mich spitzbübisch an. Sie sah gut aus in den Jeans und dem knappen T-Shirt. Ihre roten Haare, in die sie ihre Sonnenbrille lässig geschoben hatte und die vielen Sommersprossen gaben ihr eine frischfreche Note. »Es gibt indisches Essen, mögen Sie das?«

»Na ja, mal schauen. Die haben's doch mit Chicken,

Reis und Curry und so«, meinte ich.

Eine dunkelhäutige junge Frau im hellgrünen Sari, ein Wickelkleid, kam auf uns zu. Über ihre Haare trug sie ein durchsichtiges Tuch. Ihre Füße steckten in ledernen Sandalen. Auf ihrer Stirn, genau zwischen ihren Augen, war ein roter Punkt aus Sandelholzpaste, den man als Bindi bezeichnet. Ihre dunklen Augen hatten einen besonderen Glanz. Über ihrem Gesicht lag ein Lächeln, das Gastfreundschaft ausdrückte. Sie schien zu schweben.

»Was möchten Sie trinken?«, fragte sie uns.

Die Kommissarin bestellte Campari Orange und ich ein Radler.

»Wissen Sie schon, was Sie essen wollen«, sah uns die indische Bedienung mit den großen dunklen Augen wieder mit einem aufmunternden Lächeln an, als sie unsere Getränkewünsche notiert hatte. Wir wussten es noch nicht. »Gut, dann später, ich bringe zuerst die Getränke«, huschte die Bedienung davon.

Während ich den Brief ihrer Mutter auf dem Tisch glättete, las mir Sara Insagg die indischen Speisen vor.

»Hallo, hallo!«, ertönte eine helle, fast quietschige Frauenstimme. Eine Frau mit hüpfendem blondem Pferdeschwanz kam heran. Eine Wasserwachtlerin, wie an ihrem T-Shirt zu erkennen war. »Sag mal, Klausilein, ey, cool, was machst denn du hier?«, stemmte sie vor mir ihre Hände in die Hüften. »Du wirst doch nicht auch bei diesen Bollywood-Menschen mitmischen, verstehe ich da was miss?«

»Äh, nein, Ursula, damit wir uns verstehen, ich nicht, also ...«

»Dann bist du wegen der Kuhsee-Katastrophe hier, stimmt's? Hat man dich als Ermittler eingeschaltet, weil die Bullen mal wieder nix checken?«, übersah sie die Kommissarin völlig.

»Auch nicht, nein ...« Langsam wurde es peinlich. Ursula konnte der wandelnde Dampfhammer sein, verbal gesehen.

Jetzt hätte von ihr ein Blick auf die Kommissarin kommen müssen. Aber Ursula sah neugierig auf den Brief, der vor mir auf dem Tisch lag.

»Du schreibst mal wieder einen Song. Ich finde deine Texte ja voll geil. Ich dachte, du bist nicht mehr bei dieser Band mit dem komischen Namen ...«

Bevor ich der Redemaschine Ursula antworten konnte, kam ein männlicher Wasserwachtler angesprungen und holte sie.

»Gerettet«, atmete ich durch. Als ich mich von dem Überfall erholt hatte, wandte ich mich an die Kommissarin: »Also, ich hab' mich gegen das Curry entschieden. Ich nehme die Nummer 25, Hühnerfleisch mit Tomaten, Zwiebel und Paprika scharf.«

4. Kapitel

Man trägt Durpata / Ein Brief wird gebraten / Kalima lächelt / Die Kommissarin ist wegen den Toten am Kuhsee / Klaus Kessler wird umarmt

Wir bestellten das Essen. Bis es kam, nahmen wir uns den Brief von Anna Insagg vor. Um das Film-Team, das ungefähr hundert Meter von uns entfernt in einem extra aufgebauten Biergarten am Ufer des Kuhsees arbeitete, sammelten sich immer mehr Menschen. Das war ja auch ein bunter Haufen vor der Kamera. Ein bisschen pompös, ein bisschen kitschig angezogen, aber jedes Kleidungsstück hatte kräftige Farben und aufwändige Stickereien mit Perlen und Pailletten. Dazu trugen einige Darstellerinnen den gleichfarbigen Durpata-Schal wie eine Schärpe. Mit einem schnellen Blick wollte ich sehen, ob Helle schon vor der Kamera agieren musste. Ein kurzer aber heftiger Windstoß blies den Anna-Brief davon. Er landete auf dem glatten Wasserspiegel des Kuhsees. Ich eilte zum Geländer der Terrasse und überlegte, ob ich hineinspringen sollte, um den Brief zu retten. Die Kommissarin, die auch vom Tisch aufgesprungen war und sich neben mich stellen wollte, wurde von einem Polizisten erkannt, der mit den Spurensuchern im abgesperrten Bereich des Kuhsees tätig war. Sie hätten da einige Probleme, sagte er zu ihr. Sie solle doch gleich mitkommen.

»Kümmern Sie sich derweil um den schwimmenden Brief«, sagte sie noch, dann war sie weg.

»Ihr Essen!«, rief die Bedienung mir zu.

»Ich brauche zuerst den Brief«, wandte ich mich zu ihr mit einem kummervollen Gesicht um.

Sie stellte das Essen ab und kam zu mir.

»Meinen Sie den Brief«, zeigte sie auf den Kuhsee hinaus, wo gerade einige Enten den Brief gekonnt umschwammen und auf Futtergehalt überprüften.

»Ja, den bräuchte ich unbedingt«, zerkaute ich die Worte voller Wut über meine Ungeschicklichkeit. Wenn der Brief unterging, von dem ich keine Kopie hatte, dann war vielleicht auch die entführte Anna verloren.

»Das ist doch kein Problem, kommen Sie«, forderte mich die indische Bedienung auf.

Sie stieg mit mir in ein Ruderboot, das noch frei war, die anderen wurden vom Bollywood-Team gebraucht. Helle musste sich mit drei Blasmusikern von den Königlich Bayerischen Lechgstanzlern in ein Ruderboot setzen und neben dem verliebten indischen Pärchen, den Hauptdarstellern des indischen Films, auf den Kuhsee hinausrudern.

Unser Boot kam bei dem versinkenden Brief an. Ich beugte mich über den Bootsrand und griff nach ihm. Ich erwischte ihn. Er war schon völlig nass. Die Schrift begann zu verlaufen.

»Haben Sie einen Föhn? Ich müsste den Brief trocknen«, fragte ich sie.

»Einen Föhn habe ich nicht, aber ich habe eine andere Idee. Kommen Sie mit«, ging sie in die Küche des Restaurants voraus.

Dort stand eine junge Frau am Herd. Die Bedienung sprach einige indische Sätze mit ihr und zeigte dabei auf meinen Brief. Die Frau am Herd angelte sich eine Bratpfanne und hielt sie mir hin. »Legen Sie den Brief da hinein«, lachte sie. Sie sprach genauso perfekt Deutsch wie die Bedienung. »Meine Schwester Kalima hat immer gute Einfälle. Die bekommt das hin.«

Ich legte den Brief in die leere Pfanne, die sie über Gasflammen aus dem Küchenherd hielt. Nach kurzer Zeit drehte sie den Brief mit einer Zange wie einen Pfannkuchen um. Er trocknete tatsächlich hervorragend. Dann reichte sie ihn mir mit der Zange. Er fühlte sich warm an. Jetzt war die Schrift auch wieder besser zu lesen. Ich war erleichtert.

»Toll. Das haben Sie super gemacht«, lobte ich sie. »Wenn ich Ihnen auch einen Gefallen tun kann, ich kenne viele Leute, dann sagen Sie es mir«, zeigte ich mich dankbar.

»Wir bräuchten Holz«, sagte Kalima am Herd.

»Was für Holz?«, wollte ich von ihr wissen.

»Brennholz«, meinte die Bedienung, »gutes, trockenes Brennholz«, meinte Kalima. »Zum Teil einen Meter lang, zum Teil zwei Meter lang.«

»Aha. Mein Freund Helle kennt einen Förster, über den könnten ich Ihnen das besorgen«, sagte ich.

»Das wäre sehr gut. Damit täten Sie uns einen Gefallen. Wir bräuchten es nur bald«, lächelte mich Kalima gewinnend an.

»Wie bald?«, wollte ich wissen.

»Sehr bald. Am besten diese Woche. Schaffen Sie das?« Kalima lächelte noch gewinnender.

»Das dürfte kein Problem sein«, machte ich eine halbe Zusage. »In ein paar Tagen haben Sie es«, vollbrachte ich den Rest der Zusage.

»Sie sind ein Schatz«, umarmte mich Kalima. »Sie sind unsere Rettung! Ich bin die Kalima und das ist meine Schwester Kareena. Wie heißt du?«

»Mit Vornamen Klaus, mit Nachnamen Kessler.«

»Kalima ist sehr temperamentvoll, das musst du ihr nachsehen, dass sie dich gleich umarmt hat«, sagte Kareena zu mir, als ich mich auf der Terrasse wieder an den Tisch setzte, wo noch das Essen für mich und die Kommissarin stand. »Das wird jetzt kalt sein, ich bringe Ihnen ein neues Essen«, nahm sie die beiden Teller mit.

»Ist nicht nötig«, rief ich ihr hinterher. Da war sie schon im Restaurant verschwunden.

Helle kam auf die Restaurant-Terrasse. Ich winkte ihm. Jetzt sah er mich.

»Ja, hallo«, sagte er überrascht zu mir. »Was machst du hier?«

»Ich kümmere mich um deine entführte Anna, ich bin mit der Kommissarin hier.«

»Endlich, endlich«, ließ sich Helle aufseufzend an meinem Tisch nieder.

»Bist du für heute mit den Dreharbeiten fertig?«, erkundigte ich mich bei ihm. Helle war kein unbegabter Schauspieler, das konnte ich schon damals feststellen, als wir zusammen in dem Mordfall mit dem Intendanten auf der Bühne standen. Dabei spielt Helle in einem Frankenstein-Musical einen Friedhofswärter.

»Nein noch nicht, ich habe eine kurze Pause, bis die das Licht für die nächste Einstellung fertig haben, dann muss ich mit meiner Kapelle hinausrudern.«

»Wo hast du die Lederhosen und das Zeug her? Ausgeliehen?«, wollte ich von ihm wissen.

»Das gehört mir.«

»Wie kommst du zu dieser Rolle?«

»Zufall. Reiner Zufall. Das war so, ich ...«

»Hallo Helmut, was willst du trinken«, fragte die junge Bedienung Helle.

»Ein Helles, liebe Kareena«, bestellte er sich ein Bier. Dazu reichte er der indischen Bedienung einen Gutschein.

»Na, ihr kennt euch aber gut«, meinte ich.

»Von der Filmerei her. Wir Darsteller haben Gutscheine für Essen und Getränke bekommen.«

»Freut mich, dass du jetzt Filmkarriere machst«, versuchte ich nicht zu ironisch zu sein.

»Das würde mich alles viel mehr freuen, wenn Anna hier wäre«, bekam Helle ein melancholisches Gesicht. »Weißt du schon mehr? Konntest du schon mit ihrer Tochter darüber reden?«

»Ein bisschen. Sie ist vorhin weggeholt worden. Von einem Polizisten. Wegen den Toten auf dem Floß. Die haben den hinteren Teil des Kuhsees abgesperrt. Wenn sich der Kulturbürgermeister Krabbe nicht persönlich für unser Filmteam eingesetzt hätte, dann hätte uns die Polizei von hier verscheucht. Das wäre ganz schön teuer gekommen. Der Produzent hat mir erklärt, dass alles minutiös bis auf den Rückflug kosten- und zeitmäßig geplant ist.« Helle nahm einen Schluck. »Ein paar Meter näher, wenn das passiert wäre, dann müssten wir uns einen neuen Filmplatz suchen. Es müsste alles neu aufgebaut werden. An einem anderen See. Die Boote und so ...«

»Wieso die Boote?«

»Ich muss doch mit meiner Blaskapelle rausrudern und für die indischen Hochzeitsgäste spielen, aber dann wird die Braut geraubt und ich muss sie retten.«

»Spannend. Sag mal, du hast doch einen Förster gekannt, der auch Brennholz verkauft.«

»Ja, mein Onkel Max in Affing. Wieso?«

»Ich müsste welches besorgen.«

»Für wen?«

»Für die Frauen in dem Restaurant hier.«

»Die tun mir Leid, die haben ihren Vater, den Inhaber des Restaurants hier, verloren. Der war auch auf dem Floß«, wurde Helle feierlich ernst. »Ich war ja mit meiner Kapelle auch auf das Floß eingeladen, aber einer von unseren Musikern konnte an dem Abend leider nicht.«

»Leider? Gott sei Dank! Glück gehabt.« Zu mehr kam ich nicht.

Die Kommissarin kam an unseren Tisch. »Wussten Sie, dass auch der Inhaber des Restaurants hier unter den Toten war, die auf dem Floß waren?«, fragte ich sie.

»Laut der Liste, die ich habe, ja«, sagte sie knapp. »Da stehen einige Prominente Augsburger drauf. Sogar der OB-Kandidat der CSU. Das wäre der absolute Hammer, wenn der auch unter den Toten wäre.«

»Haben Sie mir schon gesagt. Naja, dann wäre die Wahl einfacher.«

»Wieso?«

»Ein Kandidat weniger, über den man nachdenken muss, ob man ihm seine Stimme geben kann.«

»Das ist nicht lustig, Herr Kessler. Wir müssten vielleicht seine politischen Gegner unter die Lupe nehmen. Eine äußerst undankbare Sache, gerade jetzt im Wahlkampf. Da möchte ich den Augsburger Staatsanwalt hören, wie er das der bayerischen Justizministerin erklärt. Manche Karriere wurde durch Nichtstun schon mehr beschleunigt als durch hartnäckige Aufklärungsarbeit, das können Sie mir glauben.«

Natürlich interessierte mich das alles ungemein. Aber ich schaute zum Eingang des Restaurants, das wie ein indischer Tempel gestaltet war.

»Aber was belästige ich Sie damit, tut mir Leid. Geht

mir eben durch den Kopf. Wo haben Sie mein Essen hin?«

»Das wurde kalt. Sie bekommen ein neues Essen aus der Küche, deswegen schaue ich immer da rüber«, sagte ich. »Wie meinen Sie das, laut Liste?«

»Wir müssen die Leichenteile zusammensetzen, dann wissen wir erst, wer wirklich tot ist. Denken Sie nur mal an das Attentat auf World Trade Center in New York, da war zuerst von rund sechstausend Toten die Rede, am Schluss waren es nur dreitausend. Nicht jeder, der auf der Liste stand, muss ja auf dem Floß gewesen sein. Wir versuchen natürlich auch die Personen zu erreichen, die auf der Liste standen. Dann können wir auch gleich mit ihren Angehörigen reden. Ich hoffe nur, wir können alle Leichen identifizieren. Was ich gehört habe, ist das sehr schwierig. Die Bomben haben teilweise die Körper in winzige Einzelteile zerlegt.«

»Hoffentlich ist Anna nicht dabei«, kam es Helle über die Lippen.

»Ich denke, die ist entführt worden«, wurde die Kommissarin sarkastisch.

»Stimmt auch wieder«, sagte Helle. »Aber wenn man sie auf das Floß entführt hat?«

»Sie müssen ihn entschuldigen, er ist völlig durch den Wind«, sagte ich zur Kommissarin.

»Außerdem muss ich Indisch lernen«, sagte Helle.

»Warum?«, wollte die Kommissarin wissen.

»Wegen meiner Filmrolle. Ich muss am Schluss, wenn die Braut gerettet ist, zu ihr auf Indisch sagen, dass ich ihr und ihrem Mann alles Gute für das weitere Leben wünsche.«

»Und wie heißt das auf Indisch?«, wollte ich wissen.

»Das muss ich ja noch lernen«, sagte Helle.

Kareena brachte das Essen für uns.

»Willst du auch was essen?«, fragte sie Helmut.

»Nein, mir schmeckt's erst wieder, wenn ich mit meiner Anna zusammen was essen kann«, tröstete sich Helle mit einem Schluck Bier.

»Moment, der Brief, genau.« Ich holte Annas getrocknetes Schreiben wieder hervor und gab ihn der Kommissarin.

Sie las ihn langsam. Wir schauten wie gebannt auf ihre Lippen, die sich leise bewegten. Ab und zu schob sie sich einen Happen von dem Essen in den Mund.

»Ich nehme das nicht ernst«, reichte sie mir den Brief zurück. »Meine Mutter spinnt mal wieder. Vielleicht hat sie sich im Gartenhäuschen versteckt. Haben Sie da schon mal nachgeschaut?«

»Nein, das ist eine gute Idee«, nahm Helle den Entführungsbrief seiner Anna von mir in Empfang.

»Bitte, können Sie wieder zu uns kommen«, kam die deutsche Assistentin des indischen Regisseurs an unseren Tisch und verbeugte sich. »Die Presse ist hier.«

Helle ging mit ihr mit. Ich ging hinterher. Das musste ich mir anschauen. Ich wollte dabei sein, wenn Helle seinen Durchbruch hatte. Beim Drehort ging es zu wie in einem Bienenstock. Ich mischte mich beobachtend unter die Zuschauer.

»Der kleine kugelige Mann mit dem weißen Hemd und der blauen Krawatte ist der Bernd Bückling, der OB-Kandidat der WLA«, hörte ich eine männliche Stimme neben mir.

»Aha, was will der Gartenzwerg hier?«, fragte eine weibliche Stimme neben mir.

»Wahlkampf machen, was sonst«, sagte die männliche

Stimme. »Für mich sieht der eher aus wie ein Teddybär.«

Der OB-Kandidat postierte sich zwischen den beiden indischen Hauptdarstellern des Films. Der Regie-Assistent reichte ihm eine Kiste zum Draufstellen, damit er die Augenhöhe mit den Schauspielerinnen erreichte. Helle und seine Blaskapelle mussten sich als bayerische Dekoration dazustellen. Die Fotografen und einige Filmkameras bauten sich davor auf. Dann wurde fotografiert und gefilmt.

»Komisch, der Bückling hat seine Frau nicht dabei, sonst ist die immer dabei«, sagte die männliche Stimme neben mir.

»Ist es nicht die da drüben, die Frau mit dem türkisfarbenen Kostüm?«, fragte die weibliche Stimme neben mir.

»Nein, dem seine Frau schaut anders aus, die ist viel korpulenter«, sagte die männliche Stimme.

Dann mussten die indischen Hauptdarsteller mit dem OB-Kandidaten für die Medienleute in ein Ruderboot steigen. Der OB-Kandidat ruderte sie persönlich hinaus. Ein zweites Boot gesellte sich dazu. Helle und seine Blaskapelle saßen darin. Sie mussten auf dem See ein flottes Ständchen für die lauschende Besatzung im anderen Boot spielen.

»Finden Sie das nicht auch geschmacklos?«, stellte sich die Kommissarin neben mich. »Vor ein paar Stunden hat es auf dem Kuhsee zwölf Menschen zerrissen und die machen hier Wahlkampf-Tamtam.«

»So sind die Politiker. Die haben keine Skrupel«, versuchte ich eine angewiderte Stimme hinzubekommen.

Als die Hauptdarsteller in dem Ruderboot aufstanden und sich für die Medienleute küssen wollten, kippte das Boot um. Der Inhalt fiel ins Wasser. Helle warf geistesgegenwärtig seinen Kontrabass ins Wasser. Dann sprang er auch hinein. Er schob seinen schwimmenden Kontrabass zu den beiden indischen Hauptdarstellern, damit diese sich daran festhalten konnten. Vom Ufer sprangen auch zwei Wasserwachtler, die dort bereit standen, in den Kuhsee und schwammen auf den Kontrabass zu, an dem sich die beiden indischen Hauptdarsteller als Nichtschwimmer verzweifelt festhielten. OB-Kandidat Bernd Bückling war zweifellos ein guter Krauler und kam ohne fremde Hilfe ans Ufer. Die kleine blonde Frau mit der Sonnenbrille eilte zu ihm, als er klatschnass aus dem Wasser stieg. Die Medienmeute war begeistert. Die immerhungrigen Kameralinsen hatten ein super Fressen gefunden.

5. Kapitel

OB-Kandidat wird Inder / Randy kommt mit Stretchlimousine / Im Biergarten beim Hotelturm wird kräftig gefeiert

Wie kam das Foto mit einem indisch gekleideten OB-Kandidaten der WLA-Liste und Helle in die Presse? Der nasse Bernd Bückling hatte sich mit seiner Beraterin in das Restaurant zurückgezogen. In eine kleine Kammer, die als Garderobe und Aufenthaltsraum für das Personal benutzt wurde. Auch die beiden indischen Hauptdarsteller kamen in den Raum. Dann erschien der Regisseur mit dem nassen Helle, mit Elias Lob, dem Mann für die Maske und der Kostümbildnerin Mia Janitsch im Schlepptau. Diese hatte einen Trolly dabei, der mit indischer Kleidung voll gepackt war. Nachdem sich OB-Kandidat Bernd Bückling und die beiden indischen Hauptdarsteller mit Handtüchern auf der Toilette getrocknet hatten, bekamen sie Kleidung aus dem Trolly. Den Dhoti, das traditionelle Beinkleid der indischen Männer. Ein langes Stück Tuch, das in Form einer Hose um die Beine gewickelt wird, wie man es von den Fotos mit Mahatma Gandhi kennt. Dazu bekam Bernd Bückling eine Kurta, ein langes, kragenloses Hemd. Nachdem ihm seine Wahlkampfhelferin tüchtig zusprach, weil sie das für einen guten PR-Gag hielt, die Medienmeute würde staunen, stieg auch er in die indische Kleidung.

Tatsächlich. Als die indischen Hauptdarsteller und der OB-Kandidat in ihrer neuen Kleidung auf der Terrasse des Restaurants erschienen, war der Jubel groß. Die Kameras begannen zu glühen. So kamen der OB-Kandidat und Helle auf einem Foto in indischer Kleidung in die Presse.

Normalerweise wurden die beiden Hauptdarsteller, der Regisseur und seine deutsche und indische Assistentin von Randy abgeholt und zu ihrer Wohnung gebracht. Diesmal durfte auch Helle mitfahren. Er sei nicht nur der Retter seiner beiden Hauptdarsteller, er sei auch der Retter des Films, hatte ihm der Regisseur, immer wieder begeistert auf die Schulter geklopft. Also durfte Helle auch in die Stretchlimousine von Randy einsteigen. Dann kletterten auf mehrmalige Aufforderung des Regisseurs auch noch der OB-Kandidat und seine Wahlkampfhelferin in die Stretchlimousine, an deren glänzenden Seitenwänden www.kuenstlershowbuehne.de zu lesen war. Die Medienleute ließen sich auch dieses Motiv nicht entgehen. Der 8,70 Meter lange Lincoln Towncar, Modell 1997, mit vier Seitenfenstern, einem V8-Motor und 224 PS schnurrte dann genüsslich brummend davon. Helle durfte die indischen Filmleute zum Augsburger Hotelturm, mitten im Wittelsbacher Park, begleiten, wo sie während der Filmarbeiten ihr Quartier bezogen hatten.

Im Biergarten neben dem Hotelturm feierte man dann in der eisernen Laube am See, aus dem ein Springbrunnen eine hohe Fontäne in die Luft sprühte, noch lange die Rettung aus dem Kuhsee. Der OB-Kandidat rief bei seiner Frau an, dass es bei ihm heute sehr spät werden würde, wegen der Promotion mit den indischen Filmleuten, man solle nicht auf ihn warten. Was sie den Leuten sagen solle, wollte sie von ihm wissen. Sie sitze hier mit den Gemeindefrauen und bereite das kommende große Gemeindefest vor. Er habe doch gesagt, er komme kurz vorbei.

6. Kapitel

Wahlkampfhelferin holt Anzug / Schlüssel kommt in Briefkasten / Herzförmiges Doppelbett erlebt was

Der indische Regisseur bestellte erst Bier, dann Sekt, dann Champagner. Es wurde lustig. Irgendwann wollte der OB-Kandidat wieder in eine normale westlich orientierte Kleidung steigen. Mit der indischen Kleidung wollte er sich zu Hause nicht sehen lassen. Er könne sich ja in seinem Romantic-Room umziehen, meinte Randy.

Seine Wahlkampfhelferin fuhr in die Werbeagentur, wo noch ein Anzug samt Hemd und Krawatte und Schuhen von Bückling hing, mit dem sie ihn für sämtliche Wahlkampf-Fotos und -Filme ablichteten. Sie wurde Laura genannt und war als Angestellte der Werbeagentur Mulle & Pulle die persönliche Betreuerin von Bückling. Jeden zweiten Tag hatte er bei ihr ein Rhetoriktraining. Sie war auch psychologisch gut drauf und baute ihn bei zu großen Selbstzweifeln wieder auf. Das war ihr Ding. Sie konnte Männer in Götter verwandeln. Randy stellte ihnen seinen Romantic-Room im 33. Stockwerk des Hotelturms für die Umkleide- und Auffrischungsaktion zur Verfügung und gab ihnen den Schlüssel dafür. Sie sollten ihn später in seinen Briefkasten werfen, er müsse nämlich seine Stretch noch in die Spezialgarage in Kempten fahren. Er habe nämlich morgen eine Fahrt mit ein paar Japanern nach Schloss Neuschwanstein. Deswegen übernachte er in Kempten auch gleich. Er zeigte ihnen noch kurz den Romantic-Room, den man bei ihm für Hochzeits-Nächte oder sonstige Übernachtungsideen mieten konnte. Der Raum war ganz in Rot gehalten. An einer

Wand stand die Automobilsammlung von Randy in hohen Glaskästen.

»Was ist mit der Kamera da oben«, wollte Susanne Renner wissen.

»Ach, die, die kann auf Knopfdruck eingeschaltet werden, manche Leute wollen ihre Erinnerungen«, zeigte Randy auf das einäugige Gerät, das aus einer Ecke herunterstarrte. Randy zeigte ihnen den Knopf. Dann gab er ihnen die Schlüssel und wollte sich verabschieden.

»Was sind wir Ihnen für die Benutzung des Raumes schuldig«, erkundigte sich Bernd Bückling bei Randy.

»Nichts, ihr seid meine Gäste«, verschwand Randy aus dem Romantic-Room.

»Ich muss mich auch mal restaurieren«, sagte sie. »Das dauert. Sie können sich in dieser Zeit umziehen.«

Er legte die indische Kleidung beiseite. Die Sandalen stellte er unters Bett. Dann schlüpfte er möglichst schnell in seinen Anzug. Er stand noch in den Socken herum, als sie aus dem Bad rief: »Kann ich kommen, sind Sie fertig?«

»Ja! Bin ich! Kommen Sie ruhig!«

Sie schwebte in den Raum.

»Was machen wir jetzt?«, sah Bernd Bückling seine Wahlkampfhelferin an. »Es sind keine Schuhe da.« Er saß auf der Bettkante des herzförmigen Doppelbettes und blickte auf die Lichter des nächtlichen Augsburgs hinaus.

»Erstmal entspannen, das war ein heißer Tage heute.« Sie ging an den Kühlschrank und holte eine Flasche Sekt heraus. Sie nahm die Gläser von dem kleinen mit roten Servietten gedeckten Tisch. Sie setzte sich zu ihm auf den Bettrand und schenkte jedem ein Glas Sekt ein.

»Auf Ihre OB-Wahl, Sie werden der neue Oberbürgermeister von Augsburg, zum Wohl!«, stieß sie mit ihm an. »Sollen wir uns noch den Film über Ihren Sturz in den Kuhsee anschauen, besser ging's nicht.«

»Wie? Das war doch peinlich, finde ich.«

»Im Gegenteil, diese Bilder werden Sie bekannt machen. Menschlicher geht's nicht. Das hätten wir nicht besser planen können. Das macht Sie sympathisch. Bisher galten Sie doch als hölzern und kühl.«

»Sie drehen aber wirklich auch alles positiv hin.«

»Sehen wir es uns doch mal an.« Sie ging zum Computer, der in einer Ecke stand. Sie schaltete ihn ein und mit ein paar Mausklicks war sie im Internet. Er stellte sich hinter sie.

»So, da schauen wir jetzt mal bei Youtube rein.« Dann tippte sie in das Suchfeld den Namen Bückling ein. Einige Bilder erschienen. Sie klickte auf eins. Vor ihnen lief der Film ab. Voller Staunen sah der Bückling im Romantic-Room den Bückling am Kuhsee, der sich mit den indischen Filmschauspielern und der Trachtenkapelle formierte und dann hinausruderte. Als er ins Wasser fiel, fiel ihm fast das Sektglas aus der Hand, so musste er vor dem Computer lachen. Er legte die Hand auf ihre Schulter.

»Wie kommt dieser Film hier rein?«, wollte er von ihr wissen.

»Das hat ein Mitarbeiter von uns mit seinem Handy aufgenommen. Dann hat er sofort über seinen Labtop reingestellt. Geht ganz schnell. Die Leute, die das auf Youtube anschauen, sollen glauben, dass sie Fans haben, die sie filmen. Die Öffentlichkeit glaubt dann, man interessiert sich für sie. Wir haben natürlich auch auf ihrer Myspace-

Seite viele Freundschaften gepostet. Da reagiert das Jungvolk drauf. Dann kommen auch unverlangte Posts. Die blödesten mit Porno und Drogen haben wir natürlich rausgelöscht. So funktioniert das nun mal. Wenn kein Interesse da ist, dann muss man es eben wecken.«

»Das habe ich nicht gewusst, dass es das gibt. Diese Welt, die Sie mir damit erschließen, ist neu für mich. Wie wird das denn finanziert? Was sind hier noch für Filme zu sehen?«

»Sollen wir es uns ein bisschen gemütlich machen?«, stand sie auf. Sie drehte sich zu ihm. Er legte jetzt beide Hände auf ihre Schultern.

»Sie sind eine fantastische Frau«, schaute er in ihre Augen. »Hübsch, modern und geistreich. Sie wären meine Traumfrau. Darf ich Sie küssen?«

»Sie dürfen. Das haben Sie sich verdient.« Sie hielt ihm eine Backe hin. »Ich will ihre Emotionen sehen. Sie müssen näher an die Menschen ran. Sie müssen Gefühle zeigen. Die Leute wollen keinen Eiszapfen wählen.«

Er küsste sie auf die Backe. Dann hielt sie ihm die andere hin. Die küsste er auch. Dann hielt sie ihm ihre Lippen hin. Die küsste er auch. Dabei umschlang er sie und seine Zunge bohrte sich wild in ihren Mund. Ihre Körper drückten sich aneinander. »Du, du, du ...«, stammelte er und sein Körper zitterte. »Ich will dich.«

»Gut, gut. Machen wir es uns doch bequem«, löste sie sich aus seinen Armen. »Du hast mich ganz trocken geküsst, deine Küsse sind Lava pur«, streckte sie ihm ihr Champagnerglas entgegen und schaute ihn tiefer als tief an. Sie wunderte sich selbst über ihre Wirkung auf Männer. Vor allem auf verheiratete. Die waren wie Wachs in ihren Händen. Das nützte sie aus. Immer. Sie hatte diesen inneren Drang Männer zu beherrschen und zu manipulieren. Darauf fuhr sie ab. Diese Macht, das war ihr lieber als jeder Sex. Während er zur Champagnerflasche ging, zog sie den Laptop aufs Bett. Dann streifte sie die Schuhe ab und legte sich quer übers Bett. Sie warf die Jacke ihres Hosenanzuges lässig in die Gegend. Erwartungsvoll streckte sie ihm das leere Glas entgegen. Er goss ein. Ihr und sich. Das perlende Gesöff schäumte über den Rand ihres Glases. Er begann den Wahlkampf zu genießen. Keine Rede mehr beim Hasenzüchterverein, keine Kranzniederlegung im Friedhof, keine Ehefrau, die darauf achtete, dass er die richtigen Socken anzog. Das herzförmige Bett im Hotelturm war der Startplatz nach oben. Das wurde ihm klar. Sie lachte hell auf, als der Schaum des Champagners an ihrem Arm entlang in den Ärmel ihrer Bluse hineinfloss. »Iiiih. Das kitzelt. Hilfe! Du hast mich nass gemacht.« Sie strampelte ein wenig mit den Füßen und hielt ihm ihren Arm hin. »Trockne das ab, bitte, mit deiner heißen, heißen Zunge.«

Das tat er. Voller Leidenschaft. Seine Zunge wanderte nass und beweglich über ihren Arm und drang in den Ärmel ihrer Bluse.

»Aaaah. Das machst du gut. Ich liebe deine Zunge. Sie macht mich verrückt.« Nebenbei versuchte er ihre Bluse vom Körper zu zerren. Sie half mit. Seine Augen starrten auf einen pinkfarbenen BH.

»Gefällt er dir?«, fragte sie ihn. »Erst schauen wir uns noch ein paar Filmchen an«, nahm sie seine Finger vom BH.

Dafür schickte sie ihre Finger mit den langen roten Nägeln auf Erkundungsreise an seinen Hosenbeinen entlang.

»Du machst mich total verrückt. Schon seit Tagen«, hauchte sie in sein Ohr. Ihr Agenturchef hatte sie gewarnt, den Auftrag mit dem Kandidaten ja nicht zu versauen. Zuerst wollte er von ihr nur, dass sie Bückling unter Strom hielt. Eines Nachts, als er deprimiert am gläsernen Schreibtisch saß, gestand er ihr, dass Bückling aussteigen wolle. Ausgerechnet jetzt, wo sie mit ihm bald den Durchbruch schaffen würden. Nicht nur, dass der Bückling gesagt hätte, die nächste Honorar-Rate würde etwas länger dauern. Der OB-Kandidat der WLA hätte auch von einem völligen Ausstieg gefaselt. Dann könnten sie ihre Agentur dicht machen. Wäre keine schöne Sache. Sie müsse Bückling um ihre Finger wickeln wie Spaghetti um die Zinken der Gabel. Mit allem, was sie habe.

Sie spürte, dass Bückling, der mit ihr vor dem Laptop lag und eine Hand um ihre Hüfte schlang, null Ahnung von gutem Sex hatte. Das ist immer so mit Männern, die ihre erste Sandkastenliebe früh heiraten. Sie müsste nicht viel machen, dann würde er bald ihre Kloschüssel mit der Zunge reinigen. Sie spürte es, in dem Mann steckten Perversionen, von denen er in den Nächten träumte, wenn seine Frau den Geschlechtsakt mit ihm erduldete und dabei an die Hausaufgaben und die Noten der Kinder dachte, die noch verbessert werden mussten. Wenn sie an die vielen Schulden dachte, die an der Familie rüttelten, die aber bald bezahlt waren, wenn sie ihrem Mann Glauben schenkte, weil noch tolle Geschäfte mit dem Ausland anstanden, mit denen er ihr Konto wieder decken wollte, das er ohne ihr Wissen geplündert hatte.

Sie merkte, wie Bückling versuchte, seine Hand unter ihren Hosenbund zu schieben. Sie lockerte den Gürtel nicht. Sie tat, als würde sie seine Aktion nicht bemerken.

Sie merkte, wie sie dieser Mann erregte. Aber nicht, weil er so toll war. Nein, weil sie ihre Macht über ihn spürte. Sie würde sich für die Agentur opfern, weil es sogar Spaß machte. Das würde ihre Position gewaltig festigen. Vor ihrer Schwester hätte sie ein nützliches Geheimnis. Als er mit der Hand nicht weiterkam, schob er seine Hand unter ihre Bluse über die nackte Haut ihres Rückens, der von der Halterung ihres BHs unterteilt wurde. Zuerst sahen sie sich ein paar witzige Filmchen auf Youtube an, dann ein paar erotische. Sie merkte, wie seine Finger immer fordernder wurden. Wie sie einen Weg unter ihren Rock suchten. Sie drückte die Beine zusammen und seine Finger versuchten sie wieder zu öffnen. Dann zeigte sie ihm die Abgründe des Internets. Sie sahen sich Softpornos an. Aber nicht lange, dann lagen sie nackt auf dem herzförmigen Bett und er gestand ihr, dass er sich schon lange nach einer Frau wie sie sehnte. Seine Frau würde kaum verstehen, warum er Oberbürgermeister werden wolle, geschweige denn, wenn er mal etwas anderen Sex von ihr wollte. Nicht mal in der Schwangerschaft. Das war für sie abartig, geradezu pervers.

7. Kapitel

Der OB-Kandidat wird von seiner Frau entschuldigt / Das neue Handy stiftet Verwirrung / Eine ganz Stadt wird befruchtet / Fünf Frauen sitzen gebannt um den Tisch

»Wieso kommt denn dein Mann nicht zu uns? Er hat es doch versprochen!«, erkundigte sich die Frau des evangelischen Pfarrers bei Judith Bückling, der Frau des OB-Kandidaten der WLA. Sie schrieben gerade Schilder mit der Aufschrift Reserviert, die auf die Stühle bei der Eröffnung ihres Lechhauser Gemeindefestes kamen, damit die wichtigen Leute, die man einladen würde, einen guten Platz hatten.

»Mein Bernd hat so viel zu tun. Er ist doch im Wahlkampf. Wenn er abends nach Hause kommt, dann ist er meistens fix und fertig. Heute musste er ein indisches Filmteam am Kuhsee treffen. Wegen Presse-Fotos. Mit denen ist er noch zusammen. Ich soll ihn bei euch entschuldigen.«

»Schade, schade«, sagte die Frau des Pfarrers. »Dann haben wir halt ein Herz für Inder, gell«, lachte sie. »Dann muss er halt als frisch gebackener Oberbürgermeister zu uns kommen.«

»Schön wär's«, meinte Judith Bückling. »Ich wünsche es ihm ja so. Er redet nur noch davon. Ich unterstütze ihn ja, wo ich kann.«

»Judith, sei so nett, zeig mir mal dein neues Handy«, meldete sich eine Frau, die ein Reserviert-Schildchen faltete. »Du hast das Gleiche wie ich. Kommst du damit klar?«

»Einigermaßen. Warum?«, wollte die Frau des OB-Kandidaten wissen. »Das hat mir gestern mein Bernd geschenkt, mit Fotos und Filmen drauf, damit ich ihn immer sehen kann, wenn ich will.«

»Wie stellt man das Handy auf Mithören? Das bekomme ich nicht raus. Oder geht das nicht?«

»Schau mal her, das machst du so. Zuerst gehst du auf Menü, dann ...«

Entsetzt sah die Frau des OB-Kandidaten ihr Handy an, aus dem plötzlich eine weibliche Stimme drang. Vor Schreck ließ sie es fallen. Die weibliche Stimme war selbst unter der Eckbank im Aufenthaltsraum der Markus-Gemeinde immer noch gut zu hören und zu verstehen, was die Qualität ihres Handys bestens demonstrierte.

»So ein Gerät habe ich noch nie gesehen«, sagte die weibliche Stimme, »damit kannst du nicht nur mich, damit kannst du die gesamte Stadt überzeugen.«

Dann war eine männliche Stimme zu hören: »Aahhh, mir kommt's, mir kommt's gleich! Uuuuh! Was tust du?«

»Brav mein Kleiner, du hältst dich an deinen Wahlslogan. Komm, mein Kleiner, wir gehen auf den Balkon, damit du ganz Augsburg befruchten kannst. Komm, komm!«

»Du bist verrückt, uaaaah, was machst du mit mir? Du bist wahnsinnig«, tönte die männliche Stimme heftig und stoßweise keuchend aus dem neuen Handy, das irgendwo unter der Eckbank lag.

Fünf Frauen saßen gebannt um den Tisch auf der Eckbank und lauschten aufmerksam. Die Frau des OB-Kandidaten, die eigentlich unter den Tisch und die Eckbank kriechen wollte, um das Handy zu suchen, stand erstarrt wie eine Salzsäule am Tisch. Sie kannte die Stimme. Die männliche. Sie wurde schwächer. Dann schien noch ein lang gezogener Aufschrei zu erklingen. Jetzt legte sich die Frau des OB-Kandidaten unter dem Tisch auf den Bauch und holte das sprechende Handy unter der Eckbank hervor. Sie drückte die rote Taste.

»Was hast du denn da drauf gespeichert?«, wollte die Frau des Pfarrers wissen. »Einen Film oder ein Hörspiel?«

8. Kapitel

Verfolgung mit dem Motorboot / Hula-Hoop ist wieder in / Bronzepuder bringt die Gesichtshaut zum Glänzen / Eine Frau kauft sich Nogger-Eis / Die Super-Soaker-Pistole wird eingesetzt

Ich wollte mir nicht entgehen lassen, wie Helle die indische Braut rettete. Als ich zum Drehort kam, richteten sie Helle gerade für die Aufnahmen her. Er musste mit einem Motorboot das Motorboot des Brauträubers verfolgen, es stoppen und dann dem Hauptdarsteller helfen, der die entführte Braut aus dem anderen Boot holte. Die Motorboote lagen schon am Kuhseeufer. Der Kuhsee war für diese Aufnahmen abgesperrt worden. Die Polizei hatte ihn für die Dreharbeiten frei gegeben.

»Hallo, wissen Sie schon was wegen dem Holz«, kam die indische Bedienung zu mir.

»Wir haben schon einen Förster aufgetrieben, über den wir es besorgen können«, sagte ich.

»Gut. Was wollen Sie trinken?«

Sie brachte mir die Tasse Kaffee, die ich bei ihr bestellt hatte.

»Klausi, Klausi! Ursula tauchte als Wasserwachtlerin bei mir auf. Ihr blonder Pferdeschwanz hüpfte neckisch bei ihren betont federnden Schritten, die aussahen als wäre sie im Joggingtraining. Ihr weißes T-Shirt mit dem Wasserwacht-Schriftzug, das ein wenig durchnässt war, hatte sie unten zum Knoten gebunden. Ihre weißen Shorts mit bequemem Gummizug waren an den Beinen ausgefranst. Natürlich hatte sie an den Füßen durchlöcherte Converse mit schwarzen Streifen, diese teuren Stoffgummiturnschuhe, die Springerstiefel der Jugend im 21. Jahrhundert. Eine attraktive Lady, die von hinten besser aussah als von vorne. Eine alternde Sexbombe mit tollen Brüsten und Beinen, die mich immer wieder reizte, obwohl ich kein Aufwärmspezialist war. Leider sah ihre intensive Körperbräune irgendwie künstlich aus. Sie stützte sich ein wenig auf ihren beiden roten Hula-Hoop-Reifen, die sich leicht zum Oval verbogen.

»Coole Sache, kann ich dir nur empfehlen«, blickte sie auf die beiden Plastikreifen in ihrer rechten Hand, »bestes Bauchmuskel- und Taillen-Training aus den Fünfzigern. Verbrennt bei fünfzehn Minuten immerhin fünfundachtzig Kalorien.« In der anderen Hand trug sie eine Super-Soaker-Pistole, eine grünblaue Wasserspritzpistole Marke Sneack-Attak, die um die fünf Liter flüssigen Inhalt laden konnte. »Damit haben wir Wasserwachtler gerade zur Abfrischung einen Fight gehabt, das erfrischt. Es ist ja dermaßen heiß heute. Coole Sache, und man braucht dazu keinen Waffenschein und nur einen Wasserhahn zum Nachladen«, kicherte sie. Ursula versuchte ihr Jugendimage mit Jugendslang aufzubessern. Ihr hageres, hohes Gesicht, fast wimpernlos, mit Autobahnen aus Falten und großen Poren als Schlaglöchern, machte ihren Jugendwahn nicht mit. Da half auch ihr Sommer-Makeup mit zartrosa Wangen nicht viel. Genauso wenig wie der Bronzepuder, der ihre Gesichtshaut zum Glänzen brachte. Die Augenbrauen hatte sie abrasiert. Sie wurden von einem fein gezogenen schwarzen Strich, der sich schwungvoll über die Augen zog, ersetzt. Der Visagist von Claudia Schiffer hätte Ursula für ein jugendlicheres Aussehen den Collagen-Modellierer empfohlen. Die aufpolsternde und remodellierende Methode für Gesichtskonturen zum Verschwindenlassen von eingeprägten Gesichtspartien. Wer weiß, wie mein Gesicht aussehen würde, wenn ich mit einem Alkoholiker verheiratet gewesen wäre? Wenn ich jeden Tag zwei Schachteln Zigaretten rauchen würde? Wenn ich unter Dauerstress wäre, weil ich alles besser und perfekter machen wollte als meine Kolleginnen?

»Hallo, grüß dich, bist du wieder im Einsatz?«

»Ja. Und stell dir vor, gestern hatten wir eine ganz normale Wasserleiche. Eine Frau, so um die fünfzig, ist gestern ertrunken. Herzschwäche.«

»Ich suche eine Frau in diesem Alter«, dachte ich laut an die verschwundene Anna von Helle. »War es diese?«

Ich zog ein Foto von Anna heraus, das mir Helle für die Fahndung überreicht hatte.

»Nein, die sah ganz anders aus. Das war auch eine schlimme Angelegenheit. Der Frau fehlten beide Arme. Wie von einem Haifisch abgebissen. Vielleicht kam sie in die Schraube eines Motorbootes? Aber außer den extra ankutschierten Motorbooten der Filmleute gibt es hier keine. Wir haben sofort die Polizei gerufen. Die taten so, als wäre ein solcher Fall am Kuhsee schon Routine.« Sie spuckte verächtlich auf den Boden. »Klar, ohne Arme konnte sie nicht mehr schwimmen. Total schauderhaft.« Sie schüttelte sich. »Aber sag mal, was ist mit dieser Frau, warum trägst du das Foto mit dir rum? Ist es deine Frau? Ich dachte, du bist nicht mehr verheiratet, habe ich gehört. Seit wann stehst du auf reife Frauen?«

»Es ist die Verlobte eines Freundes von mir, sie ist verschwunden. Ich soll sie suchen.«

»Ich kenne sie. Ich habe sie vor ein paar Tagen hier gesehen.«

»Ehrlich? Wo hast du sie gesehen?«

»Ich stand mit Franz am Kiosk, da kaufte sich diese Frau ein Steckerleis. Sie ließ ihren Geldbeutel liegen. Ich habe ihn ihr hinterher gebracht.«

»An welchem Tag war das? Wo ist sie dann hingegangen? Hatte sie eine Begleitung dabei?«

»Das sind viele Fragen auf einmal. Was ist mit der Frau? Bist du an ihr interessiert?«

»Irgendwie schon. Es ist die Freundin von meinem Freund. Sie wird vermisst. Also, weißt du was?«

»Ich weiß nur, dass das vor ein paar Tagen war, wann genau, weiß ich nicht mehr. Aber der Franz am Kiosk, der hat mir gesagt, dass diese Frau schon öfters bei ihm was eingekauft habe.«

Wir gingen zum Kiosk von Franz. Sie stellte mich vor und ich zeigte ihm das Foto von Anna.

»Ja, die Frau kenne ich. Sie kommt seit ein paar Tagen vorbei und kauft sich bei mir Nogger-Eis. Sie hat immer eine Sonnenbrille und einen Hut auf und sieht dann aus wie Audrey Hepburn als Holly Golightly in Frühstück bei Tiffany. Kennen Sie den Film? Ich bin nämlich ein Filmfan.«

»Den Film kenne ich, der ist doch nach dem Buch von Truman Capote gedreht worden. Liege ich richtig?«

»Genau. Ich kann Ihnen sogar die Uhrzeit sagen, wann die Frau bei mir vorbeikommt. Sie kommt stets zur gleichen Zeit.«

»Wann denn?«

»Nachmittags, so um halbfünf.«

»Aha. Wie spät haben wir es jetzt?«

»Sechzehn Uhr vierzig. Heute scheint sie nicht zu kommen. Komisch«, meinte Kiosk-Franz. »Sie hat mir erzählt, dass sie seit kurzem hier in Hochzoll wohnt.«

»Wie haben Sie die Frau eigentlich erkannt, auf meinem Foto, wenn Sie bei Ihnen immer eine Sonnenbrille aufhat?«, kamen mir Zweifel.

»Die Sonnenbrille setzt sie immer ab, wenn Sie sich das Nogger-Eis bei mir kauft. Sie sagte mal, sie müsste das Eis richtig sehen, sonst schmeckt es ihr nicht. Sie geht mit dem Eis dann immer hinter meinen Kiosk.«

»Warum denn das?«

»Das habe ich sie auch gefragt«, meinte Franz.

»Und?«

»Sie sagte, sie wolle ihre Ruhe beim Eis essen. Sie müsse es ohne Zuschauer genießen.«

»So eine komische Tussi«, mischte sich Ursula ein.

»Geben Sie mir bitte auch ein Nogger und ihr auch«, zeigte ich auf Ursula.

»Ich will lieber ein Cornetto«, korrigierte mich Ursula.

Wir unterhielten uns noch eine Weile. Aber Anna tauchte nicht auf.

»Schauen wir zu den Filmleuten?«, sagte Ursula. Um siebzehn Uhr habe ich dort Dienst.«

»Gut.«

Wir gingen zu den Filmleuten. Ich drehte mich beim Laufen auf dem Kiesweg noch ein paar Mal zum Kiosk von Franz um. Man wusste ja nie. Auf der Wiese am Kuhsee war Getümmel. Blauer Himmel und strahlende Sonne garantierten für eine gute Stimmung. Das grüne, das sandige und auch das kiesige Ufer des Sees war voll von Badegästen. Manche lagen auf Decken, manche machten Picknick und manche spielten Federball, Fußball, oder Frisbee.

Ich sah noch mal zurück und sah Audrey Hepburn, also

Anna, mit Sonnenbrille und Hut bei Franz am Kiosk stehen.

»Sie ist da«, sagte ich zu Ursula und hielt an.

»Wer?« Sie schaute in dieselbe Richtung wie ich. »Ach so, die Frau, die du suchst.«

»Sie kauft sich ihr Nogger. Ich muss hin.«

Ich hätte es auch geschafft, wenn nicht gerade ein schwules Pärchen, beide Schnauzbartträger, mit zwei Hunden des Weges gekommen wäre. Einem großen und einem kleinen. Unpassenderweise hatte der dünnere Schwule den großen Hund. Der kleine Hund des dickeren Schwulen fing zu kläffen an, als er mich sah. Mit seinem pinkfarbenen Schleifchen um den Hals sah er eigentlich völlig harmlos aus. Der große Köter knurrte mich an und fletschte vor mir seine Zähne.

»Nicht bewegen«, sagte der dünnere Schwule, der den großen Hund an der Leine führte, zu mir. »Der Hund ist immer lammfromm, nur wenn er ein Nogger sieht, dann dreht er durch. Ich weiß auch nicht warum.«

»Kann er haben, wenn er mich durchlässt«, streckte ich dem kleinen Hund den Rest meines Eises hin. Der kläffte immer noch.

»Rambo soll kein Eis essen, sonst kriegt er wieder Dünnschiss«, meckerte der dickere von dem Pärchen. »Nehmen Sie das Zeug weg!«

Als ich das Eis zurückzog, knurrte der große Hund mich wieder an, als würde er gleich zubeißen. Ich bewegte mich nicht. Anna würde erst noch das Nogger hinter dem Kiosk essen. Ich hatte noch ein bisschen Zeit. Ursula sah uns gespannt zu.

»Den Dünnschiss hat er letztes Mal nicht vom Eis bekommen, sondern von den Gummibärchen, die ihm der blöde Kerl gegeben hat, dieser Typ von der WLA, der Oberbürgermeister werden will, der da neulich mit seinem Wahlkampf-Zirkus am Hochablass herumlungerte«, meinte der Mann.

Der große Hund setzte seine Pfoten auf meine Brust und seine Zunge schoss in die Richtung meines Eises.

»Kompletter Blödsinn, das war schon einen Tag, bevor du dem Hund das Eis gegeben hast«, diskutierten sie weiter.

»Fang!«, rief die Wasserwachtlerin und warf ihr restliches Cornetto dem großen Hund an die Hinterbeine. Der ließ von mir ab und schnappte sich mit seinem Riesenmaul das Cornetto. Ein Eis mit Waffel drumrum.

»Haben Sie noch alle!«, gellte der dünnere von dem schwulen Pärchen. »Sie können doch nicht einfach unserem Hund was zum Fressen hinschmeißen«, begann er einen Disput mit Ursula. Ich eilte an dem schwulen Pärchen vorbei, der kleine Hund kläffte mir nach.

Franz am Kiosk winkte mir schon entgegen und machte Handbewegungen, die wohl bedeuten sollten, dass Anna mit ihrem Nogger hinter dem Kiosk ist. Ich schaute also hinter den Kiosk. Hier waren Büsche und Bäume. An der Rückseite des Kiosks waren Eimer und Kartons gestapelt. Ein kleiner Trampelpfad führte durch die Büsche. Anna war nicht zu sehen. Ich ging auf dem Trampelpfad durch die Büsche. Wo war sie? Verdammt, es wäre so einfach gewesen, meinem Freund seine Anna zurückzubringen. Als ich aus den Büschen hervorkam, stand ich zwischen zwei Volleyball-Teams, die mit viel Geschrei den Ball über eine Schnur schlugen. Anna war nicht zu sehen. Ich ging durch die Wiese weiter in Richtung Hunde und Ursula. Vielleicht hatte sie die entführte Anna vorbeilaufen sehen? Hunde und Ursula waren nicht mehr da. Ich ging, mich natürlich dauernd umschauend, weiter zu den Filmleuten. Mist. Ich war so nah dran gewesen an Anna. Aber warum lief sie als Entführte hier durch die Gegend? War doch alles so, wie ihre Tochter es vermutete? Wollte sie nur Helle testen, ob er sie suchen würde? Aber weshalb? Was war der Grund für dieses merkwürdige Verhalten?

Als ich mich den Zuschauern näherte, die das indische Filmteam umringten, das mit einem Band seinen Drehort abgesperrt hatte, kam Ursula auf mich zu.

»Ich habe sie verfolgt, diese Frau mit dem Nogger, sie ist auf der andern Seite«, flüsterte sie mir ins Ohr.

Tatsächlich, zwischen den Zuschauern stand Anna mit Sonnebrille und mit Hut und mit ihrem restlichen Nogger in der Hand. Wo sie doch Nogger nur ohne Publikum genießen kann. Ich zweifelte immer mehr an Annas Glaubwürdigkeit. Sie blickte zu Helle, der gerade für die Verfolgungsjagd im Motorboot hergerichtet wurde.

»Rauuurauuuroooaaaar!« Ein Motorboot wurde angeworfen.

Ich erschrak genauso wie das gesamte Publikum. Der Regisseur plärrte irgendwelche Anweisungen durch einen tragbaren Lautsprecher. Meine Augen sahen zu dem lauten Außenbordmotor, der mächtig knatterte. Ein indischer Schauspieler, der wie ein Playboy ausstaffiert war, sprang in das Motorboot, das am Bootssteg lag. Dann musste Helle hineinhüpfen. Ich riss meine Augen von dieser spannenden Szene weg und suchte wieder Anna im Publikum. Wo war sie? Ich sah sie nicht.

»Sie ist weg. Du bleibst hier und schaust nach ihr, ich gehe mal zum Restaurant, vielleicht musste sie ganz furchtbar dringend auf die Toilette.«

»Was soll ich machen, wenn ich sie sehe und sie läuft irgendwohin?«, erkundigte sich Ursula.

»Du bleibst an ihr dran. Das ist wichtig.«

»Ich soll sie beschatten? Ich bin doch kein Privat-Detektiv.«

»Dann halte sie auf und sag einfach, der Klaus Kessler will sie sprechen und ich verrate sie auch nicht an Helle.«

»Verstehe ich jetzt nicht, aber bitte.«

Ich lief in das Restaurant zu den Toiletten. Vor der Türe zu den Frauentoiletten bremste ich. Das war eines der wenigen Tabus, die ich nicht gern brach. Ich beschloss zu warten, bis Anna herauskam. Falls sie drin war. Nach einigen Minuten war es für mich überhaupt nicht mehr klar, dass sie da drin war. Kalima, die indische Köchin kam vorbei. Sie wollte auch in die Damen-Toilette.

»Da ist vielleicht eine Frau mit Sonnenbrille und Hut drin, das müsste ich wissen. Können Sie mir das sagen, wenn Sie wieder herauskommen?«

»Wieso? Ist es Ihre Frau?«

Es war mir so peinlich, dass ich »Ja« sagte. Und ich sagte noch: »Sie braucht so lange, hoffentlich ist ihr nichts passiert.«

»Kein Problem«, sagte Kalima, »das haben wir gleich« und ging in die Damen-Toilette. »Niemand drin«, kam sie gleich wieder heraus. »Denken Sie an das Holz, das wir brauchen?«

Wir unterhielten uns noch über das Holz, als wir zusammen auf die Terrasse gingen. Auf dem Kuhsee knatterten jetzt zwei Motorboote herum. Vom Hochablass her ertönte eine Polizei-Sirene. Zwei Polizeiautos, denen ein

Notarztwagen folgte, drängten die Fußgänger vom Weg. Die kleine Auto-Kolonne fuhr, von einer Stabwolke verfolgt, dorthin, wo Franz seinen Kiosk hatte. Der indische Regisseur tobte, die Polizei-Sirene hatte seinen Filmton verdorben. Was war da los? Schon wieder ein explodiertes Floß? Das hätte ich doch gehört. Kalima sah mich fragend an.

»Das scheint nicht zum Film zu gehören«, meinte ich. Irgendwie hatte ich Angst, dass der Polizei-Einsatz was mit Anna zu tun hatte. Komisch, wie man seine Gefühle auf die Person fokussiert, mit der man gedanklich stark beschäftigt ist. Ich sah jetzt ringsum nur noch Frauen mit Sonnenbrillen und Hüten. Ich ging auch zum Kiosk von Franz. Ursula kam mir aufgeregt entgegen.

»Stell dir vor, was sie gefunden haben«, fasste sie nach meinen Armen, als wollte sie sich an mir festhalten.

»Was denn? Einen Ertrunkenen?«

»Nein. Ein Bein. Am Ufer.«

»Ein einzelnes Bein?«

»Ja, einer von uns hat es gefunden. Am Ufer. Kinder haben ihn darauf aufmerksam gemacht. Die dachten, es sei ein toter Fisch. Wir haben das Bein in eine Plastiktüte gesteckt und gleich die Polizei gerufen.«

»Der Notarzt ist auch gekommen.«

»Das Bein muss ja zu jemandem gehören. Vielleicht liegt irgendwo jemand, dem ein Bein fehlt«, nahm sie die Hände wieder von mir. »Unsere Leute suchen bereits intensiv danach.«

Wir waren bei den Polizei-Autos angekommen. »Vielleicht ist es noch ein Leichenteil von dem Floß, das in die Luft gejagt wurde«, dachte ich laut nach.

»Das ist auch unsere Meinung«, meinte Ursula.

Sara Insagg hielt am Polizeiauto eine Plastiktüte vor ihre Augen, in die sie hineinschaute.

»Das ist die Tüte mit dem Bein«, erklärte mir Ursula. »Du scheinst ja die Kommissarin besser zu kennen. Hast du was mit ihr?«

»Versucht habe ich es schon mal«, gab ich zu. »Das war in Verona, als wir den Plärrer-Killer jagten. Aber es ist nichts daraus geworden. Inzwischen bin ich fast verwandt mit ihr.«

»Wieso das?«

»Helle, mein bester Freud, der hat sich mit der Mutter von der Kommissarin verlobt. Er will sie heiraten. Wenn sie halt hier wäre. Du weißt schon, die Frau mit dem Nogger.«

»Ach so. Wer ist dann deine neue Freundin, oder bist du schon wieder verheiratet?«

Das nennt man Leute ausfragen, dachte ich mir.

»Aktuell bin ich frei. Vogelfrei.«

Ursula sah mich sehr interessiert an. Ihr Mund bewegte sich und ihr Gesicht bekam einen leicht lüsternen Ausdruck. Ich kannte keine Frau, die einen Mann so begehrlich anschauen konnte. Ich musste sie mal beobachten, ob sie das bei allen Männern tat. Oder doch nur bei mir? Sie hatte wohl schon an meinem Blick auf ihren Busen, den sie mit dem engen Wasserwacht-T-Shirt vor sich her trug wie zwei erotische Leuchttürme, meine aktuelle frauenlose Situation erkannt. Immer noch zog mich ihre sexy Aura an wie das Licht die Motten. Das wusste sie ganz genau.

9. Kapitel

Bauchnabel ist gepierct / Klaus Kessler darf ungestört flirten / Der Kontakt zu Ursula ist willkommen / Sonderseiten wegen dem Massenmord am Kuhsee / Ausgebluteter Körper gibt Rätsel auf

Die Kommissarin machte ein Foto von der Plastiktüte und reichte sie dann an einen Polizisten weiter, der sie in einer Kühlbox im Kofferraum seines BMWs verstaute.

»Herr Kessler, kommen Sie mal mit«, forderte mich die Kommissarin auf, die mich durch ihre scharfen Augen aus den Zuschauern herausgefiltert hatte. »Wir treffen uns in ein paar Minuten. Ich muss mit Ihnen etwas bereden. Ist hier irgendwo eine Kneipe, wo wir uns ungestört unterhalten können?«

Ich schlug das Ristorante am Zwölf-Apostel-Platz vor. War ich neulich mal gewesen, als für meinen verstorbenen Bruder Alfred in der dortigen Kirche ein Gottesdienst gehalten wurde. Der Eingang in die Kirche unter dem modernen Betonkirchturm, zu dem eine hohe und breite Treppe führt, erinnert an die Tempeleingänge in Babylon. Ein quadratischer Platz mit Supermarkt, Bäckerei und Metzgerei, der wohl mal als Zentrum von Hochzoll-Süd gedacht war. Der Stadtteil im Südosten von Augsburg, zu dem der Kuhsee gehörte.

»Okay. Dann treffen wir uns dort in dreißig Minuten.«

Sie fuhr mit den Polizei-Autos davon.

»Was wollte sie von dir?«, fragte mich die neugierige Ursula. Ihr T-Shirt rutschte ein wenig nach oben und zeigte mir einen straffen Bauch mit einem gepiercten Bauchnabel. Wie oft sie sich wohl im Fitness-Studio abplagte für diesen tadellosen Körper? Sie wollte auf Teufel komm raus jung bleiben.

»Sie will mich in dreißig Minuten sprechen.«

»Musst du zu ihr ins Kommissariat?«

»Nein, in eine Kneipe.«

»In welche?« Ursula war zur Detektivin geboren. Ich kannte sie bisher nur als Krankenschwester. Ich musste sie mal fragen, warum sie jetzt so viel Zeit hatte als Wasserwachtlerin herumzustolzieren und harmlose Bürger auszuquetschen wie eine Zitrone.

»Im John Farmer, an der Lechbrücke vorne«, erklärte ich ihr.

»Kenn ich nicht, da ist doch der Goldene Stern.«

»Das war früher der Goldene Stern. Sie will mich aber alleine sprechen, hatte ich den Eindruck.«

Meine Stimme wurde mürrisch.

»Keine Angst, Klausi, ich komme nicht dazu, du kannst mit deiner Kommissarin ungestört flirten. Aber mit mir könntest du auch mal wieder ausgehen. Das bist du mir noch schuldig.«

»Wir können ja mal indisch Essen gehen«, meinte ich zum Abschied und schwang mich aufs Rad. »Aber auch nur, wenn du nicht mehr Klausi zu mir sagst.« Das war eine Lüge. Natürlich trafen wir uns nicht im John Farmer. Ich wollte Ursula abschütteln.

Ich sah beim Wegradeln noch, wie sie mir mit dem Finger drohte und den Kopf schüttelte. Komisch, aus einiger Entfernung sah sie nach einer Wahnsinnsfrau aus. Ich wäre am liebsten wieder zu ihr geradelt und hätte was für heute Abend ausgemacht. Wo sie jetzt wohl wohnte? Ich liebte Wohnungen von Frauen. Das waren für mich die exotischsten Welten.

»Wer war denn diese Wasserwachtlerin, die vorhin neben Ihnen stand«, wollte Sara Insagg von mir wissen, als sie sich zu mir setzte. Das italienische Lokal hatte seine Tische auf dem Platz mit den schiefen Waschbetonplatten aufgebaut, die vor Jahrzehnten, als sie neu verlegt wurden, sicherlich gerade verlegt worden waren. Auf einer Seite des U-förmigen Platzes reckte die moderne Kirche ihren Turm zum Himmel, auf den anderen Seiten waren Büros und Geschäfte. Die Seite zwischen Bäckerei und Kirche war offen. Ein paar Sonnenschirme spendeten Schatten. Die abendliche Sonne war noch ziemlich warm.

»Die Wasserwachtlerin neben mir?« Ich wiederholte erst mal den Fragesatz von ihr, damit ich Zeit zum Überlegen für die Antwort hatte. »Also, die kenne ich schon länger. Die war mal Krankenschwester.«

»Einen Namen hat sie nicht? Die ist ja schwer hinter Ihnen her.«

»Da habe ich nichts gemerkt«, wehrte ich ab, die Frage nach dem Namen überhörte ich und ließ lieber meinen Blick über die Getränke- und Speisekarte schweifen.

»Das merkt doch ein Blinder mit Krückstock«, grinste sie mich an. »Aber wissen Sie was, das finde ich sehr gut.«

»Ich bestelle uns einen Campari-Orange, ist Ihnen doch Recht?«

Als wir an den Röhrchen im orangefarbenen Campari-Glas nuckelten, rückte sie heraus, warum ihr der Kontakt zu Ursula so gefiel.

»Wir haben das Leichenpuzzle nun abgeschlossen. Es haben sich daraus zwölf tote Personen ergeben. Aber wissen Sie, was eigenartig ist?«

Ich schaute zu ihr, nuckelte am Röhrchen, ließ den

alkoholhaltigen Saft aus der Mini-Pipeline über meine Zunge am Gaumen vorbei in den Hals fließen und schüttelte den Kopf. Ich konnte ihre weiteren Ausführungen nicht verstehen, die Glocken der Kirchturmuhr begannen sechs Uhr zu schlagen. Als die Glocken mit ihrer Arbeit geendet hatten, wiederholte sie ihre Antwort.

»Wir konnten aus den Leichenteilen zwar die zwölf Personen identifizieren, die auf dem Partyfloß waren, aber manche Leichen sind nicht vollständig.«

»Ist ja klar, der Arm, den Sie heute in der Plastiktüte abtransportiert haben, der gehört ja noch dazu.«

»Könnte man meinen, wenn man keine Ahnung hat«, nahm sie das Röhrchen aus dem Glas und spitzte ihre schelmischen Lippen, die sie auf den Glasrand setzte, um einem ordentlichen Schluck zu nehmen. Dann zog sie einen Zettel heraus. Den betrachtete sie. Dann las sie mir vor: »Es fehlen von einigen Leichen Körperteile. Aber kein Frauenarm.«

»Könnte ja schon früher durch einen Unfall passiert sein. Ich kenne einige Leute, die nur mit einem Bein oder einem Fuß durch die Welt laufen«, mutierte ich zum Klugscheißer. Ich wusste, diese Rolle liebte sie an mir überhaupt nicht. Ich wusste ja über Helle, dass sie zurzeit keinen Freund hatte. Aber ich machte keinen Versuch mehr, mit ihr anzubandeln. Auch wenn mir diese herz- und scherzhafte Mischung aus Pippi Langstrumpf und Pumuckl durchaus zusagte.

»Hören Sie endlich genau zu, Herr Kessler. Der Witz ist, der heute gefundene Frauenarm ist einer zu viel«, schnitt sie ihre Pizza auseinander, die gerade angeliefert worden war. Ich hatte Pizza Nummer 3 bestellt. Mit Sardellen und Oliven. War mit ihrer Pizza Napoli von einem männlichen Kellner in dunkler Kleidung angeliefert worden. »Jedenfalls bei den Leichen, die auf dem Floß waren. Allerdings ist es ein Frauenarm zu wenig, wenn ich an die tote Frau denke, die gestern im Kuhsee ertrunken gefunden wurde. Sie muss dort seit Stunden im Wasser gelegen haben. Da ist es klar, dass die ihre beiden Arme erst kurz vor ihrem Tod durch einen Umstand, den wir nicht kennen, abgetrennt wurden. Ihr Köper hatte kein Blut mehr. Sie war ausgeblutet. Der Fall wird immer rätselhafter. Ich muss mir bald eine neue Packung Kopfschmerztabletten besorgen. Mein Chef dreht schon durch. Bei der letzten Pressekonferenz kam er schwer ins Schwitzen. Das lässt er natürlich an mir raus. Mein Team wurde für diesen Fall auf sechs Personen aufgestockt. Das ist der größte Mordfall, den wir bisher in Augsburg hatten. Es vergeht kein Tag, an dem nicht irgendein Fernsehsender bei uns deswegen anklopft. Die Zeitungen machen schon Sonderseiten deswegen. Uff!«

»Das steigert Ihren Bekanntheitsgrad doch enorm.«

»Darauf könnte ich verzichten. Mir reichen meine Karriere und der Ärger, den ich habe. So komme ich nie zu einem Mann. Und dann versteckt sich meine bescheuerte Mutter noch und bauscht das zu einem Entführungsfall auf.«

»Äh, also, ich habe da eine Frau mit Sonnebrille ...«

Weiter kam ich nicht. Sie beugte sich über den Tisch zu mir. Ihr Dekolleté lag wie eine Landkarte vor mir. Zwei wunderbare Hügel luden mich zu einer Besteigung ein. Mir kam es vor, als rissen sich die Frauen zurzeit um mich. Warum konnte ich mich für keine entscheiden?

»Ich schlage Ihnen ein Geschäft vor. Ein schmutziges.«

»Wie, was?« Meine Stimme wurde zittrig.

»Ich gehe mit Ihnen ins Bett, wir legen eine tolle Nummer hin und Sie finden dafür meine Mutter ... Das müsste Ihnen doch gefallen?«

»Schon, schon«, wurde ich unsicher. Eigentlich hätte ich jubeln sollen. Doch ich war es nicht gewohnt, dass mich eine Frau derart anmachte. Außer sie war betrunken, aber dann wollte ich auch nicht. Ich war doch ein unverbesserlicher Romantiker, der für eine Frau noch Gedichte schrieb, wenn er sie erobern wollte. Und was soll ich sagen, manchmal klappte es sogar. Außerdem war ich schon immer im Zweifel, ob das gut wäre, wenn ich mit der Tochter und Helle mit der Mutter zusammen wäre. Aber ich durfte jetzt keine doofe Antwort geben, die sie beleidigte. So klar war mir das auch wieder nicht, ob ich mit ihr was anfangen wollte. Ich war ein gebranntes Kind. Meine erste Frau war auch eine Kommissarin gewesen. Damit war mein Bedarf an beruflich neugierigen Frauen voll gedeckt. Denen wurde der Zweifel andressiert.

Jetzt nahm ich auch das Röhrchen aus dem Campari-Glas. Nach einem tüchtigen Schluck hatte ich die Antwort gefunden: »Ich bin einverstanden. Auch wenn es kein so schmutziges Geschäft ist. Wir können ja vorher duschen.« Ich wusste, dass Frauen sich vor dem Gang ins Bett gerne duschen. Möglichst zusammen mit dem Partner.

»Halt, so schnell geht's auch wieder nicht. Das ist nur die erste Hälfte meines Angebots. Die zweite Hälfte ist die Beschattung dieser läufigen Wasserwachtlerin, wobei ich daran denke, dass es eine möglichst intime Beschattung werden sollte, und damit verbunden müssen Sie für mich als V-Mann bei der Wasserwachtstation am Kuhsee agieren. Da ist mehr los, als die mir erzählen.«

»Hmm. Jetzt wird's wirklich ein schmutziges Geschäft.« Ich begann zu überlegen, wo ich Viagra herbekam. Wenn die Kommissarin so viele Wünsche hatte, dann würden die tollen Nummern mächtig zunehmen, das würde ich ihr schon sagen. Gut, dort drüben war eine Apotheke, da müsste ich wohl mit einem Rezept von meinem Hausarzt mal reinschauen. »Und wozu das alles? Was erhoffen Sie sich dadurch?« Blöde Frage, Klaus, sie will dich, dich, dich! Ich konnte mich selbst nicht ausstehen, wenn ich, wie jetzt gerade, auf vernünftig machte. Da stand ich dann neben mir und betrachtete mich als Miesling, dem ich keine noch so bescheuerte Frau gönnte.

»Ich habe den starken Verdacht, bei den Wasserwachtlern stimmt einiges nicht. Am besten, Sie werden über diese nymphomane Wasserwachtlerin Mitglied bei denen und schauen sich da mal genauer um.«

Die tolle Nummer mit der Kommissarin hatte ich eigentlich schon im Sack. Ich wusste, wo ihre Mutter das geliebte Nogger-Eis kaufte und es war kein Problem, Wasserwachtler am Kuhsee zu werden. Sicherlich war es einfach, über Ursula da hineinzukommen. Ich erspähte eine Apotheke zwischen den Läden auf der anderen Seite des Platzes. Ich würde eine Doppelpackung Viagra brauchen, wenn ich meinen Harem am Kuhsee aufbauen würde.

»Sie lächeln so merkwürdig vor sich hin. An was denken Sie«, nahm die Kommissarin ein Stück Pizza in die Finger.

»Sagen wir, ich finde Ihre Mutter und ich bin als V-Mann bei der Wasserwacht, wann geht dann die tolle Nummer los?«

»Wenn Sie bei der Wasserwacht was gefunden haben, was mir in dem Fall weiterhilft, ist doch klar«, grinste sie mich an. Ziemlich schmutzig, fand ich. »Ich bin sicher, Sie werden bei denen was finden, was faul ist.«

»Warum?« Ich holte eine schwarze Olive aus dem Pizza-Teig und knabberte sie bis auf den Kern ab und stellte mir vor, das wäre die Brustwarze der Kommissarin. Es waren noch genügend Oliven für die Brustwarzen von Ursula in der Pizza. Komisch, dass ich gerade überlegte, was sich auf Kalima reimte.

»Das ist alles vertraulich, was ich Ihnen sage, das müssen Sie mir versprechen.«

Ich nickte. Mehrmals. Ernst. Ganz ernst. Als wäre mein Opa, meine Oma, meine Mama und mein Papa gleichzeitig gestorben.

»Manche Dinge, die ich Ihnen jetzt sage, die weiß nicht mal mein Chef. Das ist nicht das erste Körperteil, das mir die Wasserwachtler in der Plastiktüte überreichten und nicht zu den Toten vom Floß gehört. Sie haben mir auch schon einen Penis zukommen lassen, der zu viel ist. Wie soll das gehen? Unsere Spurensucher und Taucher haben den Kuhsee gründlich abgesucht. Was zu finden war, das haben sie gefunden. Außerdem haben sie jede Ecke unter Wasser gefilmt. Da war nichts mehr.«

Ihr Handy klingelte.

Ich wollte gerade sagen, vielleicht sind die jetzt gefundenen Leichenteile so weit durch die Luft geschleudert worden, dass sie am Ufer des Kuhsees gelandet sind. Aber wie kamen sie dann ins Wasser? Ursula hatte doch gesagt, dass sie das Bein aus dem Wasser gefischt hatten.

»Interessant, interessant«, flötete die Kommissarin in das Handy. Ihr Gesicht hellte sich auf. »Das bringt mich schon ein Stück weiter. Weiter so!«

Sie legte das Handy auf den Tisch neben ihren Pizza-Teller, der bis auf ein paar grüne Peperoni gründlich leer gegessen war. Die Rundungen der Kommissarin zeugten von ihrem Appetit.

»Es ist fast so, wie ich es mir gedacht habe«, fasste sie über den Tisch irgendwie vertraulich nach meinen Händen. Würde der Abschluss des schmutzigen Geschäfts jetzt schon beginnen?

»Eben habe ich von einem meiner Mitarbeiter erfahren, dass zwei Männer vor zwei Tagen von ihren Familien als vermisst gemeldet wurden.«

»Und?«

»Kann vorkommen. Aber das Verblüffende ist, beide wollten an den Kuhsee zum Baden gehen.«

»Kann auch vorkommen.«

»Sicher. Deswegen werde ich sobald wie möglich überprüfen lassen, ob die von der Wasserwacht gefundenen Leichenteile zu den vermissten Leuten gehören.«

»Wo soll denn unsere tolle Nummer stattfinden«, wollte ich an die Spitze der Bewegungen kommen.

»Jetzt machen Sie erstmal Ihre Arbeit, dann kommt das Vergnügen«, grinste sie mich an, zahlte, und verschwand zu ihrem Auto. Aber sie drehte sich um und kam noch mal zu mir.

»Haben Sie überhaupt ein Handy? Wie kann ich Sie erreichen?«

»Momentan habe ich kein Handy. Verloren. Neulich.«

»Haben Sie eine Festnetznummer?«

»Sicher. Als Hausmeister einer Schule brauche ich eine.«

»Wie ist die?«

»Weiß ich nicht auswendig. Ich rufe mich nie an.«

»Sauwitzig. Sie könnten Helge Schneider noch die Butter vom Brot stehlen. Wann bekomme ich Ihre Nummer?«

»Wann bekomme ich Ihre Nummer?«

Sie machte auf empört und entrüstet, warf den Kopf entrüstet in den Nacken und rauschte davon.

Ich bestellte mir noch einen Espresso mit einem Gläschen Leitungswasser. Bevor die Ladentüren am Zwölf-Apostel-Platz schlossen, kam Ursula aus der Türe des Drogeriemarktes. Mit einer vollen Plastiktüte. Ich hatte sie gar nicht hineingehen sehen. Angriff war die beste Verteidigung.

Ich winkte ihr von meinem Tisch aus. Sie kam.

»Was machst du hier?«, wollte sie wissen. »Ich denke, du bist im John Farmer mit der Kommissarin?«

»Hatte sich schnell erledigt. Jetzt brauche ich einen Espresso. Hier gibt's den besten in ganz Hochzoll. Darf ich dich zu einem Espresso einladen?«

»Gerne. Aber ich habe nur ein paar Minuten Zeit. Ich muss gleich meine Freundin treffen. Superwichtig. Die hat gerade riesige Probleme.«

»Wohnst du hier?«

»Ja, in der Friedberger Straße, über Babsys Kneipe. Kannst mich ja mal besuchen.«

Die ging ran. Aber gut so. Schließlich sollte ich mich ja im Auftrag der Kommissarin ein bisschen mit ihr vertraut machen. Würde schon nicht so schief gehen wie bei dem Fall mit dem toten Intendanten und dem Fuggerei-Phantom. Ursula war in meinem Leben ein Running-Gag. Die Frau machte mich immer scharf wie eine Handgranate und dann gab es meistens eine Fehlzündung.

»Ich finde das toll mit deinem Engagement mit der Wasserwacht. Ich würde da gerne mitmachen.«

»Ehrlich? Du? Kannst du überhaupt schwimmen?«

»Bestens.«

»Tauchen?«

»Auch.«

»Komm einfach morgen vorbei, wenn ich am Kuhsee bei der Wasserwacht-Station bin und du füllst den Aufnahmeantrag aus.«

»Mache ich.«

Sie schüttete den Espresso hinunter. Dann eilte sie zu dem Termin mit der Freundin. Rund zehn Minuten später, ich unterhielt mich gerade mit einem älteren Ehepaar, das sich zu mir an den Tisch gesetzt hatte über den Kuhsee, wie er einst war, eine wilde Buschlandschaft mit dem Wirt in einer Bretterbude und heute, der Kuhsee, das perfekte Naherholungsgebiet, da kam die Bedienung heraus und fragte: »Heißt hier jemand Kessler?«

»Ja, ich. Wieso?«

»Telefon!«

Ursula war am Telefon. Ihre Stimme klang aufgeregt.

»Gut, dass ich dich erreiche. Wir müssen dich sofort treffen. Sofort! Frag jetzt nicht warum. Komm in fünf Minuten zu Babsys Treff.«

»Alles klar. Ich zahle, dann komm ich dahin. Bis gleich.«

Babsys Treff hatte zwei Tische vor der Türe stehen. Aber da saß niemand. Ich ging in die kleine Kneipe. An der Theke standen zwei Männer und hörten der Frau hinter der Theke zu, die gerade über ihren Ex herzog.

An einem Tisch im Hintergrund saß Ursula mit einer Frau, die gerade mit einem zerknüllten Papiertaschentuch ihr Gesicht ziemlich fahrig bearbeitete.

Ich wurde dieser Frau vorgestellt. Sie hatte ein schmales Gesicht, große Augen und ihre hellbraunen lockigen Haare quollen unter einem Strohhut hervor. War mit dem grünen Batik-Top und darüber der ausgewaschenen ärmellosen Jeansweste mit Flechtmuster und aufgesetzten Taschen sommerlich gut kombiniert zu ihrer weißen Röhrenjeans angezogen. Ihre bunten metallenen Armreife klapperten aufgeregt. Die Frau wusste nicht, wo sie ihre Hände hintun sollte. Ihre mit orangefarbenen Lack überzogene Shopper-Tasche wechselte vom Boden auf den Tisch und zurück. Ihre Blicke gingen unruhig durch die Kneipe, hefteten sich wie zur Verankerung auf dem gelben Zifferblatt der Uhr mit gelbem Nylonarmband. Als ehemaliger Industriekaufmann Textil achtet man auf solche Dinge. Manche Berufskrankheiten sind unheilbar, auch wenn man den Beruf schon längst in der Ablage »Vorbei & Vergessen« versenkt hat.

Es war Judith Bückling, die Frau des OB-Kandidaten der WLA.

»Du musst Judith helfen. Sie ist fertig.«

»Um was geht's?«

»Ihr Mann betrügt sie.«

»Was soll ich da machen?«

»Sie sucht noch Beweise.«

»Und die soll ich besorgen?«

»Genau. Du bist doch Privatdetektiv.«

»Naja. Wie man's nimmt.« Ich hatte nicht immer Lust auf Ermittlertätigkeit. Konnte an verschiedenen Dingen liegen. Manchmal gefiel mir der Auftraggeber nicht, manchmal der Fall, manchmal war mir alles zu lästig, manchmal brauchte ich keine Kohle.

Judith Bückling schniefte in ihr Papiertaschentuch, das sie mal zusammenknüllte und mal auseinander zog. Man hätte ein Akkordeon draus machen können.

»Ich bin Ihnen so dankbar. Geld spielt keine Rolle.«

»Das ist natürlich eine heiße Sache, jetzt während des Wahlkampfes, äh, wann ist überhaupt die Wahl?«, erkundigte ich mich.

»Schon am kommenden Sonntag«, antwortete Judith Bückling. »Ich habe ihn deswegen zur Rede gestellt. Aber er gibt es nicht zu. Er sagt, ich sei hysterisch, ich mache seinen Wahlkampf kaputt.«

»Das ist natürlich eine diffizile Angelegenheit«, senkte ich meine Stimme, obwohl die Dampfhammer-Musik im Hintergrund mit dem Drumcomputer alles Gesprochene niedermachte. Wir konnten auch nicht hören, wie Babsy hinter der Theke über die Haustiere ihres Ex herzog. »Was haben Sie für Hinweise, dass Ihr Mann, äh, etwas mit einer anderen Frau hat?«

»Als ich seine Hose in die Waschmaschine geben wollte, und wie immer seine Taschen ausleerte, fand ich einen Zettel mit einer Augsburger Telefonnummer.«

»War ein Frauenname dabei?«

»Nein, das nicht.«

»Wie kommen Sie dann auf eine Frau?«

»Ich rief die Nummer an. Zuerst wollte ich nicht. Aber wissen Sie, mein Mann ist durch und durch korrekt. Seine Telefonnummern hat er alle fein säuberlich in seinem Blackberry gespeichert.«

»Und?«

»Es war ein Anrufbeantworter dran.«

»Der wird es kaum mit Ihrem Mann treiben«, wurde ich witzig.

»Kannst du bitteschön deine doofen Witze lassen, meine Freundin ist am Boden zerstört und du trampelst auf ihr herum.«

»Ach, Ursula, lass ihn doch, ist nicht so schlimm, das halte ich schon aus ...«

»Aber du hast doch gesagt, du bist in psychologischer Behandlung.«

»Schon, aber ...«

»Haben Sie auf den Anrufbeantworter draufgesprochen?«

»Nein. Aber da war Text draufgesprochen. Der hat mir verraten, dass unter dieser Nummer ein Romantic-Room im Hotelturm gebucht werden kann. Jetzt frage ich Sie, was soll mein Mann im Wahlkampf in einem Romantic-Room im Hotelturm?«

»Keine Ahnung. Ich muss Ihnen Recht geben, da würde ich als Ehefrau auch misstrauisch werden.«

Ich hätte ihr auch bei einem kleineren Beweis für ihre berechtigte Eifersucht Recht gegeben. Schließlich konnte ich da gut eine Rechnung über fünftausend Euro stellen und mir endlich einen lang gehegten Wunsch erfüllen. Eine CD mit Impotenz zu machen. Aber mit den Songs, mit denen ich wollte. Deswegen war es einst ja auch auseinander gegangen mit der Band und mir. Dem fetten Aaron war es doch wurst gewesen, was er mit denen im Studio einsingen sollte. Ich musste nur noch den Urlaub mit Lucia managen. Wie sollte ich mit ihr ins Allgäu düsen, wenn ich hier Privat-Detektiv spielen musste? Das musste sie verstehen.

»Jetzt erzähl dem Klaus doch mal das mit deinem Handy bei der Vorbereitung für euer Gemeindefest. Ihr Mann ist nämlich Mitglied im Vorstand bei der evangelischen

Markus-Gemeinde von Lechhausen«, sagte Ursula.

»Mein Handy war aus Versehen auf Mithören gestellt, als es mir auf den Boden fiel.«

»Und?«

»Ich und noch ein paar Frauen hörten zwei Stimmen. Eine männliche und eine weibliche.«

»Die männliche war ihr Mann«, wusste Ursula. »Sie hat seine Stimme natürlich erkannt.«

»Aha. Das ist ja nichts Schlimmes«, fand ich.

Judith Bückling erzählte minutiös exakt den Wortlaut der Stimmen aus dem Handy.

»Klare Beweise für ein Verhältnis Ihres Mannes sind das noch nicht«, sagte ich. »Da muss noch Butter bei die Fische.«

»Superspruch«, schüttelte Ursula ihren Kopf.

Ihre langen Beine hatten längst Kontakt zu meinen aufgenommen. Und wie immer, bei dieser Gelegenheit, stand ich unter Strom. Dabei kamen mir manchmal Spitzenideen. Manchmal.

»Wie lautet denn die Nummer für den Romantic-Room?«, erkundigte ich mich bei Judith Bückling.

Sie zog einen fein säuberlich gefalteten Zettel aus ihrer Brieftasche. Während ich mir die Nummer abschrieb, holte sie einen Labello aus ihrer Handtasche und feuchtete damit ihre Lippen an. Das nass geschniefte Papiertaschentuch drückte sie nebenbei in den Aschenbecher. Hier war ein Raucherclub hatte ich an der Türe gelesen.

Ich lieh mir von Ursula das Handy und wählte die Nummer auf dem Zettel, dessen Vorderseite eine Rechnung über eine Telefonkarte war. Kein Anrufbeantworter, ein Mr. Randy meldete sich. Ich fragte ihn, ob der Romantic-Room über ihn zu buchen wäre. Wäre er, antwortete er geschäftig. Ich hätte Glück, wäre nicht der Normalfall.

»Heute zum Beispiel?«, fragte ich hoffnungsvoll. »Wäre der Romantic-Room auch zufällig heute für mich und meine Begleiterin frei?«

»Sie haben Glück, heute ist er frei«, sagte Mr. Randy mit sonorer Stimme. »Wollen Sie mit Ihrer Begleiterin von einer Stretchlimousine hingebracht werden?«

»Was kostete denn das alles?«, wurde ich vorsichtig. Als er mir den Preis sagte, meinte ich: »In Ordnung nehme ich.«

»Und wo und wann soll ich Sie und Ihre Begleiterin mit der Stretch abholen?«

»Ja, hier, bei Babsys Treff«, erklärte ich ihm die Adresse.

»Ich akzeptiere keine Schecks und keine Kreditkarten. Der fällige Betrag muss vor dem Einstieg in die Stretch beglichen werden«, führte die sonore Stimme von Mr. Randy aus.

»Geht klar«, sagte ich und versuchte auch eine sonore Stimme hinzubekommen. Wobei mein Blick eine Rundreise über die erstaunten Gesichter von Ursula und Judith Bückling machte und die lackierte Shoppingtasche der Gattin des OB-Kandidaten streifte, die gerade wieder vom Tisch auf den Boden wechselte.

»Ich habe zugesagt. Die Fahndung nach der Unbekannten beginnt«, legte ich das Handy vor Ursula auf dem Tisch ab. Babsy war gerade bei der Unterwäsche ihres Ex angekommen, die nicht immer in Ordnung war, wie an ihrer hochgezogenen Nase zu erkennen war und sie registrierte mein hoch gehaltenes leeres Weizenglas. »Und du bist dabei, liebe Ursula, als Zeugin. Damit du meiner Mandantin«, ich reichte meine rechte Hand Judith Bückling, die auch danach griff, »stets berichten kannst, wie sich die Dinge entwickeln.«

»Du spinnst, du bist total verrückt«, stieß Ursula hervor. »Habe ich es dir nicht gesagt, Judithherzchen, mein Klausi ist völlig durchgeknallt, aber er ist ein Genie, wenn es um Ermittlungsarbeit geht.«

»Schnell sind Sie, das gefällt mir«, sagte Judith Bückling.

»Seien Sie aber nicht enttäuscht, wenn sich herausstellt, dass Sie Ihren Mann falsch in Verdacht haben«, sagte ich.

»Das wäre mir das Liebste. Das können Sie mir glauben. Ich will weder meine Familie zerstören noch die Karriere meines Mannes. Auch wenn er auf mich kaum Rücksicht nimmt. Aber er ist halt ein Durchmarschierer. Er glaubt halt, ich bin nur für ihn da. Vielleicht haben wir einfach zu jung geheiratet? Mein Gott, wir waren Sandkastenfreunde. Unsere Ehe ist schon lange ein Nebenher-Leben, aber wir dachten uns, mit dem Wahlkampf um den OB-Posten in Augsburg könnten wir noch mal ein neues Kapitel in unserer Beziehung aufschlagen. Das hat auch geklappt. Wir sind während des Wahlkampfes mehr zusammen, als jemals zuvor. Gut, dass meine Eltern noch so fit sind und sich um unsere zwei Kinder kümmern können. Ach, ja, ich hatte mir das alles viel schöner vorgestellt.«

»Ich finde es toll, dass sich Ihre Freundin«, ich sah von ihr zu Ursula und hob dabei das Weizenglas wie der Zeremonienmeister seinen Szepter, »sofort für Sie opfert und mich heute Nacht in den Romantic-Room begleitet.«

»Moment, Moment, noch habe ich nicht zugesagt«, rief Ursula und zog sehr hastig eine weitere Zigarette aus der

Packung. »Was soll ich denn da anziehen?«

»Ich finde das eine Superidee«, musste Judith Bückling schwach lächeln. »Du hast mir doch gesagt, dass du auf ihn stehst.«

»Du alte Plaudertasche, so was will meine Freundin sein«, suchte Ursula nach Feuer für ihre Zigarette und grinste mich unverfroren an. Ihre Augen durchstachen mich, als wäre ich ein Schmetterling, den sie als Sammlerin aufspießen würde. »Ich bin doch gar nicht für so eine Nacht hergerichtet. Da hat man doch leckere Dessous an, halterlose Strümpfe und so was.«

»Und ich habe nicht die zweihundert Euro in der Tasche, die ich für die Stretchlimousine und den Romantic-Room hinlegen soll«, sagte ich und versuchte mich vom Schmetterling in einen Tiger zu verwandeln.

»Das ist kein Problem. Ich habe da vorne eine Sparkasse gesehen«, verschwand Judith Bückling aus der Kneipe.

»Hast du noch alle? Ich mit dir, heute Nacht, im Hotelturm? Wir zwei? Bei uns geht das doch immer schief«, schaute sie mich zweifelnd an. »Wann holt uns die Stretchlimousine ab? Ich zieh mich nur geschwind um. Ich wohne ja gleich über der Kneipe. Dauert höchstens doch nur drei Minuten.«

Draußen wurde es dunkel. Ich schaute auf die Uhr bei ihrem Handy. Das Display zeigte die digitalen Ziffern: 23:21. Viel Zeit war nicht mehr, bis Mr. Randy mit der Stretchlimousine kam. Ich sah auch nicht gerade feierlich aus. Als Inhalt für eine mondäne Stretchlimousine war ich mit meiner Freizeitkleidung nicht geeignet. »Ich sollte mich auch umziehen«, meinte ich.

»Kein Problem, dann kommst du gleich mit, da sind

noch paar Sachen von meinem Ex vorhanden«, grinste mich Ursula an, die sich längst in eine Gottesanbeterin verwandelt hatte. Wie würde ich ihren Fängen lebend entkommen, begann ich zu überlegen. »Die bekommt der sowieso nie wieder, ich habe seine Ausstattung finanziert.«

Judith Bückling kam herein und reichte mir drei Geldscheine.

»Quittung später, ich vertraue Ihnen«, sagte sie mir.

Es waren zwei Zweihunderter und ein Hunderter. Die Nacht mit Ursula im Romantic-Room war gerettet. Judith Bückling sagte, dass sie jetzt ihre Mutter bei ihrem kleinen Sohn ablösen musste. Ihr Mann sei ja in vielen Kneipen und Clubs unterwegs, seine Werbeagentur Mulle & Pulle habe jetzt die Jugend als Zielpublikum entdeckt. Das erfordere eine ziemliche Umstellung.

Seit einigen Tagen hätte ihr Man auch eine eigene Homepage im Internet und dort könne man ihn auch schon in einem Werbefilmchen sehen. Sollte ich mir anschauen, damit ich einen Eindruck von ihm hätte. Ihre Handy-Nummer hätte ja ihre Freundin. Sie schob Ursula einen Zwanziger zum Zahlen hin, stieg in das angekommene Taxi und fuhr davon.

10. Kapitel

Ursula arbeitet in der Schönheitsklinik / Lover ist ein Arschloch / Minirock reicht / Mitteilungsbedürftige Lippen / Pralle Frauen sind gefragt / An der Hüfte soll Fett abgesaugt werden

»Ich weiß, dass ich zurzeit nicht gut aussehe«, sagte Ursula unvermittelt zu mir. »Aber ich bin innerlich immer noch ein Vulkan, das darfst du mir glauben.«

Das glaubte ich ihr. Das war zu spüren. Sie strahlte Sex aus wie eine Sonnenbank auf der höchsten Stufe. Wer sich auf Ursula legte, der wurde nicht nur gebräunt, der wurde geröstet und dann ausgespuckt wie ein fertiges Toastbrot aus dem Toaster.

Wir gingen in ihre Wohnung im zweiten Stock über der Kneipe hoch. Während ich die Kleidungsstücke ihres Ex betrachtete, die im Gang hingen, war sie in das Schlafzimmer gegangen, um sich für die kommende Nacht schick zu machen.

»Was versprichst du dir von unserem Aufenthalt im Hotelturm?«, sah sie mich mit ihren großen Augen, die von drei Zentner Kajal umrandet waren, tief an und stand mit einem rotschwarzen Slip und BH vor mir im Wohnzimmer, während ich gerade die zweite Jacke ihres Ex anprobierte. »Übrigens werde ich bald wieder ein appetitlicher Happen sein. Du musst nur noch ein wenig dranbleiben.«

»Du gefällst mir so, wie du bist«, meinte ich.

»Seit einigen Monaten arbeite ich für die Aphrodite Schönheitsklinik, deswegen wohne ich auch hier«, sagte sie. »Aus dem Klinikum musste ich gehen. Wegen meinem letzten Lover, dieses Arschloch. Ein Albaner. Ich hätte es wissen müssen, dass so einer nichts taugt. Aber er hat ausgesehen wie Brad Pitt und Johnny Depp gleichzeitig, da musste ich zugreifen, das verstehst du doch?« Das schon, aber warum griff sie nun auf solide einheimische Ware wie mich zurück? Aber wer findet schon die perfekte Balance in der Liebe? Ich vielleicht? Auch wenn es auf Helle wirkte, wie er mir schon öfters gestand, dass es mehr als dämlich aussah, wenn ich in meinem Alter wie eine Honigbiene von einer Blume zur nächsten Blume, sprich Frau, summe, so sehnte ich mich doch nach nichts mehr als nach einer stabilen Partnerschaft. Aber wenn man schon auf der Suche nach einer Partnerin ist, sagte ich mir, dann sollte man auch endlich die Richtige finden und nicht gleich die Erstbeste nehmen. Von denen ich es glaubte, dass sie es sind, solche wie Matata, Fleur de Paris und Suliarso, die hatten sich vom Acker gemacht.

Ursulas rote Lippen wurden zu Klosettdeckeln. Sie schien an ihren Albaner zu denken. Ohne an mich zu denken, zog sie ihr T-Shirt über den Kopf. Nur eine großblättrige undefinierbare Grünpflanze im Zimmer, die fast bis zur Decke reichte, hinter der sie agierte, hinderte mich, nach einer schadhaften Stelle auf ihrer gleichmäßigst gebräunten Haut zu suchen. Sie hatte einige Kleidungsstücke aus dem Schrank gezerrt und vor sich hingeworfen. Rote Stöckelschuhe. Halterlose schwarze Strümpfe. Hellblaue Dessous. Ein schottisch karierter Minirock. Ein weißes Seidenhemd mit goldenen Knöpfen. Eine vogelwilde violette Fransenjacke.

»Soll ich auf elegant machen? Macht dich das scharf? Dann müsste ich meine Haare hochstecken. Bisschen Schaumfestiger rein, über die Rundbürste glatt föhnen,

Haar am Oberkopf mit einem Haargummi zusammennehmen, in sechs Strähnen teilen ...«

»Du hättest Frisöse werden sollen.«

»... antoupieren, glatt kämmen, mit Haarlack fixieren, über die Finger ziehen und in großen Locken mit Haarnadeln feststecken und ein letztes Mal fixieren, fertig, was sagst du dazu? Willst du mich so?«

»Macht mich nicht scharf, weil es zu lange dauert. Mir reicht es, wenn du diesen Minirock anziehst.«

»Wie bescheiden«, flötete sie. »Na gut, ich sehe das als Kompliment.«

»Und?«

»In der Schönheitsklinik kann ich mich jetzt umsonst einer Schönheitsoperation unterziehen. Mein Ex mit der fetten Kohle ist dummerweise pleite gegangen. Der Doofmann hat sich verspekuliert. Die Überweisungen sind nicht mehr. Vor Kummer ist er vor zwei Monaten abgekratzt.« Sie schüttelte den Kopf, als könnte sie die eigene Geschichte nicht für wahr halten. »Meine Operation wird ein Werbebeitrag für einen Film und einige Anzeigen für die Schönheits-Klinik.« Ursulas Lippen waren nicht nur sehr sinnlich, sondern auch sehr mitteilungsbedürftig. »Ich arbeite bei denen halbtags. Erstmal. Sie haben mich genommen, weil ich doch gute Kontakte in die Augsburger Promi-Szene hab, du weißt ja, mein früherer Gatte war mal Chefarzt am Zentralklinikum.«

Ich nickte. Warum erwähnte sie das so gerne? Die Jacke ihres albanischen Freundes passte mir wie angegossen. Ein dunkelblauer Blazer mit Messingknöpfen. Ich passte also in ihr Beuteschema.

»Da muss auch noch eine Hose da sein. Das ist als Anzug ein cooles Gerät«, meinte Ursula. »Den habe ich meinem albanischen Lover gekauft. Der hat mich in Teufels Küche gebracht. Drogen, Nutten, Hausdurchsuchungen, mit dem habe ich ganz schön was mitgemacht. Jetzt ist er verschwunden, als ich wissen wollte, was hier gespielt wird. Sang- und klanglos. Und ich darf seine Suppe auslöffeln. Ich hasse ihn. Weißt du, was das Schlimmste ist?« Sie wartete meine Antwort nicht ab. Hätte auch nichts genutzt. Ich hätte keine Antwort gewusst. »Er stand eigentlich auf pralle Frauen, so richtige Fleischberge. Ich war nur ein Auskunftsbüro und ein Aushängeschild für ihn. Er ist ein hübscher Mann. Er könnte alle haben, aber nein, es müssen wandelnde Riesenfleischklopse sein, die er nur mit dem Bagger ins Bett bekam. Wenn ich das nur gleich gemerkt hätte. Ach, Liebe macht blöd. Ich musste für seine Firmen den Kopf hinhalten und für seine Kredite bürgen. Er war um einiges jünger, das hat mich angemacht, mein Gott, ich bin auch nur eine Frau. Bei uns ist das Herz nun mal dominierender als das Hirn.«

»Und?«

Ich blieb bei meiner einsilbigen Verhörmethode. Sie sagte aber eine Weile nichts mehr. Ich wandte mich der Kleidung zu.

Die Hose saß auch hervorragend. Mein schwarzes T-Shirt ließ ich an. Eine Krawatte war nicht mein Ding. Mir wurde es sowieso schon zu eng.

Sie ging zum Kühlschrank und stellte uns eine Flasche Absinth auf den Tisch, aus der wir ohne Gläser tranken. Sie lagen ungespült im Waschbecken.

»Deswegen hat er mich gebraucht. Vorher hatte er es schon mit einer aus der Schönheitsklinik getrieben. Er ist so ein Schwein, so ein verdammtes Schwein.«

Sie setzte sich in einen Sessel vor mir und schlüpfte

mit ihren herrlichen Beinen in die knisternden Strümpfe. Mir kamen wahnsinnig sündhafte Gedanken beim Anblick ihrer faszinierenden Beine, die von halterlosen schwarzen Strümpfen bedeckt wurden.

»Stell dir vor, wer vor ein paar Tagen in unsere Schönheitsklinik eingecheckt ist, ich bin ja manchmal auch an der Rezeption«, fragte mich Ursula.

»Wer?«

»Die Frau des jetzigen Oberbürgermeisters, die Sieglinde. Unglaublich. Offiziell ist sie ja, bei ihren pflegebedürftigen Eltern, für eine Woche, so was kommt bei den Zeitungslesern immer gut an.«

Ich hielt mich zurück und verbiss es mir zu sagen, dass Ursula ein bisschen der jetzigen OB-Gattin ähnlich sah. Für beide war eine Renovierung kein Fehler. Beide hatten vom Lebensapfel wohl zu viel heruntergebissen.

»Und?«

»Die will sich Fett an der Hüfte absaugen lassen, wo gar kein Fett ist. Die Frau besteht doch jetzt schon nur noch aus Knochen. Da hätte mein Zucker-Boy keine Freude dran gehabt.«

Sie schwebte ins Schlafzimmer, holte sich ein dunkelblaues Kleidchen mit einem weißen Gürtel und stieg vor mir hinein.

»Dein Zucker-Boy? Wer ist das?«

»Mein albanischer Ex. Der dealte nicht nur, der belieferte auch die perversesten Kunden.«

»Mit was?«

»Abgesaugtes Fett. Operationsteile. Er hatte ein paar Kunden, die wollten von ihm so was. Wozu auch immer.

»Wirklich pervers. Wird das gut bezahlt?«

Ich sah meinen Körper plötzlich als Sparschwein an.

Ihr Blick von oben nach unten teilte mir mit, dass dieses Sparschwein schon mal mit Fett gut gefüllt war.

»Da hat mein Zucker-Boy gut abkassiert.«

»Wie kam er an das abgesaugte Fett und an die Fotos der Lieferanten?«

»Ich musste ihm sagen, wann wieder eine Fettabsaugung war, dann holte er sich die aus unserer Spezial-Tonne. Und ein Foto dazu musste ich ihm besorgen. Ich dachte zuerst, er ist ein degenerierter Fettfanatiker, weil er doch auf diese Monsterweiber steht.«

»Aber?«

Ich zog wieder meine Stiefel an.

»Er hat es verkauft. Stell dir das vor. Erst aus der Tonne geholt und dann verkauft.«

»An wen?«

»Weiß ich nicht.«

»Kommt man so leicht an eure Tonnen? Ich meine an die Tonnen, in denen die ungeliebten Reste der Patientinnen entsorgt werden?«

»Nein, die sind abgesperrt, bis sie von einem speziellen Entsorger abgeholt werden. Zum Verbrennen, hat man mir gesagt. Den Schlüssel habe ich ihm heimlich nachgemacht. Ich hänge da leider mit drin. Ich könnte mir links und rechts eine reinhauen. Kannst du das für mich machen?«

Stand sie auf sadomasochistische Sexspiele?

»Stimmt das wirklich? Das mit dem Fett und deinem Ex?«

»Ich habe ihn beobachtet, als er sich nachts das abgesaugte Fett aus der speziellen Tonne holte.«

»Bist du ihm nachgeschlichen?«

»Nein. Das ging einfacher. Von meinem früheren Gatten, dem Herrn Chefarzt, der ja auf die Jagd ging, habe ich ein hochwertiges Nachtsichtgerät. Mit dem konnte ich mein Zucker-Baby beim Raub des Körperfettes von meiner Wohnung aus beobachten. Vom Schlafzimmerfenster aus.«

Sie holte das Nachtsichtgerät und ging mit mir in das Schlafzimmer zu dem Beobachtungsfenster.

»Dort, siehst du, dort drüben, hinter der Ziegelsteinmauer, der geteerte Hof mit den vielen Garagen, der gehört zur Schönheitsklinik. Heute müsste schon wieder die Fett-Tonne bereit stehen.«

Sie öffnete das Fenster weit.

Draußen war eine wunderbar sommerlaue Nacht.

Ich setzte das Nachtsichtgerät an die Augen, das auf Wärme reagierte, und Menschen und Tiere durch die Ausstrahlung ihrer Körperwärme sichtbar machte.

»Da bewegt sich was«, sagte ich.

»Was?«

»Keine Ahnung, sieht nach irgendwelchen Gestalten aus.«

Sie nahm das Nachtsichtgerät an ihre Augen.

»Ich frage mich auch, was die da machen.«

Sie setzte das Nachtsichtgerät kurz ab und drehte an ein paar Rädchen. Dann setzte sie es wieder an ihre Augen. Sie beugte sich damit aus dem Fenster. Aus dem Hof der Schönheitsklinik waren schleifende Geräusche zu hören. Sie verstummten aber schnell wieder.

»Möchte wissen, was sich da drüben abspielt. Wird doch nicht mein Albaner dabei sein. Ich dachte, der ist in seiner Heimat verschwunden.« Ihre Worte kamen in Raten aus ihrem Mund.

Die Abstände zwischen den Worten wurden immer länger. »Sie haben eine Tonne geöffnet, sie beugen sich darüber, sie langen mit Händen hinein, sie holen was heraus. Aber was?«

»Jetzt hat eine Gestalt was in der Hand. Sieht aus wie ein Messer. Das ist ein Messer. Sie öffnen einen Plastiksack«, berichtete sie weiter. »Sie holen was aus dem Plastiksack und jetzt, jetzt ...« Mir blieben Worte und Spucke weg. »Sie schieben sich was in den Mund. Eklig. Eklig. Eklig. Uahhh. Danke, das genügt«, setzte sie das Nachtsichtgerät schnell ab.

»Das muss ich ..., ich meine, das muss ich melden«, löste sich Ursula von mir. »Am besten gleich.«

Mit zitternden Händen, die meiner Meinung nach, von den Dingen herrührten, die sie vom Hof der Schönheitsklinik beobachtet hatte, nahm sie ihr Handy.

Ich schaute derweil auf die Uhr. Die digitalen Ziffern 23:53 darauf, die sie laut verkündete, riefen mir die Abmachung mit Mr. Randy ins Gedächtnis.

»Geht nicht, wir müssen runter. Die Stretchlimousine kommt gleich«, ging ich Richtung Wohnungstüre voraus.

»Ist vielleicht auch besser so«, schnappte sich Ursula eine Tasche, stopfte schnell noch einige Dinge hinein und folgte mir.

Vor Babsys Treff stand ein über acht Meter langes Auto. Ein Riesengeschoss. Ich war schwer beeindruckt. Der war sein Geld wert.

»Hallo! Hallo! Man sucht euch schon«, krähte Babsy hinter der Theke hervor und zeigte auf einen smarten Typen, der sich als Mr. Randy, unser Chauffeur, zu erkennen gab, dem ich gleich den Zweihunderter zur Begrüßung in die Hand drückte, was ihn gleich, mit uns im Schlepptau, vor den Augen einiger angetrunkener Beifall klatschender und Hochrufe ausstoßender Kneipen-Gäste, zur Stretch laufen ließ. »In der Kischdn, da kannsch du besser stopfa als in meinem Kabuff dahoim«, klopfte mir einer mit Datschislang im Vorbeigehen kumpelhaft auf die Schulter. »Woisch was i moin?«

Freilich wusste ich, was er meinte.

11. Kapitel

Lift fährt in den 33. Stock / Rasur ist Bedingung / Klaus Kessler ist baff / Viagra-Schachtel ist in der Handtasche / Schwarze Strümpfe sind Fragezeichen

Ursula saß auf der langen Bank der Stretchlimousine neben mir. Mr. Randy hatte Intimbeleuchtung eingeschaltet. Wir schaukelten die lange Friedberger Straße entlang. Selbst, als wir über die Gleise der Lokalbahn fuhren, holperte es nicht. Die Federn des überlangen Lincoln schluckten Unebenheiten bis zur Größe der Zugspitze, ohne seine Insassen davon in Kenntnis zu setzen. Ursula umklammerte meinen linken Arm.

Mr. Randy parkte die lange Stretchlimousine direkt vor dem Hotelturm, der in Augsburg wegen seinem Aussehen auch der Maiskolben genannt wurde. Bevor wir ausstiegen, öffnete er die Bar und machte uns einen Cocktail. Der mundete hervorragend. Ursulas Augen bekamen ein übermütiges Glitzern. Aus dem Licht des nahen Hoteleingangs, der sich neben dem Eingang für die Bewohner des Hotelturms befindet, spazierte eine Gruppe Menschen, die sich in der angenehmen warmen Sommernacht unterhielten, zu ihren Autos. Die Glastüren öffneten sich vor uns. Randy gab uns vor der unbesetzten Rezeption den Schlüssel mit der Nummer des Romantic-Rooms und den Schlüssel, der auch den Lift in den 33. Stock in Bewegung setzen konnte. Er wünschte uns viel Spaß. Nach oben ging's nur mit Aufzugschlüssel. Im Aufzug begann ich schon an Ursula herumzufummeln. Sie wusste, dass ich ihren muskulösen Beinen, deren Füße in roten hohen Stöckelschuhen steckten, die mit ihren rotem Armband und den roten Ohrringen farblich bestens harmonierten, total hörig war. Sie stellte sich mit den Rücken an die Wand des Aufzugs und spreizte ihre Beine. Der Aufzug stoppte, und wir verließen diesen kuscheligen Raum. Auf einem kreisförmigen Gang gelangten wir zum Romantic-Room. Dann in das Appartement. Ein großes herzförmiges Bett beherrschte den Raum, dessen Außenwand rund war. Eine Balkontüre führte hinaus. Vor dem Fenster waren Palmen aufgebaut.

»Ich mag's nur rasiert«, sagte sie mir, als sie ihre Tasche auf das rote herzförmige Bett schleuderte. Der Cocktail hatte sie aufgeputscht. Sie fingerte sofort meine Jacke herunter.

»Ich habe keinen Rasierer dabei. Mein Bart ist erst zwei Tage alt.«

»Deinen Bart meine ich auch nicht. Ich meine meinen.«

»Du hast doch keinen Damenbart.«

»Doch. Unten.«

»Da ist er gut aufgehoben.«

»Eben nicht. Ich mag's da glatt. Wird dir gefallen. Rasierschaum und Rasierer habe ich dabei.«

Während ich noch baff war, holte sie die Dose mit dem Rasierschaum aus ihrer Tasche. Sie hatte sich schneller entkleidet als ich brauchte, um eine Flasche Wein und den Korkenzieher aus der Hausbar zu holen. Dazu nahm ich aus einem Regal zwei Weingläser. Sie hatte sich unter den Kopf ein Kissen gestopft. Die Stöckelschuhe hatte sie noch an. Sonst wirklich nichts. Ihre Hände lagen neben ihrem Körper. Ihre Beine hatte sie bestens positioniert. Das große Deckenlicht hatte sie ausgemacht. Die hohe Stehlampe in der Ecke mit einem herzchenverzierten

Stoffschirm gab dem Room die Romantic, die ich brauchte. Mir wurde es verdammt heiß.

Die Nacht wurde immer schwüler. Ich öffnete die Türe zum Balkon. Draußen waren die Lichter von Augsburg zu sehen. Ab und zu zog unten ein Zug zum nahen Bahnhof vorbei, dessen beleuchtete Fenster ihn aussehen ließen wie einen gigantischen Leuchtkäfer, der seine Bahn zog auf der Suche nach einem Weibchen.

Das Weibchen hatte ich.

Sogar tüchtig eingeschäumt.

Sie fummelte in ihrer Handtasche nach einem Rasierer. Ich hatte noch nie eine Frau rasiert. Weder oben noch unten, noch sonst wo. Ich war aufgeregt. Würde ich sie schneiden? An ihrer empfindlichsten Stelle? Würde sich Blut mit dem Schaum vermischen? Wie würde sich ihre glatte Haut auf meiner glatten Haut anfühlen? Manche Fragen müssen durch die Praxis beantwortet werden, dachte ich mir.

Die Flasche Wein, die wacklig auf einem Tablett neben ihr auf dem Bett stand, war fast schon leer.

»Glaubst du, dass hier der Mann deiner Freundin mit einer anderen war?«, versuchte ich die erotisch aufgeheizte Stimmung auf ein geschäftliches Level zu bringen.

»Das willst du jetzt wissen? Jetzt?« Sie griff in den Haufen aus Haarklammern, Lippenstift, Papiertaschentüchern, Bonbons, Visitenkarten, Adressbuch, Kämme, Büsten, Seifen, Parfüm, Kondomen, Gleitcremes und einer Viagra-Schachtel und fischte zwei Nassrasierer aus dem Müllberg heraus. »Mach dich an die Arbeit. Und pass auf. Ich habe kein Pflaster dabei.«

Als ich den Rasierer auf dem Schaum zwischen ihren

Beinen ansetzte, sah ich ihre Strümpfe wie erwartungsvolle dunkle mysteriöse Fragezeichen auf dem Teppichboden liegen.

Wie weit würden ihre Lustschreie zu hören sein, rätselte ich im Stillen. Würde ein Liebespärchen im Park neben dem Hotelturm von uns zu Aktivitäten angeregt werden? Erinnerungen an die erste Kifferei mit Bongos da unten auf der Wiese des Parks kamen mir. In den frühen Siebzigern. Als nebenan im Big Apple, heute Kerosin, von den jungen Amis noch Haschisch zu haben war, das wir bei Gesprächen über Selbsterkenntnis qualmten. Dazu wurde auf die Bongos geklopft und Männlein und Weiblein liebten sich kreuz und quer im grünen Gras. Freie Liebe war angesagt. Galt aber auch nur für die, für die es schon immer galt. Die Jungs und Mädels halt, die es einfach draufhaben, die Körper anderer Menschen für sich zu öffnen. Ich holte mir zwar keine Blattläuse in dem Park beim Hotelturm, aber Filzläuse, die ich dann mit der Nagelschere und diversen brennenden Mittelchen ausrottete. Und später, in der Punkzeit, machten wir Partys auf dem Dach des Hotelturms.

Ein großer Nachtfalter senkte sich auf den Schaum von Ursula. Kein guter Landeplatz für das Tier. Ursula schrie auf: »Weg! Weg! Tu das abscheuliche Tier weg!« Dieser Schrei war sicherlich bis zum Königsplatz zu hören, an dem gerade einige Nachtbusse hielten. Ich versuchte den Nachtfalter mit dem Rasierer zu erwischen. Aber er flatterte weiter und geriet immer tiefer in Ursulas Schaumzone. »So mach doch was!«, schüttelte sie sich vor Ekel. Sie deckte ihr Gesicht mit den Händen zu. Der Nachtfalter wurde vom Schaum am Weiterfliegen gehindert und kroch nun über ihren Bauch zur Brust hoch. »So mach doch was! So mach doch endlich was!«, zappelte sie auf dem Rücken liegend mit den Beinen hilflos in der Luft. »Das darf doch nicht wahr sein, ich lass mich doch von keinem Versager vögeln«, quetschten ihre roten Lippen verzweifelt und unkontrolliert hervor, die vor ein paar Minuten mit Hilfe ihrer Zähne noch einen Geschicklichkeits-Test am Reißverschluss meiner Hose veranstaltet hatten. Ihre Verzweiflung würde bald in Hass gegen mich umschlagen.

Ich versuchte mit Daumen und Zeigefinger meiner rechten Hand den eingeschäumten Nachtfalter zu erwischen. Aber er zog eine kurvenreiche Bahn über ihre Haut. Plötzlich patschte sie mit einer Hand, die sich aus ihrem Gesicht löste, nach dem Nachtfalter, der sich gerade an ihrem ziemlich großen Bauchnabel vorbei schleppte.

Sie traf ihn nicht. Allerdings erschrak der Nachtfalter so arg, dass er es mit seinen gesamten Kräften schaffte, ein paar Meter zu fliegen. Ursulas patschende Hand traf allerdings die Flasche, die wir zwischen uns aufgebaut hatten. Sie purzelte über das Bett und der süß klebrige Inhalt lief heraus. Der eingeschäumte Nachtfalter schaffte es bis zum halterlosen Strumpf, der an der Balkontüre lag. Ursula fluchte wie ein Kutscher. Mit ihren Fingern versuchte sie den Falter, von dem sie immer noch der Meinung war, dass er an ihr herumkrabbelte, von ihren Beinen zu wischen. Diese Beine. Wahnsinnsbeine. Ich schob mein Gesicht zu ihren Beinen. Ursula schüttelte abwehrend den Kopf und schob mich mit ausgestreckten Händen von sich. Da gab ich auf und nahm den schwarzen halterlosen Strumpf mit dem Nachtfalter vom Boden. Seit meine Tochter jede Ameise vor dem Überfahren rettete, war ich auch zum fanatischen Tierschützer geworden. Mit dem Strumpf und dem darauf klebenden Falter ging ich auf den Balkon. Ich schüttelte den Strumpf über dem Balkongeländer aus, damit der Nachtfalter vom 33. Stock des Hotelturms fliegen konnte. Irgendwann würde sich vielleicht der Schaum von ihm auflösen. Er würde durch die Nacht taumeln und sich wieder seines Lebens freuen. Den anderen Nachtfaltern konnte er dann erzählen, wie ihm die Flucht vor einem durchgedrehten menschlichen Liebespärchen gelungen war, die ihn mit Rasierschaum fangen wollten, damit sie ihn auffressen konnten, denn wozu sollte man einen fetten Nachtfalter wie ihn sonst fangen?

»Fick doch deinen oberidiotischen Arschfalter«, warf Ursula, die als gefühlte Vierzigjährige noch immer Vollblut-Temperament besaß, die Flasche nach mir, die sie zur Balkontüre gebracht hatte, weil sie mir zur Versöhnung den letzten Schluck anbieten wollte.

Als sie aber sah, dass ihr halterloser Strumpf, den sie für viel Geld gekauft hatte, genauso wie der Nachtfalter in die Dunkelheit durch meine Tölpelhaftigkeit davon flatterte, bekam sie einen ihrer gefürchteten jähzornigen Anfälle. Wenn Frauen große Gefühle besitzen, dann in allen Bereichen, das muss man wissen, wenn man sich mit einem weiblichen Vulkan einlässt. Blitzartig hob ich einen Plastikstuhl hoch, der mich mit seiner Lehne vor der auf mich geschleuderten Flasche schützen sollte. Wie einen römischen Legionär, dem eine Barbarin eine Wurfwaffe entgegenschleudert. Tatsächlich prallte die Flasche an der Lehne ab, flog weiter durch die Luft und in die Tiefe. Als sie am geteerten Boden am Fuße des Hotelturms zerplatzte, war das kaum zu hören. Aber ich taumelte nach hinten, stieß am Balkongeländer an und hielt mich daran fest. Der Plastikstuhl fiel auch in die Tiefe. Ursula kam auf mich zu. Ihre Augen schossen Blitze. Ich war verloren. »Fick dich doch selbst, du Versager, du Tierfetischist«, plärrte sie mich grell an. Mir wurde immer unklarer, was mich an ihr gereizt hatte. Ihre Beine kamen wir nun vor wie zwei Rüben, die gerade aus einem Acker gezogen worden waren. Mit einer Hand wischte sie sich den Rasierschaum von ihrem Unterleib. Den schmierte sie mir ins Gesicht. Ich sah nur noch Rot, besser Weiß. Der Korkenzieher, den sie in der rechten Hand hatte, mit dem sie auf mich losging, war extrem lang und spitz. Es war ein Mordinstrument. Ich konnte nicht weiter zurückweichen. Sie drückte mir den Korkenzieher auf die Brust. Ich lehnte mich über das Balkongeländer zurück. Es gab ein wenig nach und ich purzelte rückwärts in den Abgrund. Irgendwie erwischten meine Finger die Werbefahne mit der Aufschrift »kuenstlerbuehne.de«, die Randy am Geländer aufgehängt hatte, damit sie weithin sichtbar war. Ich klammerte mich an die Werbefahne, die durch mein Gewicht schnell nach unten rutschte. Ursula sah mir von oben nach, warf mir die Viagra-Schachtel auf den Kopf und verschwand dann. Sie machte keine Anstalten, sich von meinen jämmerlichen Hilfe-Rufen erweichen zu lassen.

12. Kapitel

Klaus Kessler macht ein dämliches Gesicht / Himmel, Hölle und Fegefeuer / Die Leiche des Vaters wird gesucht / Sterne wie helle Sommersprossen / Onkel soll zum Nordfriedhof kommen

»Bringen Sie schon das Holz?«, fragte mich eine freundliche Frauenstimme, nachdem mich sechs Hände auf den Balkon im 32. Stockwerk gezogen hatten, der sich genau unter dem Balkon des Romantic-Rooms befindet.

»Äh, also, der Förster weiß Bescheid wegen dem Holz, es müsste die nächsten Tage geliefert werden«, stotterte ich hervor.

Alle lachten über mein dämliches Gesicht.

Helle auch.

»Das Holz ist übrigens schon unterwegs«, sagte er. »Gerade hat mich Onkel Max in Affing angerufen, dass er das Holz aufgeladen hat und jetzt nach Augsburg fährt. Wenn er hier ist, meldet er sich wieder.«

»Was machst du denn hier?«, wollte ich von ihm wissen.

»Dich retten«, grinste er mich frech an.

Nachdem ich in Begleitung von Helle zum Romantic-Room hochgefahren war, mussten wir feststellen, dass Ursula aus dem Appartement mit dem herzförmigen Bett verschwunden war. In der Türe steckte der Schlüssel. Ich zog mir wieder die Jacke an und ging mit Helle zu den Inderinnen. Kurz und knapp erklärte ich ihm meinen Ermittlerauftrag, der schief gelaufen war. Wegen Rasierschaum.

Er erklärte mir, dass er mit den beiden Frauen vom indischen Kuhsee-Restaurant die Hauptdarstellerin besucht hätte, weil diese Geburtstag hätte und Kareena und Kalima für sie kochen sollten. Was sie auch getan hatten, wie man an dem Geschirrberg auf dem Tisch sehen konnte. Die Inderinnen schenkten Tee aus, als wir wieder zu ihnen kamen. In der Mitte des Tisches zündeten sie Räucherstäbchen an.

»Das ist für unseren Vater, der von uns gegangen ist«, erklärten Kareena und Kalima. Sie knieten sich mit gefalteten Händen vor den Tisch. »Aber wir können nicht richtig um ihn trauern.«

»Wieso nicht?«, wollte ich wissen.

»Wir müssten ihn verbrennen«, antwortete Kalima.

»Sonst wird seine Seele nicht frei«, seufzte Kareena.«

»Komische Religion«, knarzte Helle. »Bei uns ist die Sache nach dem Tod doch klar, wir stehen eines Tages wieder auf, kommen dann in den Himmel oder in die Hölle ...«

»Oder ins Fegefeuer, falls du katholisch bist«, ergänzte ich.

»Aber die Inder glauben ja, dass sie als Tier oder Baum oder sonst was wiedergeboren werden, das haben sie mir gerade erklärt, bevor du zum Balkon hereingeschneit gekommen bist«, griff Helle nach einem Glas Bier.

»Dann war der Nachtfalter vielleicht ein ehemaliger Chefarzt«, äußerte ich.

Sie sahen mich verständnislos an.

»Nicht alle Inder glauben das«, unterbrach Kalima das Schweigen. »Nur die Inder, die den Hinduismus als Religion haben.«

»Die Wiedergeburt ist der lange Weg zur ewigen Erleuchtung«, meinte Kareena. »Wir sind Hinduisten. Wir glauben daran.«

»Wir haben heute die Nachricht bekommen, dass sich die Leiche unseres Vaters im Nordfriedhof befindet«, sagte Kalima.

»Wir haben dort schon gefragt, aber sie wollen uns nicht unserem Vater geben, das ist doch unverschämt, finden Sie nicht? Das ist doch unser Vater. Wir wollen doch nur, dass er seinen Weg findet«, wurde Kareena leicht zornig. »Sie wollen ihn nach den amtlichen Vorschriften verbrennen. Das geht nicht. Er muss nach unserem heiligen Ritual verbrannt werden. Das haben wir unseren Eltern versprochen. Es würden schon ein paar Haare reichen, die wir symbolisch verbrennen.«

»Ihr habt mir geholfen, ich helfe euch«, stellte ich mich wie ein Fels in die Mitte des Raumes.

»Und wie soll das gehen?«, wurde Helle neugierig.

»Ganz einfach, wir fahren zum Nordfriedhof und holen uns dort, was wir brauchen«, wurde ich zum großmäuligen Volkstribun. Keine Ahnung, wer von meinen Vorfahren mir diesen Charakterzug vererbte hatte, der mich immer wieder in dumme Situationen trieb. Oder wollte ich nur auf Kalima Eindruck machen, die mir immer besser gefiel?

Gesagt getan. Ein Taxi brachte uns um zwei Uhr in der Früh zum Nordfriedhof. Wir kletterten am dunkelsten Teil der Umgebung bei einer Bank zu viert über die Friedhofsmauer. Ich natürlich voraus. Dann schlichen wir uns zwischen den Grabsteinen zum Verwaltungsgebäude, wo sich auch die Aussegnungskappelle befand. Der Mond am klaren Sommerhimmel beleuchtete ohne Energiekosten die Gegend. Die Sterne schauten wie wunderbar leuchtende

Sommersprossen aus. Helle meckerte herum, weil wir nicht an eine Taschenlampe gedacht hatten. Aber das Mondlicht genügte vollauf. Wir fanden das Verwaltungsgebäude. Ich kannte es, weil ich vor Jahren zum Fotografieren hier war. Damals, als ich in meiner Karriere als Verleger ein Buch über Augsburgs Friedhöfe produzierte. Wie staunte ich, als mein alter Kumpel Gerd Boller als Chef da drin saß. Der ehemalige Marktschreier vom Bürgerfest. Er studierte in seinem Büro gerade eine Zeitschrift mit dem Politiker Möllemann, geborener Augsburger, der sich mit einem Fallschirm in den Tod gestürzt hatte. So was mussten wohl Friedhofsleiter lesen. Dann zeigte mir Boller die Kühlfächer für die Leichen, die im Sommer nicht sofort beerdigt werden konnten. Besonders an heißen Tagen, wenn die alten Leute mit Herzschwäche wie die Fliegen starben, wurde es eng. Sicherlich lag der Vater von Kareena und Kalima auch in einer Kühlkammer. Ich hatte den vergesslichen Boller beobachtet, wo er seinen Reserveschlüssel für das ganze Gebäude verstaute. Er war in einer alten Urne mit der Aufschrift »Boller«, die ihm Kollegen mal mit Süßigkeiten gefüllt zum 45. Geburtstag geschenkt hatten. Diese Urne stand vor dem Eingang. Der Deckel der Boller-Urne konnte mit einigen Drehungen gelöst werden. Ich holte den Schlüssel heraus und wir gingen in das Verwaltungsgebäude. Eine eiserne Türe führte zu den Kellerräumen mit den Kühlfächern für die Leichen. Hier konnten wir Licht machen. Es war kein Fenster in diesem Raum, der von einigen Neonröhren beleuchtet wurde. Wir hatten Glück, schon die dritte Leiche war Kareenas und Kalimas Vater. Er sah gut aus. Sie hatten ihn hervorragend zusammengesetzt. Nur ein Bein fehlte. Oder er war von der

Bombe nicht zerrissen worden. Wir stellten uns ein wenig abseits, als Kareena und Kalima mit ihrem Vater in einen stummen Dialog traten. Kareena hatte ein perlenbesticktes Beutelchen unter ihrem Sari. Mit der Nagelschere, die sie daraus holte, schnitt sie ihrem Vater einige dunkelhaarige Locken ab, die sie in das Beutelchen stopfte.

Helles Handy klingelte. Wir zuckten zusammen. Sein Onkel war dran. Er war mit dem Lastwagen und dem Holz unterwegs. Er wollte wissen, wo er es hinbringen sollte. Ich schnappte mir das Handy. Das war die Gelegenheit. Er solle zum Nordfriedhof kommen. Dort würden wir zusteigen. Dann könnten wir ihm leicht den Weg zeigen. Als die Frauen das hörten, schauten sie sich kurz an. Dann flüsterten sie in ihrer indischen Sprache miteinander.

»Wir nehmen unseren Vater ganz mit«, sagte Kareena.

»Ganz? Äh, wie meint ihr das?«, schaute ich doof aus der Wäsche.

»Ja, ganz. So wie er ist. Wir wollen ihn ganz verbrennen, das ist das Beste. Sonst werden vielleicht nur seine Haare wiedergeboren«, meinte Kalima. »Wir haben Zweifel bekommen.«

»Wie stellt ihr euch das vor? Wir sind doch keine Leichenräuber«, wurden meine Knie weich.

»Ich habe hier einen Sarg gesehen«, meinte Helle. »Den könnten wir doch nehmen.«

»Bist du wahnsinnig! Wenn uns jemand mit der Leiche sieht, das gibt mächtig Ärger. Das ist Leichendiebstahl.« So vorsichtig kannte ich mich selbst gar nicht.

»Man kann doch seinen Vater nicht stehlen«, sagte Kareena.

Helle zeigte mir den Sarg. Boller besaß Humor. Musste man zugeben. Schwarzen Humor sogar. Im Unterteil eines alten Sarges hatte er Blumen angepflanzt. Wir kippten den Sarg um. Blumen samt Blumenerde fielen heraus. Die Inderinnen hoben die Leiche ihres Vaters in den Sarg. Was blieb mir übrig? Ich wollte es mir mit den Inderinnen nicht verderben. Ich hatte schon zwei Kinokarten gekauft. Ich wollte mit Kalima einen Film anschauen. Und dann mit ihr was Essen gehen und dann, na ja, mal schauen. Ich schleppte mit Helle den Sarg mit der Leiche zur Friedhofsmauer. War nicht einfach. Aber das schafften wir auch. War nur nicht klar, wie Helles Onkel reagieren würde, wenn wir eine Leiche auf seinen Laster laden würden. Wahrscheinlich würde er das ablehnen. Wir mussten die Leiche im Sarg irgendwie tarnen. Die Inderinnen holten die ausgeschütteten Blumen, die sie über die Leiche ihres Vaters legten.

»Was ist denn das?«, wollte Max misstrauisch wissen, der von Helle mit dem Handy an den Friedhof gelenkt wurde.

»Das ist ein Blumentrog, der vor das Restaurant von Kareena und Kalima kommt«, versuchte ich seine Zweifel zu verstreuen.

Ich wusste nicht, ob er das mir abnahm. Ein größerer Schein, den ihn Kareena hinstreckte, beruhigte ihn. Die zwei Inderinnen konnten sich zu Max ins Führerhaus setzten. Ich musste mich mit Helle auf die Ladefläche zwischen das gestapelte Holz klemmen. Kareena verabschiedete sich von Helle mit einem Küsschen. Dann schloss Max die Plane.

»Sag mal, was läuft da zwischen dir und Kareena?«, fragte ich Helle mit einem Kumpelgrinsen.

»Was soll da laufen? Wir wollen heiraten.«

»Nanu. Ich dachte du willst Anna heiraten?«

»Wollte ich. Aber sie ist ja verschwunden.«

»Sie ist entführt worden. Das darfst du doch nicht ausnützen. Du kannst doch nicht eine andere heiraten, weil deine Heiratskandidatin entführt worden ist«, schimpfte ich moralisch erregt.

»Sie ist nicht entführt. Das ist doch alles Humbug. Sie war eifersüchtig, wegen meiner Filmrolle, weil ich die Hauptdarstellerin küssen musste. Ich mag keine eifersüchtige Frau. Das packe ich nicht. Ich heirate Kareena und gehe mit ihr nach Indien.«

Wir diskutierten darüber, wie Helle in Indien sein Geld verdienen würde. Wie er seine indische Familie ernähren wollte. Er bot mir an, dass ich ihn immer in Indien besuchen könnte, wenn ich Lust und Zeit hätte.

13. Kapitel

Mond scheint auf Sarg / Klaus Kessler darf sich ein Essen wünschen / Die Joggerin ist einsam / Es riecht nach verbranntem Fleisch / Blutstropfen am Rande der Mauer

Wir kamen am Kuhsee an. In drei Stunden würde die Sonne aufgehen. Max gelang es auf Schleichwegen, mit dem Laster bis zum Restaurant zu gelangen. Wir luden zuerst den Sarg und dann das Holz ab. Wir Männer. Die beiden Inderinnen versorgten uns mit einer Brotzeit und Getränken. Selbst für drei Männer war das Schwerarbeit. Wir stapelten das Holz, das aus dünnen Fichtenstämmen mit einer Länge von rund einem Meter bestand, in die Wiese neben der Seeterrasse des Restaurants. Max musste gleich wieder fahren, als wir alles abgeladen hatten. Der Lastwagen wurde ständig vom Forstamt gebraucht. Ich schaute auf die Uhr. Es war vier Uhr nachts. Das schwache Licht des Mondes schien auch auf den Sarg mit der Leiche. Helle und ich waren fix und fertig.

»Wo kommt euer Vater hin?«, wollte ich von den beiden Inderinnen wissen.

»Am besten in die Kühltruhe«, überlegte Kareena. »Dann können wir die Zeremonie gut vorbereiten.«

»Nein, nein, wir verbrennen ihn gleich«, meinte Kalima.

»Was? Hier? Ihr seid verrückt«, entfuhr es mir.

»Besser gleich, ich habe schon alle Dinge dafür hergerichtet, während ihr das Holz abgeladen habt«, sagte Kalima.

Kareena schnuckelte sich an Helle und Kalima versprach mir ein Essen nach Wunsch. Ihre Augen versprachen mir noch viel mehr, wenn wir ihnen diesen Gefallen tun würden. Sie legte ihre Hände auf meine Schulter und sah mir tief in die Augen. Tiefer als tief. Dabei sprach sie indische Worte. Sie klangen wunderbar. Bei jeder Silbe spitzte sie ihre hübschen roten Lippen. In einer Entfernung von einem Zentimeter von meinen Lippen. Ich wurde weich. Weich wie ein Wollknäuel, wie ein Wattebausch. Als wir zusagten, klatschten sie begeistert in die Hände. Sie drapierten auf dem Holzstapel einige weiße Tischdecken aus dem Restaurant. Darauf legten wir die Leiche. Das Licht des Mondes wurde immer schwächer. Er verzog sich. Alles will er auch nicht sehen. Kalima und Kareena stopften geschickt Kartons und Zeitungspapier in den unteren Teil des Holzstapels, auf dem ihr Vater lag. Sie hatten die Blumenvasen im Restaurant über ihn geleert. Eine einsame Joggerin kam des Weges. Sie schaute nicht nach links oder nach rechts. Sie hatte Kopfhörer auf. Ihr Blick war geradeaus in die Ferne gerichtet. Ich hatte mir schon eine Ausrede überlegt, wenn sie unseren Holzstapel mit der Leiche gesehen hätte. Aber mir war leider keine einzige Ausrede eingefallen.

Kareena und Kalima hielten Feuerzeuge an das Zeitungspapier. Es brannte sofort. Die Flammen züngelten schnell an dem Holzstapel hoch. Sie hatten Routine. Schließlich waren sie dabei gewesen, als ihre Eltern deren Eltern am heiligen Fluss der Inder, dem Ganges, verbrannt hatten. Der Kuhsee wäre ja für die Augsburger auch so was Ähnliches, meinten sie. Das Feuer prasselte. Die Funken stieben hoch. Die Leiche bäumte sich in der Hitze auf. Ein Arm hob sich hoch. Ich starrte gebannt auf das riesige Feuer.

Die beiden Inderinnen hielten sich an den Händen und standen, so dicht es wegen der Hitze ging, vor dem Feuer. Helle hatte sich ins Gras gesetzt. Erst die Sirenen der Feuerwehr störten uns. Wir sahen uns an. Kam die Feuerwehr zu uns? Wer sollte das Feuer gemeldet haben? Die Joggerin? Oder fuhren sie woanders hin? Ich schien als Einziger nervös zu werden. Ich entfernte mich von dem brennenden Stapel mit der Leiche, die im Rauch verschwunden war. Lungerte hier irgendwo jemand mit einem Handy herum, der uns verpfiffen hatte? Tatsächlich, hinter dem Restaurant stand eine Frau mit einem trendigen Beachfahrrad. Sie verstaute gerade ihr Handy.

»Dachte ich mir's doch. Du treibst dich bei diesen Inderinnen herum. Was machen die? Hast du auch das Feuer gesehen? Ich habe gerade die Feuerwehr angerufen. Das Restaurant brennt ab«, sagte Lucia mit erregter Stimme zu mir.

»Da hast du was Dummes angestellt«, meinte ich.

»Wieso? Man kann doch das Restaurant nicht abbrennen lassen. Sag mal, hast du sie noch alle? Oder hast du das Feuer gelegt?« Sie sah mich lauernd an.

»Ich nicht, aber das Feuer wurde absichtlich gelegt, es geht um eine heilige Handlung«, erklärte ich ihr. »Das waren die Töchter.«

»Welche Töchter? Wenn das die Feuerwehr hört, die werden sofort die Polizei alarmieren. Sie werden dich als Brandstifter verhaften«, setzte sie mir ihren Zeigefinger auf die Brust.

»Wieso mich, das waren die da«, wollte ich ihr die beiden Inderinnen zeigen.

Sie waren verschwunden. Helle auch. Die Sirenen waren nicht mehr weit weg. Wahrscheinlich fuhren sie schon auf den Parkplatz, auf dem normalerweise die Kuhsee-Besucher ihre Autos abstellten. Wir hörten die ersten Kommando-Rufe durch die Bäume. Ich rüttelte an der Restaurant-Türe.

»Was willst du da drin?«, wollte Lucia wissen. »Da finden sie dich doch. Komm, wir müssen hier weg.«

»Aber du hast doch angerufen, du musst denen das doch erklären«, hustete ich, weil der Rauch durch einen aufgekommenen Wind in meine Richtung wehte. Es roch komisch. Nach verbranntem Fleisch.

»Sie haben meinen Namen nicht, schnell weg hier«, sagte sie. Lucia winkte mir mit einem Schlüsselbund. Sie stieg aufs Rad und ich lief nebenher. »Erst muss ich noch was holen, dann gehen wir zu mir.« Vor dem Haus, in dem die Wasserwacht ihr Quartier hatte, erfuhr ich es von ihr. Ich traute meinen Ohren nicht. Sie war auch Wasserwachtlerin. Sie hatte ihre Brieftasche im Quartier der Wasserwacht vergessen. Sie wollte vorhin was im Internet bestellen und fand ihre Kreditkarte nicht. Da fiel ihr erst auf, dass die Brieftasche fehlte. Das machte sie derart unruhig, dass sie sich sofort aufs Fahrrad setzte und mitten in der Nacht hierher radelte. Das würde noch Verwicklungen geben, wenn sie mit Ursula auf mich zu sprechen kam.

Sie sperrte auf. Wir gingen hinein. Wir sahen nicht mehr, wie die Feuerwehrler ihre Schläuche auf den brennenden Holzstapel richteten, der durch den Druck der löschenden Wasserstrahlen umkippte. Teilweise in das Wasser des Kuhsees. Dort schwammen verkohlte und angebrannte Holzstücke herum, die zischend im Wasser verlöschten.

»Wahnsinn. Gerade noch mal entkommen«, presste sich

die Wasserwachtlerin hinter der Türe an mich. Sie kam mir vor, als wäre sie die Frau, die was zu befürchten hätte, nicht ich, so umschlang sie mich bibbernd. »Das wäre nicht gut ausgegangen.«

»Und jetzt? Sollen wir hier übernachten?«

»Warum nicht, wir haben hier einige Liegen stehen. Zur Behandlung von Leuten oder wenn wir mal müde sind vom Einsatz. Decken sind auch da.«

Sie zeigte mir den Raum mit den Liegen. Der Raum war vorhanden, die Liegen aber nicht.

»Die sind weg«, brachte sie stockend hervor. »Das kann nicht sein. Dann war die Polizei schon hier.«

»Ja, wie?« Ich begriff nichts mehr. Sollte sie die Polizei vor der Feuerwehr angerufen haben?

»Wegen den Koma-Geschichten. Hast du das nicht gelesen? Mit der Frau unseres Chefs, die mit einem ihrer Geliebten ihren Mann vergiftet hat? Die von mehreren Männern Kinder hat?«

»Die sitzt doch schon, glaube ich.«

»Die schon. Aber dabei ist noch herausgekommen, dass aus dem Medizinschränken viele Ampullen verschwunden sind. Mit Mitteln, mit denen man einen in ein künstliches Koma spritzen kann. Das waren Verrückte, die wollen wissen, wie das ist, wenn man fast tot ist, was man da spürt. Das waren richtige Partys. Ich war auch dabei.«

Ich sah sie mit großen Augen an. Die Feuerwehrsirenen waren bereits verstummt. Am Liebsten hätte ich mich zum Restaurant geschlichen, um zu sehen, was dort los war.

»Ich habe mir auch so eine Koma-Spritze geben lassen. Wegen der Todeserfahrung.«

»Und?«

»Ich habe Lichtgestalten gesehen. Sie sangen.«

»Sie sangen? Was denn?«

»Melodien. Wunderbare Melodien.«

Sie drückte sich an mich. Als wäre ich eine Lichtgestalt. Aber ich war eher eine Nichtgestalt. Die Gedanken in meinem Kopf wirbelten durcheinander wie Herbstlaub im Sturm. Mir wurde das alles zu viel. Mal hat man keine Frauen. Dann stehen sie Schlange.

»Ich könnte Luftmatratzen aufblasen, damit wir hier schlafen können«, sagte sie. »Das wäre doch wie früher, weißt du noch, als wir beide im Schwarzwald zelteten. Damals auf unserer Radtour um den Bodensee?«

»Was ist das?« Meine Augen, die durch den Raum streiften, in dem Klappstühle, einige Schränke und Regale und auch Sauerstoff-Flaschen standen, fiel auf ein blutiges Stück Taschentuch.

»Da hatte vielleicht ein Badegast Nasenbluten. Auch so was behandeln wir hier.«

»Und was ist das?« Ich bückte mich, ging in die Knie. Vor mir lag ein Brotmesser, das mit Blut verschmiert war. »Damit haben sie wohl dem Badegast gleich die blutende Nase wegoperiert«, wurde ich zynisch.

»Das kommt mir merkwürdig vor. Vielleicht hat der Udo wieder roten Pressack gegessen?« Sie runzelte ihre Stirn.

»Das ist echtes Blut, wenn auch getrocknet.«

»Vielleicht hat er sich blutig onaniert? Wir wissen doch, was er hier treibt, wenn er seine Überstunden macht.«

»Aha. Da geht's ja zu bei euch. Ich dachte immer, man wird Wasserwachtler, damit man die Mädels abschleppen kann. Spaß beiseite, woher sollte das Blut kommen?

Kann ich mir nicht vorstellen. Hier war noch nie ein Brotmesser, geschweige denn ein blutiges.«

»Hier sind Blutstropfen. Man kann ihre Spur verfolgen.«

Wir gingen den Blutstropfen nach. Sie zogen sich durch den Raum in einen Gang, der zu den Toiletten führte. Dort endeten sie. Der letzte Blutstropfen befand sich auf dem weißen Deckel der Kloschüssel. Das Fenster der Toilette war offen. Die Scheibe des Fensters war eingeschlagen. Die Glassplitter lagen auf dem Boden.

»Wer war das?«, staunte Lucia.

»Keine Ahnung.«

»Hier ist was faul, mächtig faul.«

Draußen dämmerte es. Der Tag brach an. Die Sonne würde bald aufgehen.

Sie versuchte mit dem Handy Udo zu erreichen. Sie sprach auf seine Box. Wir gingen nach draußen. Vor das eingeschlagene Fenster. Hier waren am Rande der Mauer einige Blutstropfen zu sehen, die sich aber im Gras verloren.

»Die Feuerwehr ist verschwunden. Nur ein Polizeiauto steht noch bei dem Restaurant«, meldete mir Lucia, die sich umgeschaut hatte. »Bist du nicht müde?«

»Doch. Sehr.«

»Dann gehen wir zu mir. Dort können wir uns ausruhen, sammeln, und vielleicht sogar ein paar Stunden schlafen.«

»Gute Idee.«

14. Kapitel

Klaus Kessler gerät in eine Falle / Morde können sexuellen Hintergrund haben / Wodka wird mit Erdbeersirup getrunken / Auto kracht gegen Wohnwagen / Gasflaschen explodieren

Wir liefen einen gekiesten Weg zwischen den Bäumen entlang. Sie schob ihr Rad neben mir her. Wir überquerten den Parkplatz, an dessen Ende ein einsamer großer Wohnwagen stand. Seine Aufschrift wies ihn als Fahrzeug der indischen Filmproduktion aus.

»So einen möchte ich auch mal haben«, klopfte ich gegen den Wohnwagen, als wir daran vorbeiliefen.

Das hätte ich nicht tun sollen. Wir waren nur wenige Meter weiter gelaufen, da wurden wir von hinten überwältigt. Sie schleppten uns in den Wohnwagen. Es waren drei oder vier Personen. Ich konnte es nicht feststellen. Sie hatten mir eine Plastiktüte über den Kopf gestülpt. Ich war froh, dass ich noch irgendwie Luft bekam. Um die Plastiktüte hatten sie Klebestreifen gewickelt. Dazwischen hatten sie kleine Löcher für die Luft reingemacht. Es war mir kaum möglich zu atmen, geschweige denn zu schreien. Ich wusste nicht, ob sie es mit Lucia genauso gemacht hatten. Dann drückten sie mich auf einen Hocker und fesselten meine Füße. Mein Gott, wo war ich hineingeraten? Waren das die Leute, denen das blutige Brotmesser gehörte? Ich versuchte zu erlauschen, was sie vorhatten. Sie unterhielten sich in einer mir unbekannten merkwürdigen Sprache. Meine Hände hatten sie mir hinter dem Rücken gefesselt. Ich konnte nur abwarten. Wer waren sie? Verdeckte Ermittler? Waren es die gleichen, die Anna entführt hatten? War das doch keine Aktion von ihr selbst? Hatte Helle Unrecht? Wo war Helle? Wo waren die Inderinnen? Hatte man sie wegen Brandstiftung verhaftet? Unzählige Fragen rotierten durch mein Hirn wie ein Karussell. Hatte man sie überhaupt entdeckt? Mit der Zeit konnte ich einige männliche und eine weibliche Stimme unterscheiden. Die weibliche Stimme schien Anweisungen zu geben. Aber wozu?

Lucia hat es mir später erzählt, was ich in dem Wohnwagen nicht gesehen habe. Es fiel ihr nicht leicht. Es waren eine Frau und vier Männer gewesen, die uns in den Wohnwagen gezerrt hatten. Sie konnte später durch die Plastiktüte, über ihren Kopf gezogen war, schauen. Irgendeiner wollte sie quälen und ihre Plastiktüte anzünden. Daran wurde er aber gehindert. Jedoch entstand durch die Hitze ein kleines Loch vor ihrem linken Auge, durch das sie etwas sehen konnte. Man hatte sie mir gegenüber auf einer Eckbank verstaut. Sie konnte mich sehen, erzählte sie mir. Sie konnte es nicht fassen, was sie sah. Mir wurden die Schuhe und Socken ausgezogen. Ihr auch. Einer von denen, ein schwarzhaariger südländischer Typ, hatte ein Brotmesser in der Hand. Die Frau hielt ihn zurück, als er es an meinen Fuß ansetzen wollte. Die Männer machten sich über Lucias Füße her. Sie schleckten sie ab und bissen hinein. Lucia krümmte sich vor Schmerzen. Das taten sie bei mir auch. Solche perverse Spielchen waren oft der Anfang von einem grausamen Mord mit sexuellem Hintergrund. Meine Versuche, heimlich die Fesseln zu lösen, waren vergeblich.

Durch die geringe Sauerstoffzufuhr gelangte ich in einen Zustand aus Schwindel und Schwäche. Ich war fast schon ohnmächtig, als ich die Zähne auf meiner Haut spürte. Lucia konnte beobachten, wie sie eine Linie Koks in ihren Nasen verstauten. Dazu tranken sie Wodka mit Erdbeersirup. Dann malten sie sich ihre Gesichter an. Ich bin dann umgesackt. Lucia war erschöpft eingeschlafen. Man hatte sie auf die Eckbank gelegt und zugedeckt. Mir hatten sie eine Decke um den Körper gebunden und vor meinen Mund eine Atemöffnung angebracht. Lucia bemerkte beim Aufwachen, dass im Wohnwagen Licht brannte. Ein Kerl saß mit ausgestreckten Beinen vor einem Fernseher, der ohne Ton lief, und glotzte rein. In einer Hand hatte er die Fernsteuerung, in der anderen eine Wodkaflasche. Dann kamen die anderen zurück. Sie schleppten ein Bein. Ein abgesägtes menschliches Bein, wahrscheinlich von einem Mann, das sie in einen Zeltsack gewickelt hatten. Die befehlende Frau wusch die blutige Motorsäge ab. Die Männer machten sich mit Messern über das Bein her und lösten das Fleisch von dem Knochen, den sie in den Zeltsack zurückschoben. Wie in einer Schlachterei. Dann stellten sie Töpfe und eine Pfanne auf den Herd. Ich kam langsam zu mir, hat Lucia beobachtet. Mein Kopf hatte sich gehoben. Als sie sich vorstellte, dass diese Kannibalen das Fleisch bald essen würden, wurde es ihr übel. Ein ekliges Mahl begann. Die Kannibalen hatten tatsächlich Teller und Besteck auf den Tisch gelegt. Sogar Kerzen zündeten sie an. Sie setzten sich so um den Tisch, dass Lucia zwischen zwei Männern saß. Die Frau hatte sich auf einen freien Stuhl neben mich gesetzt. Sie hielt einen Teller mit gekochtem Fleisch in der Hand. Sie stach in ein Stück mit der Gabel und hielt es vor mein verstecktes Gesicht. Sie schnitten mir und Lucia Öffnungen zum Essen in die Plastiktüten. Als sie Lucia ein Stück Fleisch in den Mund schieben wollten, wurde sie ohnmächtig. Als ich spürte, wie die Frau mir Fleisch zwischen die Lippen schieben wollte, das einen komischen Geruch hatte, ich vermutete Wildfleisch, krachte was gegen den Wohnwagen, der stark schwankte und umkippte.

Es war Kareenas neues Auto. Sie hatten sich alle drei in den Ruderbooten auf dem Wasser versteckt, als die Feuerwehr und dann die Polizei kam. Kareena wollte mit ihrer Schwester und Helle zu ihrer Mutter nach Haunstetten fahren. Ein Igel hatte auf dem Parkplatz vor dem Wohnwagen ihren Weg gekreuzt, den sie nicht überfahren wollte. Könnte ja ihr Vater sein. Der hatte auch so eine stachelige Frisur. Vor Schreck verwechselte sie die Bremse mit dem Gaspedal und donnerte in den Wohnwagen am Ende des Parkplatzes, der umkippte. Die Tür des Wohnwagens sprang auf. Helle und die beiden Inderinnen kletterten erschrocken aus dem Auto, dessen Front schwer beschädigt war. Die Stoßstange hing herunter. Helle und die beiden Inderinnen konstatierten erschreckt, dass aus dem liegenden Wohnwagen, bei dem die Türe aufgesprungen war, ein im Gesicht bemalter Mann und eine Frau hervor krochen. Der Mann hielt ein blutiges Messer in der Hand. Vor seinem Mund stand blutiger Schaum. Seine Worte waren nur ein Gurgeln. Die Frau hatte blutige Hände, die sie sich am zersplitterten Teller aufgeschnitten hatte. Entsetzt wichen Helle und die Inderinnen zurück.

»Helft uns! Macht schon! Wir sind eingeklemmt! Das Gas strömt aus«, rief die Frau mit einem östlichen Akzent dem schockierten Trio zu. Aber es ging nicht. Die Beine von dem Mann und der Frau waren eingeklemmt.

Das bekam ich nicht mit. Beim Umkippen des Wohnwagens war ich herumgepurzelt wie ein Embryo im Bauch der Mutter. Der Wohnwagen war mit einer Seitenwand auf einen eisernen Abfalleimer am Rande des Parkplatzes gefallen. Der stabil gebaute Abfalleimer durchstieß die Wand und riss eine Lücke hinein. Ich weiß nicht wie, aber irgendwie fiel ich durch diese Lücke, genauso wunderlich, wie ein Baby sich aus dem Leib der Mutter quetscht, was man als Mann sowieso nicht für möglich hält.

Helle starrte hilflos auf die Frau mit den blutigen Händen, die ihn als untätigen Vollidioten zu beschimpfen begann. Kareena lief um den Wohnwagen herum. Sie sah mich am Boden liegen. Meinen geschundenen und gefesselten Körper. Sie wusste ja nicht, dass ich das bin. Sie winkte ihrer Schwester. Sie zogen mich hinter eine Bank auf die Wiese. Dort staunten sie nicht schlecht, als sie mir die Tüte vom Kopf entfernten. Helle eilte an den Kofferraum von Kareenas Auto. Er wollte Werkzeug herausholen. Ein dumpfer Knall. Der Wohnwagen blähte sich auf. Dann zerriss es ihn von innen. Die Gasflaschen, mit denen die Kannibalen ihre Kochstelle mit Feuer versorgt hatten, explodierten. Durch die Luft flogen Splitter, Holz, Plastik- und Eisenfetzen. Die Bank vor uns schützte uns.

15. Kapitel

Lucia kommt in die Schönheitsklinik / Inderin bringt Espresso / Klaus Kessler wird Doktor / Brunis Nase ist wunderbar / Heddi ist ein neuer Mensch

Wir konnten Lucia als Einzige helfen, die Wand auf ihrer Seite war offen. Sie war irgendwie durch den Tisch abgeschirmt worden. Trotzdem hatte sie Verbrennungen im Gesicht und wimmerte. Sie wollte in die Aphrodite Clinic gefahren werden, wo auch Verbrennungen behandelt wurden, wie sie neulich im Augsburg-Journal gelesen hatte. Wir riefen ein Taxi und ich fuhr mit ihr hin. Ich scheute mich nicht, Lucia in die Klinik zu begleiten. Sie wurde sofort in einen Behandlungsraum gebracht. Weil sie von mir noch einiges über Lucias Unfall wissen wollten, quartierten sie mich im dritten Stock im Büro eines Chirurgen ein, der im Urlaub war. Zuvor schickten sie mich noch zur Reinigung unter die Dusche. Eine Assistentin gab mir frisch gereinigte Arztkleidung aus dem Schrank des abwesenden Arztes zum Anziehen. So ähnlich musste sich ein Kleiderständer fühlen, wie ich, dachte ich mir. Kleidung hin, Kleidung weg. Ich sah nicht schlecht aus. Wie ein echter Arzt. Ich war hundemüde. Wenn ich wollte, könnte ich mich in das Zimmer verziehen, das für Notfälle reserviert sei, sagte mir die Assistentin. Das läge in dem Gang nach dem Aufzug. Als ich dorthin schlurfte, lief eine Frau in den Aufzug, die mich an Anna erinnerte. Die entführte Verlobte von Helle. Ich blieb verblüfft vor der Aufzugstüre stehen, die sich gerade geschlossen hatte. Meine Müdigkeit war wie weggeblasen. Ich drückte den Knopf, damit sich die Aufzugstüre für mich öffnete. Aber der Aufzug fuhr unbeirrt nach unten, zum Erdgeschoss. Ich wartete, bis der Aufzug zurückkam. Ich musste diese Frau sehen. Ich fuhr auch nach unten. Ich trat hinaus. Vor mir lag die Rezeption. Um die Ecke herum ging es zu dem kleinen Klinik-Café mit Sonnenterrasse, die auf einen kleinen begrünten Innenhof hinausführte.

»Ist da gerade eine Frau bei Ihnen vorbeigekommen, ich glaube, sie heißt Anna Insagg«, fragte ich die Frau an der Rezeption, die mich über den Brillenrand anschaute. Als ich mit Lucia eingetrudelt war, war hier eine andere gesessen.

»Gerade eben? Nein, in den letzten Minuten ist niemand bei mir vorbeigekommen«, schaute sie mich kopfschüttelnd an. »Die beiden Frauen auf der Terrasse sind schon länger meine Gäste.«

»Komisch«, sagte ich, »ich dachte, na gut, dann habe ich mich getäuscht. Tschuldigung.«

»Macht nichts, für Auskünfte bin ich ja da. Sind Sie ein neuer Arzt?«

»Nein. Nur ein Besucher, ich gehöre zu einer anderen Klinik, ich wollte mir das Haus mal anschauen«, antwortete ich und nannte den Namen des Arztes, der Lucia behandelte. Eilig verzog ich mich zum Café, wo auf der Terrasse einige Tische und Sonnenschirme, die runde Schatten warfen, aufgebaut waren. Dort saßen zwei Frauen, die modisch einiges hermachten. Fast schon an der Geschmacksgrenze zur Fregatte. Sie waren wohl beide so zwischen Fünfzig und Sechzig. Hatten ihr wahres Alter mit diversen Accessoires gut kaschiert. Hinter einer Theke wartete eine junge Frau mit schwarzen Haaren, in die sie einen Kamm gesteckt hatte. Sie war angezogen und sah aus wie eine Inderin. Sie strahlte mich an.

»Sie wünschen?«

»Einen Espresso bitte.«

»Gerne. Sie können sich setzen, ich bringe Ihnen den Espresso.«

»Danke, sehr nett.«

Vielleicht wusste eine der beiden Frauen, die auf der Terrasse saßen, wo Anna Insagg stecken könnte? Ich setzte mich so, dass ich die beiden Frauen von der Seite unauffällig beobachten konnte. Sie waren beide fast gleich groß und hatten fast gleich lange Beine. Eine hatte blonde lange Haare, die ihr weit über die Schultern fielen. Die andere trug wellige braune Haare bis unters Kinn. Beide hatten blaue Fingernägel. Dafür waren ihre Kostüme nicht sehr bunt. Den unteren Lidrand hatten beide mit einem fliederfarbenen Lidstift betont. Die Blonde sprühte sich ungeniert mit einer Spraydose eine milchige Flüssigkeit über ihre Beine. Sie unterhielten sich über ihr Food-Tagebuch, das ihnen von der Schönheitsklinik zusammengestellt worden war.

»Ob ich das durchhalte«, las die Blonde aus ihrem Food-Tagebuch vor. »Schon morgen geht's los. Gleich nach dem Aufstehen Johanniskraut-Tee, zwei Scheiben Vollkornbrot mit Putenwurst, dazu frisch gepressten Orangensaft, zwei große Milchkaffee, einen Snack, ein viertel Liter Molke mit Mandeln. Mittags gibt's Spaghetti mit frischen Tomaten und Basilikum und als Nachspeise eine Schüssel Erdbeeren. Nachmittags darf ich mir bis zu vier Negerküsse genehmigen. Lecker. Abends warten auf mich Feldsalat mit Pute und Schafskäse, dazu eine Scheibe Brot und ein Glas Wein.«

»Und dein Workout, wie sieht das aus?«, wollte ihre

neugierige Nachbarin wissen.

»Frühmorgens Yoga, vormittags Waldspaziergang mit den Hunden, Spätnachmittag Pilates und ab und zu Training im Fitness-Studio, das hält mich in Schwung.«

»Ist das nicht etwas stressig, was meine Freundin treibt?«, meinte ihre braunhaarige Gesprächspartnerin. »Was meinen Sie Herr Doktor?«

Die Blonde wandte sich auch an mich: »Hallo, Herr Doktor, warum so einsam? Setzen Sie sich doch zu uns, wir beißen nicht.«

Die Anrede gefiel mir. Ich setzte mich zu den beiden. Eine kam mir bekannt vor. Ich wusste aber nicht woher.

»Wir diskutieren gerade. Über uns. Sie müssen jetzt als Fachmann den neutralen Schiedsrichter machen. Ich finde, die Nase von Bruni ist wunderbar geworden, geradezu griechisch klassisch, was meinen Sie?« Die Braunhaarige zeigte mit dem Löffel, mit dem sie von ihrem Apfelstrudel, der in einer Vanillesoße schwamm, sorgfältig ein mundgerechtes Stückchen abtrennte, zum Gesicht der Frau rechts neben mir. Ich sah auf ihre Nase. Eine begradigte Nase. Wie sie wohl vorher ausgesehen hatte? Ich mochte lieber Frauen, die kein typisches Puppengesicht haben. Aber ich wollte ja herausbekommen, ob sie was von einer Anna Insagg wussten.

»Dürfen wir uns vorstellen. Ich bin Bruni«, sagte die Braunhaarige, »und meine beste Freundin heißt Heddi, und Sie?«

»Ich heiße Klaus Kessler. Sie können ruhig Klaus zu mir sagen, aber bitte nie Klausi.«

Die beiden lachten.

»Die Nase von Bruni ist wunderbar«, schwärmte ich. Mein Espresso kam. »Ich bin ja hier neu«, erklärte ich den beiden Frauen, »aber ich gehe doch richtig in der Annahme, wenn ich vermute, dass die Bedienung eine Inderin ist.«

»Genau, das ist unsere Gundia, ihr Vater soll aus Poona kommen, wo diese Bhagwan-Leute hinfuhren. Sie macht nicht nur den besten Kaffee und Tee, sie kocht auch hervorragende ayurvedische Gerichte. Schon deswegen lohnt es sich, hierher zu kommen, nicht wahr, liebe Heddi?«

»Seit ich ayurvedisch esse, bin ich ein neuer Mensch«, nickte Heddi. »Ich finde, der Busen meiner Freundin Heddi, ist noch schöner geworden als meine Nase?«, meinte Heddis Freundin. »Ich warte auf Ihr Urteil!«

»Darf ich genauer hinschauen«, fragte ich.

»Sicher. Dafür ist er ja da«, zog Heddi ihre Bluse über dem Busen straff, wobei sich das Dekolleté an ihrer dunkelblauen Chiffonbluse etwas vergrößerte. »Außerdem sind Sie ja Arzt.«

Sie trug ein Kleid im atemberaubenden Türkis, das mich an den Ozean um eine Trauminsel herum erinnerte. Es war gerafft und gewickelt wie kleine Wellen am Strand. Unter dem Rocksaum sah ich nur die Spitze von schwarzen Schuhen mit weißen Punkten hervorlugen.

»Wunderbar, der Mann hat Glück, der diesen herrlichen Busen jeden Tag anschauen darf«, lobte ich die Operationskünste meiner Kollegen. Ich fühlte mich wirklich schon zur Klinik gehörig.

»Heddi zeigt immer gerne etwas mehr Haut«, lachte Bruni. »Ich bin konservativer. Ich entblöße immer nur ein Stück meines Körpers. Jetzt trage ich ein Etuikleid, mit einem kleinen Ausschnitt, dafür trage ich drunter eine Hose. Wenn ich heute Abend ein kurzes Kleid mit langen Ärmeln trage, dann ziehe ich dazu einen Rollkragen an.

Bei viel Bein gibt's dann wenig Hals.«

Das klang nach einem Rezept. Trotz den Jeans trug sie cremefarbene, hochhackige Sandaletten mit Glamour-Bomben und Strass-Schlangen, die sich durch die Zehen schlängelten. Dadurch zeigte sich noch einige winzige Fleckchen Extra-Haut mit ihren lila bemalten Zehen. So viel weibliche Haut machte mich nervös. Ich riss das Papierröhrchen mit dem Zucker auf und schüttete ihn in meinen Espresso. Beinahe hätte ich damit umgerührt.

»Was ist denn Ihre Spezialität?«, wollte Heddi von mir wissen. »Was operieren Sie?«

»Ich, äh, ich bin Spezialist für Ohren«, log ich.

»So ein Glück, mit meinen Ohren bin ich völlig unzufrieden«, platzte Heddi heraus. »Meine Ohren sind schrecklich. Schauen Sie mal!«

Sie schob mit ihrer rechten Hand die Haare von ihrem rechten Ohr weg.

»Deine Ohren sind ganz normal«, kommentierte Bruni die Ohren ihrer Freundin.

»Nein, das sind Fledermausohren. Damit haben sie mich schon im Kindergarten aufgezogen. Ich hasse meine Ohren. Bitte, Herr Doktor, sehen Sie sich meine Ohren an. Könnten Sie das was machen?«

Ich stand auf und schaute mir ihr nacktes Ohr an. Bruni hatte nicht Recht, es sah wirklich wie das Ohr von einer Fledermaus oder von einem Vampir aus. Am oberen Rand war es viel spitzer als ein normales Ohr.

»Interessant. Darf ich es berühren?«, fragte ich.

»Sicher, sicher. Langen Sie ruhig mal hin«, ermunterte mich Heddi.

»Deine Ohren sieht doch niemand. Du musst doch nur die Haare drüber tun«, meinte Bruni. »Du willst doch nicht noch eine Schönheitsoperation ranhängen?«, drohte Heddi ihrer Freundin scherzhaft mit dem Zeigefinger. »Wir gehen nämlich immer gemeinsam hierher. Schon zum dritten Mal, stimmt's Heddi?«

»Stimmt, wir sind wandelnde Werbeskulpturen für die Aphrodite Clinic«, lachte Heddi. »Aber wir brauchen ab und zu eine Verschönerung, das ist in unserem Beruf nötig. Mal eine kleine Straffung, mal weniger Fett am Bauch, mal die Schenkel verschlanken. Ich sage immer, wir haben heutzutage einen Schönheitsterror.«

Mein Finger glitt immer noch ganz leicht über das merkwürdige Ohr.

»Viel müsste man da nicht machen«, setzte ich mich wieder und nippte nach diesem fachmännischen Urteil an meiner Espresso-Tasse.

»Meinen Sie? Würden Sie das machen? Zu Ihnen hatte ich auf den ersten Blick Vertrauen. Das habe ich nicht zu jedem Arzt. Ich will keinem Pfuscher in die Hände fallen.«

»Also Heddi, du willst doch hier nicht verlängern? Kaum ist ein neuer Arzt im Haus, schon willst du nicht mehr raus. Wir machen es wie immer. Wir gehen zusammen rein und gehen zusammen raus. Und heute ist unsere Entlassung. Wir haben eine Karte für ein Konzert mit Isabell Münsch. Wir müssen doch mit unserer neuen Schönheit den aktuellen Augsburger Männermarkt sondieren. Wissen Sie, wir haben uns nämlich zusammen scheiden lassen.«

»Ja, und wir haben auch zusammen geheiratet. Wir machen alles gemeinsam, seit wir uns kennen. Wir sind unzertrennlicher als Schwestern«, lachte Heddi.

»Vielleicht können Sie meine Ohren auch etwas verschönern?«, fragte mich Bruni neckisch.

An ihren Ohren hingen glitzernde Steine, die die Ohrläppchen ein wenig nach unten zogen.

»Vielleicht reichen leichtere Ohrringe schon«, grinste ich.

»Sie sind ja ein Frechdachs«, setzte Bruni gespielt empört ihre Tasse ab. »Hast du das gehört Heddi, ihm gefallen meine Ohrringe nicht. Das teuerste Geschenk, das mir mein geiziger Ex je vermacht hat.«

»Ich würde ja nie Schmuck von meinem Ex tragen.« Heddis Stimme wurde schnippisch. »Diese fetten Klunker hätte ich schon längst zu Geld gemacht. Wolltest du nicht mit deinem jungen Freund eine Weltreise unternehmen?«

»So jung ist er auch wieder nicht«, zwinkerte Heddi ihrer Freundin zu. »Und überhaupt, das ist heutzutage doch ganz normal, dass sich nicht nur Männer junges Gemüse zulegen. Schau nur mal die Demi Moore an mit ihrem Knäbelchen. Übrigens Herr Doktor Kessler, meine Freundin Heddi hat's auch mit den Youngstern, deswegen redet sie mit Ihnen so viel.«

»Na ja, dein aktueller Lover ist ja nur halb so alt wie du«, zwinkerte Heddi zurück. »Kommt er heute auch auf das Konzert?«

»Er kann nicht. Geschäfte. Was mache ich mit den vier Karten? Du wolltest doch auch deinen Neuen mitbringen. Unser Männer sollten sich doch mal kennen lernen. Wir wollten hinterher doch noch gemeinsam in die Ecke-Stuben zum Essen gehen. Hast du das vergessen?«

»Mein Neuer, wie du ihn zu nennen pflegst, der ist auch abgesprungen. Oder besser ich habe ihm den Laufpass gegeben, stell dir vor, der hat gedacht, ich bin seine

Mama, der hat schon seine alte Wäsche angeschleppt. Den habe ich samt seiner Dreckwäsche ganz schnell vor die Türe gesetzt. Außerdem, mit diesen Ohren würde ich am liebsten nirgends hingehen. Sagen Sie Herr Doktor, wäre das eine schwierige Operation mit meinen Ohren?«

»Ich glaube nicht«, schaute ich Bruni über die Espresso-Tasse an.

»Sie glauben? Das müssen Sie doch wissen«, blickte Bruni zu mir und dann zu Heddi.

»Kommt drauf an«, zog ich fachmännisch meine Augenbrauen hoch.

»Wie heißen Sie eigentlich?«, beugte sich Heddi zu mir.

»Kessler, Klaus Kessler«, wiederholte ich wahrheitsgemäß und mir drängte sich der Verdacht auf, dass die Gehirne der Frauen wohl nicht mehr so frisch sind wie ihre hergerichteten Körper.

»Ah, Herr Doktor Kessler, was machen Sie heute Abend?«, wollte Bruni wissen.

»Ich. Äh, ausschlafen. Ich hatte einen anstrengenden Tag.«

»Wie viele Ohren mussten Sie denn verschönern?«, fragte Heddi voller Interesse.

»Eigentlich kein einziges. Ich musste eine Frau aus einem explodierenden Wohnwagen retten und sie mit einem verbrannten Gesicht hierher bringen«, steuerte ich langsam auf die Wahrheit zu.

»Habe ich schon gehört. Stell dir vor Heddi, das ist die Lucia, von der ich dir erzählt habe, du weißt schon, die Direktorin vom Holbein, deren Tochter mit meinem Sohn im gleichen Kindergarten war, die liegt im zweiten Stock, ich glaube auf Zimmer zweihundertelf«, holte Bruni aus.

»Hoffentlich bekommen sie ihr Gesicht wieder hin. Sie war ja so eine schöne Frau«, machte Bruni eine nachdenkliche Miene. »Ich hätte gerne ihre kleinen muschelförmigen Öhrchen. Hoffentlich ist denen nichts passiert.«

»Apropos Muscheln, ich glaube heute ist sogar Muscheltag in den Ecke-Stuben«, beendete Heddi die nachdenklich gewordene Stimmung. »Jetzt sagen Sie mal Herr Doktor Kessler, wo sind Sie heute Abend?«

»Zu Hause im Bett, hoffe ich ganz schwer.«

»Das glaube ich nicht«, suchte Heddi in ihrem krokodilledernen Handtäschchen herum, das sie neben sich am Boden stehen hatte. »Diese Karte gehört jetzt Ihnen und damit sind Sie verpflichtet, mit uns auf das Konzert von Isabell Münsch zu gehen. *Superskandalöses* heißt ihr Programm. Ich habe schon gemerkt, Sie mögen so rotzfreche Sachen. Dann können Sie gleich mal sehen, wie Brunis Fledermausohren auf Musik reagieren.«

Sie legte die Eintrittskarte vor meine Tasse.

»Heddi, das ist eine gute Idee, das dürfen Sie nicht ablehnen«, legte Bruni ihre Finger auf meinen Arm.

»Sie dürfen aber nicht sauer sein, wenn ich ab und zu etwas einnicke«, gab ich mich geschlagen.

Diese beiden Frauen wussten vielleicht was über diese Frau, die für mich Anna war. Schließlich waren sie einige Tage in der Aphrodite Clinic gewesen und wie ich aus ihren Klatschgeschichten hörte, kannten sie sich hier bestens aus.

»Sie werden nicht einnicken, bestimmt nicht, bei einem Konzert von Isabell Münsch schläft niemand ein. Die ist wie ein Tsunami, eine sehr leidenschaftliche Sängerin«, stellte Heddi ihr Handtäschchen wieder ab, nachdem sie noch eine Schachtel Zigaretten daraus hervorgeholt hatte. »Magst auch eine?«, hielt sie Bruni die Schachtel mit einer herausgezogenen Zigarette hin.

»Danke. Ich rauche nicht mehr«, lehnte Bruni ab. »Das ist nicht gut für die Haut. Du solltest auch aufhören.« Ihre Finger lagen immer noch auf meinem Arm. Sie drückten sogar ein wenig zu, bevor sie sich wieder lösten.

»Ich kann nicht, ich bin zu nervös. Ich brauche das zur Beruhigung.«

»Das Taxi für die beiden Damen ist da«, kam die indische Bedienung auf die Terrasse.

Die beiden Frauen verabschiedeten sich mit der Ermahnung an mich, heute Abend pünktlich bei dem Konzert im Brunnenhof vom Zeughaus aufzutauchen und die Karte nicht zu vergessen. Sie hatten sich beide riesige Sonnenbrillen aufgesetzt. Bruni legte mir im Vorbeigehen noch ihre Visitenkarte auf den Tisch. Jetzt wusste ich, woher ich sie kannte. Sie war Event-Managerin. Ihr gehörte die Firma »Extraklasse - Events und Attractions«. Mir kam's. Ihr Gesicht hatte ich schon öfters in den Zeitungen gesehen, bei Modenschauen, Produktpräsentationen und anderen Veranstaltungen. Das war Brunhilde Hagen, die in diesem Jahr Vorsitzende der Augsburger Faschingsgesellschaft Perlachia geworden ist. Und wer war diese Heddi?

Als die indische Bedienung an meinen Tisch kam, fragte ich sie, ob sie das indische Restaurant am Kuhsee kenne.

»Das kenne ich gut. Das sind meine Stiefschwestern, die das betreiben. Ihr Vater war auch mein Vater, aber ich hatte eine andere Mutter«, erzählte sie mir.

»Hatten Sie noch Kontakt zu Ihrem Vater? Wissen Sie, was mit ihm passiert ist?«

»Sicher. Sie haben ihn umgebracht. Seine Frau, die Mutter von Kareena und Kalima, hat alles geerbt. Und wenn man weiß, dass ihr Vater vor drei Monaten den Jackpot im Lotto gewonnen hat, dann kann man sich den Rest denken. Ich habe ein Dokument, das beweist, dass sie ihn ermordet haben.«

»Was für ein Dokument?«, holte ich tief Luft.

»Das werde ich der Polizei übergeben. Was interessiert Sie das?«

»Ich war dabei, als Ihr Vater verbrannt ist«, sagte ich.

»Bei der Explosion, als dieses Floß auf dem Kuhsee in die Luft flog?«

»Nein, ich meine gestern, als Kareena und Kalima ihren Vater am Kuhseeufer auf einem Holzstapel verbrannten. Wie das in Indien am Ganges so üblich ist.«

»Davon weiß ich nichts. Das ist, das ist, das ist ...«, sie holte noch tiefer Luft als ich. »Ich wusste es, diese Weiber sind Hexen, Verbrecherinnen, Mörderinnen, die Mutter und ihre Töchter.«

Sie setzte sich hin.

»Ich werde meinen Vater rächen. Er war so dumm. Mit meiner Mutter ging er nach Deutschland. Dann hat er meine Mutter und mich sitzen lassen. Wegen der anderen. Sie hat ihn verhext. Mein Vater war so naiv, so gutgläubig, er war kein schlechter Mensch.«

»Woher wissen Sie, dass er im Lotto gewonnen hat?«

»Meine Mutter und ich sollten es nicht erfahren. Aber sie werden es nicht glauben, es gibt Zufälle im Leben, die lassen mich an höhere Mächte glauben.«

»Welche Zufälle?«

»Neulich war ein Mann hier, der ließ sich sein Doppelkinn in unserer Klinik wegmachen. Stellen Sie sich vor, das war der Leiter der Lottozentrale in München. Der hat dem Arzt, der ihn behandelt hat, mein Freund übrigens, berichtet, dass vor einigen Monaten ein Inder in Augsburg den Jackpot leer geräumt habe. Siebenkommafünfmillionen Euros. Er hätte sich sogar den Namen des Mannes gemerkt, weil er so lustig war.«

»Welcher Name?«

»Dindi Windi.«

»Dindi Windi? Wirklich?«

»So hieß mein Vater. Dindi Windi.«

Mir gingen schon längst die Namen auf dem Keks, die auf ein i hinausliefen. In Deutschland hießen die Leute nicht mehr Klinsmann sondern Klinsi, nicht Wowereit sondern Wowi und auch nicht Schumacher, sondern Schumi. Pubertär. Manche, wie der Fußballer mit dem wunderbaren Namen Schweinsteiger, prozessieren gleich noch, weil ein Metzger seine Wurst Schweini nannte. Schweini sei ein Markenbegriff. Na gut, es gibt auch den Dummi. Sicherlich ein geschützter Name bei Büchern wie Dummi für Computereinsteiger. Aber warum nannte man die Bundeskanzlerin nicht Merkeli? Mir reichte es schon, wenn mich jemand im Anfall von Verehrung Klausi nannte. Entsetzlich. Gehören wir schon zu Italien? Bei denen ist das i am Schluss obligatorisch. Wenn die über einen Mord reden, dann klingt das immer sehr harmlos, als sprächen sie über einen lustigen Kindergeburtstag.

»Den Namen kann man sich wirklich merken«, gab ich ihr Recht.

»Sonst hätten die ja nie das Restaurant am Kuhsee aufmachen können, wenn sie nicht das Geld meines Vaters gehabt hätten. Das haben sie ihm sicher abgeluchst, diese hinterhältigen Weiber. Das werden sie büßen müssen.«

16. Kapitel

Erzählungen in der Haifischbar / Hograiser spielen auch mit / Klaus Kessler vermisst sein Handy / Counter Strike ist verboten / Geisterfahrer bekommt nachgemachte Rolex

Ein blonder schlaksiger Mann mit Dauergrinsen kam auf die Terrasse. Ich wollte die indische Bedienung gerade fragen, ob ihr der Name Anna Insagg was sagte.

»Hallo Günter, wie immer?«, sprang sie auf. Ihre schlimmen Gedanken schien sie dabei abzuschütteln.

»Hey, KaKa, altes Haus, was machst du denn hier«, klopfte mir der blonde Günter auf die Schulter. Es war Günter Heikelmann, der Bassist der ehemaligen Punkband Rosarot, für die ich mal das Band-Plakat gemacht hatte. Alter Musiker-Kumpel. Seine schalkhaften Augen blinzelten mich aus seinem runden Gesicht an.

»Ich lasse mich für meinen nächsten Auftritt verschönern.«

»Mensch, hab's schon gehört, der Kuki-Gebi hat's mir neulich in der Haifischbar erzählt, oder hab ich's vom Sianos Walter, oder vom Stone? Egal, du gehst mit deinen Impotenz-Jungs wieder auf die Bühne. Is' ja verrückt. Gratuliere! Dann sehen wir uns ja heute Abend. Hoffentlich ist dann deine Schönheitsoperation schon abgeschlossen, oder gehst du mit Gesichtsverband auf die Bühne, wär' ja auch geil, Mensch.«

»Wir? Sehen uns? Heute? Abend?« Ich war verblüfft. »Wie das? Bist du jetzt Bassist bei Isabell Münsch?«

»Nö, wer is' das? Kenn ich nich'. Ich spiel jetzt bei Horgraiser.«

Die indische Bedienung brachte Günter ein Weizen.

»Komm, trink auch was mit, ich lade dich ein, auf die alten Tage, damit es heute wieder so wird. Hallo Gundia, bring meinem Musiker-Kumpel Klaus auch ein Weizen. Wir müssen was feiern«, rief er zur Theke hinein. »Mensch, das is ja geil, dass ich dich hier treffe. In ein paar Stunden geht's dann richtig rund.«

Die indische Bedienung brachte mir das Weizen. Ich stieß mit Günter an. Ich dachte immer, die Asiaten breiten sich in der Augsburger Gastronomie aus und drängen die Griechen und Jugos zurück, sinnierte ich vor mich hin. Jetzt sind es plötzlich die Inder.

»Wir spielen als Hograiser ja als erste heute, bei dem Punkfestival im Lehmbau, super organisiert hat das der General«, sagte Günter. »Dann kommt der Bretzel mit seiner Jazzpunkcombo Schräglage und dann die Römer, die Second Floor Again, die Wreckers, die Jailbreaks dann noch die Just B. und zum großen Finale ihr von Impotenz als Headliner. Wenn ihr um Mitternacht dran seid, habt ihr Glück. Bei so einem Festival verschiebt sich doch immer alles nach hinten.«

Mir fiel es wie Weizenschaum von den Augen. Das war es, was mich schon den ganzen Tag unruhig machte. Heute war mein erstes Konzert als alter und neuer Impotenz-Sänger. Sicher hatten mich die Impotenzler schon anrufen wollen. Aber mein Handy vermisste ich schon seit dem Leichendiebstahl auf dem Nordfriedhof. Und ins Internetcafé war ich auch schon seit einigen Tagen nicht mehr gekommen, um meine Mails abzurufen. Obwohl ich dem Rami dort versprochen hatte, baldmöglichst mehrere Blätter auszudrucken, auf denen stand, dass Jugendlichen unter 18 das Spielen von Counter Strike verboten war. Die plärrten da immer so rum, während sie an verschiedenen Bildschirmen mit diversen Waffen aufeinander losgingen. Das störte die anderen Besucher, einschließlich Rami.

Richtig, richtig, wir hatten heute ein Konzert. Oh Mann, das war zu viel. Sollte ich das Konzert mit Isabell Münsch und die beiden Frauen aus der Aphrodite Clinic einfach vergessen? Das würde mir Helle nie verzeihen, wenn ich diese Info-Quelle nicht anzapfen würde.

»Wahnsinn, du erinnerst mich da an was«, prustete ich über das Weizenglas. »Du wirst es mir nicht glauben, aber ich habe das Konzert heute im Lehmbau total vergessen. Bei mir war in den letzten Tagen so viel los.«

»Mensch, das darf doch nicht wahr sein. Der Mann hat mit Impotenz ein grandioses Comeback und er verschwitzt es. Also, wenn du mich fragst, KaKa, dann solltest du dich lieber einer Gehirnoperation unterziehen lassen, statt deinen Bauch in meinen Container zu werfen.«

»Wie meinst du das? Verstehe ich nicht. Was hat dein Container mit meinem Bauch zu tun?«

»Mensch, das ist geheim. Erzähl ich dir mal, wenn ich die Sache geregelt habe. Also, prost, auf heute Nacht, auf ein tolles Konzert mit uns!«

Wir stießen wieder an.

»Ihr Fahrzeug ist mitten im Weg, Sie müssen leider wegfahren«, bat Gundia den blonden Günter.

»Frage. Wohin fährst du?«, wollte ich von Günter herausbekommen.

»Wieso? Ich drehe meine übliche Freitags-Runde«, stand Günter auf. Im Stehen ließ er den letzten Schluck Weizen durch die Kehle rinnen.

»Kommst du auch bei der Kahnfahrt vorbei, ich müsste da zu meiner Wohnung.« Auch Lucia wusste nicht, dass ich in einem Appartement-Haus der Wohnungsbaugesellschaft bei der Kahnfahrt ein Zimmer gemietet hatte. War ein Tipp von Geisterfahrer Sille, der auch mal kurz dort hauste. Dafür vermachte ich ihm eine nachgemachte Rolex aus Tschechien.

»Mensch, klar, ich muss heute auch zum Vincentinum. Das passt. Kannst mitfahren. Da können wir uns über die alten Zeiten unterhalten.«

Ich setzte mich neben Günter ins Führerhaus. Er lud einen blaufarbenen Container im Hinterhof der Schönheitsklinik auf. Günter war bei einer Firma für Sondermüll. Passte ja zu einem Punkmusiker, fand ich.

»Welche Songs werdet ihr spielen?«, ließ er den Motor an.

»*Monika und Otto*, *Arme Hunde* und vielleicht *Nur ein Schritt*? Wenn ich jetzt nur einen von der Band erreichen könnte. Mein Handy ist seit Tagen futsch.«

»Nimm das hier!« Günter zeigte auf ein graues Handy, das auf meiner Seite auf der Ablage lag. »Das kannst du haben. Habe ich gefunden. Keine Ahnung, wem das gehört. Es ruft keiner an, der nach seinem Handy fragt und auf der Mailbox ist auch nichts zu hören.«

»Hmm, prima, danke, ich müsste nur die Nummer von einem unserer Impotenzler wissen.« Ich probierte eine Nummer aus, von der ich glaubte, dass sie zu unserem Gitarristen Christian gehörte. »Die von Ihnen gewählte Rufnummer ist nicht korrekt, bitte überprüfen Sie die Nummer und versuchen Sie es noch einmal«, erklärte mir eine Frauenstimme. Ich tat das. Erfolglos. Als ich das Handy missmutig betrachtete, lachte es mich aus. Ein Kinderlachen war als Klingelzeichen eingestellt. Ich drückte auf den Knopf, mit der Abbildung des grünen Hörers eines alten Telefons. Manchmal braucht man auch das Alte, tröstete ich mich über meinen kommenden Geburtstag weg.

»Hier ist die Manuela, auch wenn es dir nicht gefällt. Was soll das, du rührst dich nicht, obwohl du es mir versprochen hast. Hier tanzt der Bär und ich höre nichts von dir. Wo bleibt deine Hilfe? Inzwischen ist mir auch der Maruschke in den Rücken gefallen. Der wollte mir auch helfen. Stell dir vor, erst habe ich ihm beim Streit mit seiner Alten geholfen, dann bin ich mit ihm nach Österreich in meine Berghütte gefahren. Dann hat mich doch dieses Arschloch betrogen ...«

»Aha«, sagte ich. Eigentlich wollte ich sagen: falsch verbunden. Doch die Sache klang spannend. Außerdem war es eine Frauenstimme. Mal schauen, wie sich das entwickelte.

»... weil ich mir bei der Bergwanderung den Fuß verknackst habe, gab ich ihm meine Kreditkarte zum Einkaufen. Das hat er auch brav gemacht ...«

»Und?«

»Heute schaue ich auf mein Konto. Hat mir das Arschloch insgesamt fünfhundert Euro abgehoben. Für den Einkauf hat er aber nur fünfzig gebraucht. Wenn ich den erwische, dann blüht ihm was, das kannst du ihm ausrichten. Mein Akku ist leer, ich muss aufhören. Ruf du mich bitte gleich zurück. Sie verfolgen mich. Sie drangsalieren mich. Das Schönste ist, dass mein Vater sich nicht zu schade ist, mit dem Maruschke gegen mich zu intrigieren. Du musst mir unbedingt helfen, ich bin noch in Österreich und weiß nicht wie ich ...«

Der Akku war leer. Die Verbindung brach ab. Wer war

diese Frau? War sie wirklich in Not? Es klang glaubhaft, ihre Stimme klang sehr gehetzt, fast ein wenig hysterisch. Sie hieß Manuela, das konnte ich aus der Flut ihrer Worte herausfiltern.

»Kennst du eine Manuela? Vielleicht gehört ihr das Handy«, schaute ich ihn fragend an.

»Ich kenne keine Manuela, halt, doch, die mit dem Bossa Nova, der immer schuld war, oder hat das die Vicky gesungen? Mensch ich kenne sogar noch eine Manuela, meine Arzthelferin, die sollte ich eigentlich schon längst wegen einem Termin bei ihrem Chef anrufen.« Er nahm auch den anderen Stöpsel aus dem Ohr und sah mich grinsend an: »Mensch, mit deinem weißen Kittel sieht das aus, als hätte ich meinen Leibarzt dabei, was gar nicht so schlecht wäre, wenn ich bedenke, was ich alles für giftiges Zeug rumkutschieren muss«, grinste Günter.

Dann klemmte er sich hinter das Steuerrad seines Fahrzeuges, das für Containertransporte gebaut war und fuhr endlich los.

»Was für giftiges Zeug?«

»Kann ich dir nicht sagen, Betriebsgeheimnis. Aber in ein paar Tagen, wenn ich nicht mehr bei dieser Scheißfirma bin, dann wird die Welt erfahren, für welche korrupte Umweltschweine ich unterwegs war.«

»Klingt spannend«, machte ich es mir bequem, nachdem ich meinen Sicherheitsgurt angelegt hatte.

»Das kann ich dir jetzt schon verraten, die von dieser noblen Schönheitsklinik hier, das sind auch nur ganz gewöhnliche Metzger. Vorne geht die Frau Direktor rein und ihre abgesäbelten Arschbacken, die für ihren jungen Stecher zu schwabbelig waren, darf ich im Container zur Verbrennung fahren. Das ist schon mehr ein Krematorium als eine Müllverbrennung, sage ich dir.«

»Die werfen die Abfälle ihrer Schönheitsoperationen in deinen Container? Ehrlich?«, wollte ich das etwas genauer wissen.

»Mensch, sag‘ ich doch, ganz üble Saubären sind das, dürften die gar nicht. Menschliches Material muss von uns in einem ganz eigenen Behälter entsorgt werden. Das kostet natürlich viel mehr. Das wollen sich die feinen Herrschaften sparen. Denen geht's nicht um die Anmut und Schönheit, wie sie bei den reichen Zombie-Weibern herumsäuseln, denen geht es nur um die Kohle, ist doch klar. Aber, das bleibt unter uns, ich habe nichts gesagt. Eines Tages, wenn ich bei einer anderen Firma bin, dann packe ich aus.«

Günter schimpfte weiter über die Zustände in der Aphrodite Clinic und in anderen Kliniken. Aber ich bekam das nicht mehr mit. Wenn mich der Sicherheitsgurt nicht gehalten hätte, wäre ich im Schlaf vom Beifahrersitz gerutscht. Das angenehme Schaukeln des Fahrzeugs hatte mich zum Einschlafen gebracht.

»Hey, Mensch, KaKa, wach auf, schau mal, was hier los ist. Kommt jetzt die Revolution?«

»Wie? Was?« Ich rappelte mich mühsam hoch. Ich hatte gerade vom Ganges geträumt. Ich war Mitglied bei der Kaste der Unberührbaren gewesen. Zuständig für Leichenverbrennungen am Ganges. Dabei war etwas Furchtbares passiert. Eine Frau, im Krokodil-Bikini, war da gestanden, der wurden die Ohren mit einem Brotmesser abgeschnitten. Dieses blutige Gerät gehörte einer Frau, die der Bruni von der Schönheitsklinik-Terrasse ähnlich sah, aber die eindrucksvolle Gestalt einer isländischen Super-Brünhild aus den Liedern der Nibelungen hatte. War ein

Ohr abgeschnitten, wuchs sofort eine neues. Das wurde wieder abgeschnitten und so weiter. Pausenlos. Ich musste diese Ohren mit einem Korb einsammeln. Dann schüttete ich den blutigen Inhalt auf hochgestapeltes Holz. Zwei Inderinnen, die Kalima und Kareena ähnlich sahen, tanzten um diesen Holzstapel.

Sie sangen: »Feuer, Feuer, Feuer! Feuer! Gib mir Lust!«

Dazu spielte ein braun gebrannter Guru, es war Helle, mit einem langen weißen Bart auf einer Sitar und der blonde Günter, nur mit einem Lendenschurz bekleidet, haute dazu auf einen Container, in dem unzählige Euro-Scheine lagen, die von Gundia herausgeholt und in den Holzstapel zum Verbrennen gestopft wurden. Das Blut, das von den abgeschnittenen Ohren herunterlief, überdeckte meinen nackten Oberkörper. Als durch das entfachte Feuer ein Wind entstand, wehte ein 500-Euro-Schein durch die Luft und blieb vor meiner intimsten Stelle kleben. Wie bei Siegfried das Lindenblatt beim Bad im Drachenblut. Seine einzige verletzliche Stelle, durch die der Jagdspeer drang, der ihn hinterrücks tötete. Gerade als ein riesiger Hund sich in mein Bein verbiss, wovon ich komischerweise nichts spürte, hatte mich Günter geweckt, der auf eine Menschenmenge vor seinem Fahrzeug starrte.

Rechts von uns war der breite Stadtgraben, an dessen Ufer der Fünffingerlesturm stand. Links war der Flachbau der Max-Schule, der von einer Mauer umrandet war. Weiter vorne war der Wasserturm der Brecht-Fans und noch weiter hinten das Krankenhaus Vincentinum. Günter kletterte aus dem Fahrzeug. Er unterhielt sich mit einem Mann mit Vollbart, der aufgeregt gestikulierte und einiges zu wissen schien. Beim Fünffingerlesturm standen

Autos von der Feuerwehr. Hatte es hier auch gebrannt? Polizeiautos hatten lautloses Blaulicht eingeschaltet, das durch die Gegend zuckte. Ein Notarztauto konnte ich auch erspähen. Einige Polizisten standen hinter dem rotweißen Absperrband und hielten die Zuschauer zurück.

»Wir müssen andersrum fahren, da kommen wir nicht durch«, schwang sich Günter wieder hinter das Lenkrad. »Wie soll ich hier bloß umdrehen. Mensch, verflucht, ich muss erst rückwärts. Sowas liebe ich. Das versüßt mir meine Drecksarbeit ungemein.«

»Was ist da vorne passiert?«

»Sie haben eine Tote gefunden. Auf der neuen modernen Treppe beim Turm. Die sie nicht fertig bauen dürfen. Wegen der ganz Augsburg in Aufregung ist, weil sie so hässlich ist. Der Typ mit dem Vollbart, der Hagler Siggi, zufälligerweise ein Schulfreund von mir, hat mir erzählt, dass er mit seinem Freund Kuno, der auch zu dieser Antitreppen-Vereinigung gehört, die Ermordete aufgefunden habe ...«

»Woher wissen die, dass sie ermordet wurde?«

»Das hat der ganz fest behauptet.«

»Ich bin gerade aufgewacht und hatte einen blöden Alptraum, bitte, etwas langsamer«, bat ich Günter.

»Also, jetzt in Zeitlupe für den Punk-Opa: sie ist mit einem spitzen Eisenteil, das von dieser Treppe stammen soll, erstochen worden. Sie war nämlich die Ex-Freundin von dem Siggi, der seit Wochen praktisch Tag und Nacht den Fünffingerlesturm beobachtete. Dabei habe er auch gesehen, dass die Laura, so heißt die Ermordete, die nach ihm ausgerechnet mit dem Architekten anbandelte, der die umstrittene Treppe geplant hat, mit dem Kerl, der wiederum ein Bruder von der Vorsitzenden der Augusta-

Vindelikum-Gesellschaft ist, die, aber das weißt du sicher, mit Spenden Augsburger Baudenkmäler herrichtet. Und mit diesem Architekten soll sie ein Verhältnis gehabt haben. Den Siggi würde es nicht wundern, sagte er zu mir, wenn die Laura umgebracht worden wäre, weil sie den Treppengegnern die eine oder andere Information im Kampf gegen die beschissenen Treppe gesteckt habe.«

»Brutal. Aber bisschen viel auf einmal. Wer bringt schon eine Frau wegen einer Treppe um?« Mehr war von mir nicht zu hören.

Für einen Containerfahrer war der blonde Günter ganz schön auf zack. Der Mann hatte ein Gedächtnis wie ein Elefant.

Ich hatte in den letzten Stunden so viel Brutales erlebt. In Augsburg war Brutalitätsinflation. Als wäre das Handy mir eine Hilfe, steckte ich es ein. Die Notfallnummer war auf jeden Fall eingespeichert. Die anderen Nummern musste ich mal durchschauen und anrufen. Vielleicht wusste von denen jemand, wem das Handy gehörte? Oder wer diese Manuela war, die auf einer Berghütte in Österreich saß und Hilfe brauchte. Hatte ich mir beim Kauf meines letzten Handys nicht vorgenommen, alle wichtigen Nummern nicht nur einzuspeichern, sondern auch in ein Adressbuch einzutragen, das immer zu Hause bereit lag? Gleichzeitig reckte ich meinen Hals, als Günter den Rückwärtsgang einlegte. Wo war die Kommissarin Sara Insagg vom K1? Ich sah sie nicht. Ich sah nur Sweety. Den Schlagersänger. Der redete jetzt mit diesem Vollbarttypen, der Mordgerüchte in die Welt setzte.

17. Kapitel

Klaus Kessler hat wegen der Entführung einen Verdacht / Sara Insagg interessiert nur Mord / Schlagersänger Sweety als Bademeister

Günter hielt mit seinem Transporter hinter dem Taxistand vor dem Haupteingang zum Vincentinum. Ich stieg auch aus. Er ging hinein, um sich zu erkundigen, wie er unter diesen Umständen nun die Abfälle abholen sollte. Ich hatte mich von ihm verabschiedet mit dem Hinweis, dass ich ganz schnell heim müsse, zum tüchtigen Ausschlafen für später. Ich versuchte meinen schlaffen Körper unter Kontrolle zu bringen. Hinter der Glasfassade, wo sich das Besucher-Café des Vincentinums befand, winkte mir Sweety zu. Er schien mir was sagen zu wollen. Auch das noch. Wahrscheinlich hatte er wieder einen Fernsehauftritt gehabt, was ich mir gleich anhören durfte. Ich hätte ihn übersehen, wenn nicht neben ihm eine Frau gestanden wäre, die ich kannte: Sara Insagg, die Kommissarin, zuständig in Augsburg für Mordfälle.

Sie unterhielt sich eifrig mit einem Mann, der sich was notierte. Wahrscheinlich jemand von der Presse. Sie warf einen Blick auf den winkenden Schlagersänger, der neben ihr ungeduldig herumtänzelte und ihr Gespräch störte. Dann sah sie durch die Scheibe hinaus und ihr Blick traf mich. Keine Chance, ich musste rein. Noch wusste ich nicht, was ich ihr sagen konnte und durfte. Bei uns wird zwar immer viel von Zivilcourage und solchen Dingen gesprochen. Aber wenn's mal ernst wird, hat man oft nur Probleme. Einem Helfer kann es passieren, dass er nicht belohnt, sondern bestraft wird. Mit Zivilcourage, mit der man sich in ungerechtes Geschehen einmischt, geraten manche heftig in die Verdachtsmühle und werden geschrotet. Wie Max und Moritz. Kein Wunder, wenn sich mancher abwendet, was dann von den Medien gerne als Feigheit deklariert wird.

»So schaut's aus Frau Wullimaus«, murmelte ich vor mich hin und ging unter einem Vordach in das Vincentinum.

Ich konnte Sara Insagg wenigstens von dem Verdacht erzählen, dass ich höchstwahrscheinlich ihre entführte Mutter in der Hochzoller Schönheitsklinik gesehen hatte. Und wie war ich in diese gekommen? Wie sollte ich das der neugierigen Kommissarin plausibel machen? Meine Sorge war umsonst. Ein Patient mit Gipsarm drängte sich in das Gespräch mit der Kommissarin. Es nützte nichts, dass sie sagte, »jetzt lassen Sie doch erst den Mann von der Presse fertig werden, dann höre ich mir auch Ihre Sorgen an, geht's auch um die Tote beim Fünffingerlesturm?«

»Ach wo«, legte der Mann mit dem Gipsarm los, »mein Name ist Kai-Uwe Wacker und ich will mich über die Polizei beschweren, so geht's doch nicht, neulich musste ich sehen, wie sie über den armen König von Augsburg herfielen und ihn vor erschreckten Touristen auf den Boden warfen ...«

»Schon gut, schon gut, das ist nicht mein Problem, ich bin von der Kripo, mich interessiert nur Mord«, versuchte Sara Insagg Distanz zu dem Mann mit dem Gipsarm zu bekommen. »Gehen Sie mit Ihrer Beschwerde bitte ins Polizeipräsidium und ...«

»Nein, ich sage Ihnen das jetzt und hier, und Sie hören sich das an. Ich entrichte brav meine Steuern, von denen

Sie und die Polizei bezahlt werden und ich will das hier und jetzt los werden, weil mich das schon eine Weile plagt und zu der Toten am Fünffingerlesturm werde ich Ihnen was zum Schluss sagen.«

Der Reporter hörte aufmerksam zu.

Er registrierte, wie sich der Mann mit dem Gipsarm heftig über eine Polizeistreife beschwerte, die ihn seiner Meinung nach schwer enttäuscht hatte. Er war Grafiker und saß gerade vor einer sauschwierigen Computer-Animation. Plötzlich drang Geschrei zu seiner Wohnung hoch. Von der Straße beim Fischertor. »Ich dachte zuerst, das wären Betrunkene aus der nebenan liegenden Wirtschaft zur Parität. Es war aber ein Punker, der eine betrunkene Punkerin, die am Boden lag, laut anschrie. Dazu kläffte ein Hund. Als ich und ein anderer Hausbewohner runtergingen, weil wir uns Sorgen machten, die Punkerin schien kaum noch am Leben zu sein, riefen wir die Polizei.«

Ich dachte mir nur: »Immer diese Hunde.«

»Die taten nichts, absolut nichts, die lachten bloß«, erregte sich der Grafiker gegenüber der Kommissarin. »Und den Hund, der herrenlos über die Straße lief, den nahmen sie auch nicht. Ich hielt ihnen die Hundeleine hin. Die hätten den nehmen müssen. Das geht doch nicht. Wofür sind die denn da? Am Schluss durfte ich auf den Hund aufpassen ...«

Sweety zerrte mich an die Theke, wo Zeitungen und Magazine zu kaufen waren. Er zog die Augsburger Allgemeine heraus und zeigte mir die Meldung mit Foto über seinen Auftritt bei dem TV-Kanal »Neun live« mit den Abzocker-Glücksspielen.

»Im Journal steh ich damit auch«, suchte Sweety das Augsburger Klatschmagazin. »Die haben über mich eine tolle Story als singenden Bademeister verfasst.«

»Ich habe dich vorhin beim Fünffingerlesturm gesehen. Hast du das auch mitbekommen? Dort soll jemand ermordet worden sein.«

»Ganz schrecklich, ganz, ganz schrecklich, sage ich dir«, legte Sweety los, der bei seinen Auftritten Goldjacke, jetzt aber nur ein Sommerhemd trug. »Ich kenne die Ermordete. Gut sogar. Die Laura hat für die Werbeagentur Mulle & Pulle gearbeitet, die auch für meine Konzertagentur Prospekte herstellte.«

»Ich habe gehört, die Tote wäre die Freundin von dem Bruder der Vorsitzenden des Augusta-Vindelikum-Vereins, der Spenden für Augsburger Denkmäler sammelt, damit diese renoviert werden können und ...«

»Wieder mal bestens informiert, der Herr Kessler«, stellte sich Sara Insagg neben uns an den Tisch.

Ich blickte überrascht zu ihr auf. Wo war der Plagegeist mit dem Gipsarm?

»Alles weiß ich auch nicht«, gab ich zu. »Besonders eine Frage quält mich.«

»Welche?«, wollte die Kommissarin wissen.

»Wie sind sie den Quälgeist mit dem Gipsarm losgeworden?«

»Ganz einfach, der wird jetzt von dem Reporter ausgequetscht«, sagte sie grinsend. »Und Sie jetzt von mir.«

»Das ist ja spannend«, meldete sich Sweety, »eine echte Kommissarin von der Mord-Kommission. Wissen Sie schon, wer der Kerl ist, der die arme Laura auf dem Gewissen hat?«

»Sie kennen die Tote?«

»Ich hab's grad' erzählt. Laura arbeitete für die Agentur, die auch für mich Prospekte produzierte. Moment, ich habe einen dabei, den zeig ich Ihnen ...«

»Sweety ist Schlagersänger«, informierte ich die Kommissarin. »Eigentlich heißt er Gerhard Schönherz, ich habe für ihn Schlagertexte geschrieben, damit sind wir schon in die Hitparaden gekommen.« Ich schaute mich vor dieser Äußerung schnell um, das musste nicht jeder wissen.

»Was Sie alles machen, Sie müssen ja im Geld schwimmen«, ließ die Kommissarin ihr Grinsen im Gesicht stehen. Kein unangenehmes Grinsen, eher ein schalkhaftes, das zu ihren Sommersprossen und der roten Kurzhaarfrisur passte.

»Leider schwimme ich nur im Blut«, überlegte ich mir eine originelle Antwort, wurde aber von Sweety daran gehindert, das zu äußern.

»Mit *Du bist phänomenal* waren wir ganz weit oben und *Liebe bei Nacht* ist mein Zugabeknüller«, begeisterte sich Sweety über seine Schlager, bei denen ich textlich mitgewirkt hatte. »Hier ist der Prospekt von mir, an dem die Laura beteiligt war.«

Sweety legte ein Faltblatt auf den Tisch. Er war mit Goldjacke auf einem grünen Kunstrasen zu sehen. Mit Kunstblumen. Daneben ein kleiner Hund. Zufall? Die Hunde umkreisten mich. Die Kommissarin hob den Prospekt an.

»Ich habe schon einen Auftritt von Ihnen erlebt«, sagte Sara Insagg.

»Ja, wo denn?«, fragte sie Sweety.

»Beim letzten Ball der Polizeigewerkschaft«, antwortete die Kommissarin.

»Und, wie war ich?«

»Super, ganz super.« Sie wusste, wie man die Seele

eines Künstlers streicheln musste, damit er Informationen herausrückte. »Hatte die tote Laura Feinde?«

»Überhaupt nicht. Sie war sehr beliebt. Ich habe ganz prima mit ihr zusammengearbeitet. Wir gingen auch manchmal Essen. Sie hat das Private immer geschickt mit dem Geschäftlichen vermischt. Und sie konnte einen so klasse aufbauen. Nach ein paar netten Worten von ihr hatte ich alle Zweifel verloren, dann fühlte ich mich wie der Superstar persönlich. Natürlich hatte sie nicht mehr so viel Zeit für mich, als dann die Wahlkampagne begann. Sie durfte ja den OB-Kandidaten betreuen.«

»Das ist mir neu mit dem OB-Kandidaten.« Aus dem Gesicht war ihr Grinsen verschwunden wie Nebel bei Sonnenschein. »Ich kenne diesen Mordfall erst seit zwei Stunden.«

Jetzt setzte sie sich zu uns. Sie schaute sich um. Das Café war leer bis auf uns. Der Journalist war mit dem Gipsarm-Mann, der immer lauter geworden war, nach draußen gegangen.

»Dadurch tut sich ein weiteres Motiv für den Mord auf.«

»Ein weiteres?«, fragte ich neugierig.

»Ich kann es Ihnen und dem Herrn Sweety ruhig sagen, bis jetzt war der Verdacht nur auf die Leute gefallen, die gegen die moderne Treppe am Fünffingerlesturm demonstriert haben. Davon haben alle geredet, denen ich vorhin am Turm begegnet bin.«

»Ach, was hätten die für ein Motiv?«, wollte ich wissen.

»Laura hat auch die Prospekte für den Verein Augusta-Vindelikum ihrer Mutter gemacht. Das habe ich mitbekommen. Auch den für die umstrittene moderne Eisenbetontreppe am historischen Fünffingerlesturm.«

Die Kommissarin legte ihre Stirn in Falten. Über diesen Gegensatz kam sie ins Nachdenken und drehte dabei einige ihrer roten Haare zu einem Minizöpfchen.

»Dieser OB-Kandidat der WLA, Sie wissen schon, dieser Bernd Bückling, das hat mir die Laura erzählt, dem musste sie doch vorn und hinten Selbstbewusstsein einimpfen, damit er sich Tag für Tag ein bisschen größer vorkam«, wusste Sweety, der das nicht brauchte.

»Ein bisschen klein ist der Bückling schon«, sagte ich, »er sieht so niedlich, so putzig aus, diese lustige Wuschelfrisur, das ist überhaupt kein Frauentyp, na ja, vielleicht einer zum Knuddeln, aber bei den meisten weiblichen Wesen hat er gegen die anderen OB-Kandidaten meiner Meinung nach kaum eine Chance.«

»Man sollte niemand unterschätzen. Wenn ich nur nach dem Äußeren ginge, wäre ich bei manchem Mörder schon verkehrt gelegen. Manche dieser Burschen können sehr gewinnend sein«, gab die Kommissarin zu bedenken.

»Dann könnte ich auch ein Mörder sein?«, meinte Sweety.

»Warum nicht?«, meinte die Kommissarin.

»Wo ist meine Tochter, ich will meine Tochter sehen«, lief ein laut schreiender Mann mit einer Pistole in der Hand neben dem Café ins Krankenhaus hinein. »Ich knall euch ab, wenn ihr mir nicht sagt, was mit meiner Tochter ist. Wo ist sie? Wehe dem, der das meiner Tochter angetan hat!« Er stürmte auf den Empfang zu.

Die Kommissarin reagierte schnell. Sie lief hinter dem Mann her, packte ihn von hinten und überwältigte ihn. Der Mann ging unter ihrem harten Griff in die Knie. Seine Pistole fiel auf den Boden. Ich sprang hinzu und hob die leichte Pistole vom Boden auf.

In einem Aufenthaltsraum für Krankenschwestern und Ärzte platzierte Sara Insagg den Überwältigten auf einem Stuhl. Das saß er nun wie ein Häufchen Elend.

»Wer sind Sie? Warum bedrohen Sie harmlose Leute mit einer Waffe?«, herrschte die Kommissarin ihn an.

»Ist nur eine Spielzeugpistole«, begutachtete ich die Waffe.

»Ich bin der Vater von Laura. Man sagte mir, man habe meine Tochter hier hergebracht. Ich habe das Vincentinum angerufen. Man wollte mir nichts über meine Tochter sagen.« Seine Stimme war schwach. Er wirkte entkräftet. Dieser Mann konnte keiner Fliege mehr was zuleide tun. In der linken Hand hielt er ein Foto.

»Jetzt mal langsam, wenn ich Sie recht verstehe, dann muss ich Ihnen mein Beileid aussprechen«, ließ ihn die Kommissarin wissen.

»Beileid? Wieso? Ist meine Tochter ...? Das darf nicht sein. Man sagte mir, sie ist schwer verletzt. Das darf nicht ...« Der Mann begann hemmungslos zu weinen. »Das ist meine Laura«, reichte er der Kommissarin das Foto. Mühsam formulierte er Wort für Wort: »Sie war meine ältere Tochter. Als sich Lauras Mutter von mir scheiden ließ, war Laura erst sechs Jahre alt. Zusammen mit ihrer Schwester, die zwei Jahre jünger ist, ist sie bei mir aufgewachsen. Sie war wie eine Mutter zu Lore, ihrer jüngeren Schwester.« Er erzählte von der liederlichen Mutter, die wegen ihrem Beruf, der ihr wichtiger als die Familie war, stets unterwegs war. »Ach, Laura hatte noch so viel Leben vor sich. Diese verdammte Werbeagentur, die ist schuld, ich habe ihr davon abgeraten, die sind doch alle rauschgiftsüchtig, aber sie wollte nicht hören. Dann hat sie noch ihre Schwester mit reingezogen. Und als sie diesen OB-Kandidaten betreuen durften, brachen sie den Kontakt zu mir fast gänzlich ab. Er hat Lore sogar ein Appartement gemietet.«

Sein Körper zuckte nur noch wortlos. Die Kommissarin musste ihn an der Schulter festhalten, er wäre sonst vom Stuhl gerutscht.

»Wo ist dieses Appartement? Sagen Sie es mir, ich bin die Kommissarin, ich muss den Tod Ihrer Tochter aufklären, helfen Sie mir, den Mann zu finden, der Ihre Tochter auf dem Gewissen hat«, flüsterte sie ihm ins Ohr.

»Im Hotelturm. Appartement Zwovierdreidrei«, brachte der Mann stockend hervor. Dann schloss er die Augen wie ein Toter. »Das darf nicht sein, wenn das Lore hört, die kann doch ohne ihre Schwester nicht leben, das darf nicht wahr sein, meine arme Laura, sie wollte halt zu denen ganz oben gehören, das hat so kommen müssen ...«, murmelte er vor sich hin.

Die Kommissarin übergab ihn den Ärzten.

»Wir fahren da hin«, schaute mich Sara Insagg an.

»Wohin?«

»Zu dem Appartement, das schauen wir uns an.«

»Was machen wir mit der Spielzeugpistole? Warum hatte er die dabei?«

»Die schaut sehr echt aus. Er wollte Angst verbreiten. Die kommt in mein Auto. Also los!«

»Ich bräuchte endlich mal neue Kleidung. Schlaf bräuchte ich auch. Fehlt mir endlos. Warum soll ich eigentlich mitkommen?«

»Sie wissen doch mehr. Das sehe ich Ihnen an. Sie müssen mir unterwegs alles erzählen. Und wenn Sie nur ein sprechender alter modriger Kartoffelsack wären, dann würde ich Sie jetzt mitnehmen.«

Wir fuhren an der Max-Kirche und der Hasengasse vorbei, den Lauterlech entlang, wo gerade Sweety in ein Haus ging, dann bogen wir bei der Kneipe Pelikan rechts in die Pilgerhausstraße. Links lag eine Stadtsparkasse. »Augsburgs berühmteste Stadtsparkasse. Sie wurde zwei Mal überfallen. Von Leuten, die gleich ein paar Meter weiter einen Laden hatten, die finanzielle Probleme beseitigen wollten«, erwähnte die Kommissarin.

»Vielleicht geht es bei dem gesprengten Floß auch um Geld? Das sieht mir sehr nach einer Mafia-Struktur aus«, gab ich ihr zu bedenken. »Dieser Aufwand, das will organisiert sein.«

»Sehe ich auch so. Aber wir stehen bei der Kuhsee-Katastrophe immer noch vor einem Rätsel«, meinte die Kommissarin mit grüblerischer Stimme, als wir an der Ampel am oberen Ende des Leonhardsberges standen, wo es links zum Perlachturm und zum Rathaus ging, rechts zum Dom und zum Fischertor und geradeaus zum Theater, Gericht, Bahnhof und zum Hotelturm. Die Kommissarin begann laut zu überlegen: »Wir können uns nicht erklären, warum einige größere Leichenteile fehlen. Noch schlimmer ist, dass uns auch bisher entscheidende Spuren zum Täter fehlen. Wir wissen nur, dass höchstwahrscheinlich Minen zur Sprengung des Floßes benutzt wurden. Wir müssen die Lebensgeschichte von zwölf Toten beleuchten. Wer hatte Dreck am Stecken? Wer war in krumme Geschäfte verwickelt? Wer hatte einen eifersüchtigen Partner? Wer hatte eine dunkle Vergangenheit? Welche Person war es, die den Täter zu diesem Massenmord veranlasste? Oder sollten dabei mehrere Menschen sterben, vielleicht alle? Ich brauche jede

Hilfe. Auch Ihre, bitte.«

Bei ihrem letzten Wort schmolz ich dahin wie eine Scheibe Käse auf einem heißen Toast.

»Sie können immer auf mich zählen«, würgte ich heraus. »Ich habe diese Laura gesehen, glaube ich. Sie war mit Bernd Bückling bei den Dreharbeiten zu dem indischen Film am Kuhsee.«

»Gut, dass Sie das mit den Indern erwähnen. Ich habe auf dem Arm der toten Laura das englische Wort Youtube gesehen und einige merkwürdige Schriftzeichen. Die hat sie mit Filzstift raufgemalt. Das habe ich mit meiner Digicam abfotografiert. Es könnte eine indische Schrift sein. Wer könnte mir das übersetzen?«

»Die Bollywood-Leute könnten das.«

»Wo sind die?«

»Vielleicht drehen die gerade am Kuhsee? Helle meinte, die wollen auch nächtliche Szenen einfangen.«

»Ist mir jetzt zu zeitraubend.«

»Wir könnten auch zu meinem Internetcafé fahren. Ich glaube, der Inhaber ist ein Inder. Das wäre gleich da vorne links, vor der Bahnbrücke, einer der Läden neben der Sputnik-Kneipe.«

Vor der Türe stand Joe, der gerade rauchte. Er war Aushilfskellner in den Biergärten. Wenn er Zeit hatte, saß er im Internetcafé vor einem Rollenspiel und kämpfte mit Lanzen, Schwertern und Zaubersprüchen gegen Drachen und Monster aus dem Internet.

Der Inder stand hinter der Theke an einem Computerbildschirm, an dem er die User-Zeiten ablesen konnte.

»Hallo Klaus«, freute er sich über mein Kommen. »Es war wieder ganz schlimm mit diesen jungen Spielern. Machst du mir jetzt diese Ausdrucke, du weißt schon, kein Counter Strike unter 18 Jahre.«

»Mach ich dir, mach ich dir. Aber du musst uns vorher noch einen Gefallen tun. Wir haben ein Bild mit einer unbekannten Schrift. Vielleicht ist es Indisch? Schau es dir bitte an.«

Die Kommissarin gab ihm die Kamera mit dem eingeschalteten Display in die Hand.

Er sah sich das Foto der Kommissarin mit den Zeichen auf dem Arm der toten Laura an.

»Das sind zwei indische Worte«, sagte er uns.

»Welche Worte, bitteschön«, wurde die Kommissarin ungeduldig.

»Fisch und Rache.«

»Was fange ich damit an?«, blickte sich die Kommissarin in dem Raum mit den Computern hilflos um. Die Computer standen in vier Reihen und waren durch kleine Wände voneinander getrennt. Vor einigen Computern saßen die User und blickten auf ihren Bildschirm. Manche hatten Zettel vor sich, auf denen sie Angebote notierten. Manche knabberten Chips und buchten Reisen. Manche quatschten mit Kopfhörer und Webcam mit Leuten irgendwo in Russland oder Japan. Der Säusler war auch da. So nannte ich ihn. Fast jeden Tag erzählte er irgendwelchen Frauen seine Tageserlebnisse. Er scheute sich nicht, zwischen den anderen Usern zu turteln, zu gurren und zu schmalzen. Wenn ich neben dem sitzen musste, schaute ich mir beim Abrufen meiner Mails nebenbei auf Youtube alte Musikfilme an und drehte die Lautstärke des aufgesetzten Kopfhörers hoch, damit ich das triefende Gesäusel nicht mitbekam. In einer Ecke debattierten die Jugos mit zotigen Worten und derben Gesten über die Qualitäten einer Frau, mit der einer von ihnen chattete.

»Kommen Sie, ich habe eine Idee«, zwängte ich mich mit ihr vor einen Computer, den ich für die Internetbenutzung freischalten ließ. Ich setzte mich und sie stellte sich gebückt hinter mich. Zuerst tippte ich www.youtube.com ein. Dann versuchte ich mich auf der aufgetauchten Youtube-Seite, die alle möglichen Filme anbot, mit dem Worten Fisch und Rache anzumelden. Klappte sofort. Wie elektrisiert saßen wir vor dem Bildschirm. Einer, der hier ab und zu Filme von seinem Handy bei Youtube reinstellte, hatte mir gezeigt, wie das geht. Man kann auch Filme hochladen, die nicht von allen Usern zu sehen sind, sondern nur von bestimmten Leuten. Das kann man als Inhaber einer eigenen Youtube-Seite einstellen.

»Wahnsinn«, war die Kommissarin vom Anblick eines verschwommenen Gesichts gebannt, auf der ein weißes Dreieck abgebildet war. Wenn man darauf klickte, durch einen Tastendruck auf die Maus in der Hand, lief der Film ab. Das Gesicht mit dem weißen Dreieck war das von Laura. Ich gab der Kommissarin den Kopfhörer, der an der Wand neben dem Bildschirm geklemmt war. Ich klickte auf das weiße Dreieck und Laura begann im Kopfhörer zu sprechen. Ich drehte mich ab und zu zur Kommissarin, damit ich sehen konnte, welche Wirkung Lauras Worte hatten. Das Gesicht der Kommissarin war konzentriert. Als der Film nach zwei Minuten und elf Sekunden zu Ende war, nahm sie den Kopfhörer ab.

»Wenn das stimmt, wenn ...«, murmelte sie.

»Was?«

»Das sage ich Ihnen draußen. Wir müssen diesen Film unbedingt speichern. Sonst glaubt mir das mein Chef niemals. Wie können Sie denn das speichern, bevor es verloren geht?«, sah sie mich an, womit sie mich als Internet-Experten akzeptierte.

Ich bat Krishna, wie ich den Chef des Internetcafés nannte, wie alle anderen auch, den Film für uns auf eine CD zu brennen. Während er das tat, fertigte ich für ihn die Ausdrucke an, die besagten, dass in diesem Internetcafé niemand unter 18 Counter Strike spielen durfte. Nicht nur mich nervte es, wenn die jungen Typen im Internet aufeinander ballerten und sich lautstark als blöde Wixer titulierten.

Als Krishna an Sara Insagg die CD mit dem Laura-Film überreichte, erklärte ich ihm, dass sie eine Kommissarin sei.

»Dann wissen Sie vielleicht, wer meinen Bruder Rami ermordet hat?«, fragte er sie. »Er war auch auf dem Floß bei der Kuhsee-Katastrophe.«

»Wie heißt Ihr Bruder genau?«

»Rami Pradesh.«

»Kenne ich. Ja, der steht auf unserer Liste. Soweit ich weiß, wird die Spur Pradesh von einem meiner Kollegen verfolgt. Geben Sie mir doch bitte eine Visitenkarte, damit er Sie anrufen kann.«

Als wir in ihrem Auto vor dem Internetcafé saßen, streckte sie sich aus, drückte ihren Rücken ächzend in die gepolsterte Lehne. Ihre Hände lagen ruhig auf dem Lenkrad.

»Was hat Laura gesagt?«, wollte ich wissen.

»Wenn das stimmt. Das ist ungeheuerlich. Jetzt weiß ich auch, warum sie das Wort Fisch benutzt hat.«

»Warum?«

»Kennen Sie geräucherten Hering?«

Ich schüttelte den Kopf. Ich kannte nur geräucherte

Makrele, der bei uns als Steckerlfisch verkauft wurde.

»Geräucherter Hering wird auch als Bückling bezeichnet. Wenn das stimmt, was diese Laura in dem Film behauptet, dann kann ich verstehen, warum sie den Kerl räuchern will.«

»Welchen Kerl?«

»Sie behauptet, dass Bernd Bückling ihre Schwester geschwängert habe. Deswegen forderte sie ihn auf, ihre Schwester Lore, die das Kind austragen will, in der Zukunft mit dem Kind zu versorgen. Sonst würde sie das über Youtube und sonst wo öffentlich machen. Dann könne er seine politische Karriere vergessen.«

»Klingt nach Erpressung. Damit hätte Bückling ein Motiv, Laura zu ermorden«, überlegte ich laut.

»Sie sagen es. Das ist unglaublich. Ein OB-Kandidat als Mörder. Zumindest wird das von einer Toten behauptet, die im Internet weiterlebt. Ich muss diese CD möglichst bald meinem Chef zeigen. Aber vorher schauen wir noch zu dem Appartement im Hotelturm. Ich habe das Gefühl, ich darf das nicht versandeln.«

18. Kapitel

Wohin gehört der überflüssige Knochen? / Big Bill Broonzy singt den Blues / Krisenszenarium wird durchgespielt / OB-Kandidat will heile Familie präsentieren / Die Kommissarin setzt Sonnenbrille auf

Wir konnten die obere Hälfte des runden hellen Hotelturms auf der anderen Seite der Bahnbrücke durch die Autofenster sehen. Sara Insagg fuhr noch nicht los. Sie hörte mir zu. Ich hatte auch Unglaubliches zu berichten. Nämlich von der Kannibalentruppe im Wohnwagen. Sie konnte es nicht fassen. Ich musste es wiederholen. Sie wusste von dem ausgebrannten Wohnwagen. Sie war dort gewesen. Man hatte dort verbrannte Leichen gefunden. Bei einer Frau und einem Mann waren nur die Unterkörper verbrannt.

»Meine Leute«, so Sara Insagg, »sind gerade dabei, die Toten zu identifizieren.«

Das Interesse der Medien sei gigantisch, geradezu hysterisch. Es könnte durchaus sein, dass dieses Geschehen auf dem Parkplatz mit dem explodierten Floß auf dem Kuhsee zusammenhänge. »Sehr komisch finde ich es, dass wir in dem Wohnwagen einen überflüssigen Knochen gefunden haben«, meinte die Kommissarin. »Wir haben auch ein paar Fetzen Papier gefunden.« Ihr Handy klingelte. »Ja? Gerade rede ich davon. Super. Ja? Lassen Sie das bitte sofort übersetzen und sagen Sie mir dann Bescheid.« Sie wandte sich an mich. »Auf den Papierresten sind Wörter in albanischer Sprache gefunden worden.«

Ich schluckte. Sollte ich Ursula in die Sache mit reinziehen?

»Sehen Sie, das bestätigt doch, was ich Ihnen gesagt habe«, meinte ich und versuchte meine Rechthaberei zu unterdrücken.

»Was bestätigt was?« Die Kommissarin schien an meinem Verstand zu zweifeln. »Können Sie Albanisch lesen?«

»Nein, ich meine, die haben in dem Wohnwagen vor unseren Augen Menschenfleisch verspeist. Und die haben sich in einer mir unbekannten Sprache unterhalten. Vielleicht war's ja Albanisch? Und vielleicht gehört der überflüssige Knochen zu den fehlenden Leichenteilen?«

Sie fasste nach dem Zündschlüssel.

»Oder die Knochen stammen von den beiden Menschen, die vorgestern und gestern Nacht im Kuhsee ertrunken sind. Vorgestern ein Mann und gestern eine Frau«, blickte die Kommissarin geradeaus durch die Windschutzscheibe ihres Autos.

Die acht Knöchel, die durch die weiße Haut auf ihrem Handrücken hervortraten, verrieten mir, dass sie innerlich stark erregt war.

»Davon weiß ich nichts«, schnappte ich nach Luft. Mein Wissen konnte ich nicht weitergeben, ohne andere verraten zu müssen. Mir waren die Folgen unklar. Das Beste wäre, ich konnte der Kommissarin nützliche Spuren liefern, die ich selbst herausgefunden hatte. Sara Insagg würde Ursula und Lucia mit Vergnügen durch ihre Fragemangel durchjagen, das wusste ich.

»Können Sie auch nicht wissen, wir geben das erst in den nächsten Tagen an die Presse raus. Wir müssen vorher noch Einiges klären. Dieser Fall ist zu dramatisch. Ein supergruseliges Leichenpuzzle ist das alles. Vom Nordfriedhof wird uns eine gestohlene Leiche gemeldet.«

Als sie den Zündschlüssel drehte, verschwand das Visier, das sie gegen neugierige Blicke schützte. »Wissen Sie was, ich bin noch nie so geschwommen. Dieser Fall macht mich verrückt. Fehlende Leichenteile, zu viele Leichenteile, das ist Chaos pur. Ich brauche jetzt den Blues«, suchte sie im Seitenfach der Autotüre neben sich. »Schauen Sie doch bitte mal, ob die CD von Big Bill Broonzy bei Ihnen drüben im Seitenfach steckt. Selbst das weiß ich nicht mehr«, machte sie einen echt hilflosen Eindruck auf mich.

Ich bekam ein schlechtes Gewissen. Ich überlegte fieberhaft, wie ich ihr helfen konnte. Ich reichte ihr die CD des Blues-Mannes. Sie legte sie ein. Der Blues ertönte. Jetzt ging es auch wieder ein paar Meter weiter. Wir fuhren über die Bahnbrücke, Richtung Hotelturm. In meinen Knochen breitete sich Kraftlosigkeit aus. Mir war gar nicht klar, ob die Kommissarin noch wusste, dass ich neben ihr im Auto saß. Sie sprach wie jene Irren vor sich hin, die mit einer Freisprechanlage ihres Handys durch die Stadt latschten und vor sich hin quasselten, was aber für einen unsichtbaren Gesprächspartner gedacht war.

»Die Feuerwehr fischte verbrannte Leichenteile aus dem Kuhsee, die zu der gestohlenen Leiche gehören. Mein Chef hat mit mir schon ein Krisenszenarium durchgespielt. Welche Geschichten gehören nicht in die Öffentlichkeit? Was darf ich sagen, was nicht. Wir können doch nicht wollen, dass Augsburg zu Kannibalenburg wird, oder? Wenn wir das rauslassen, dann Gnade uns Gott. Dann haben Augsburgs Hotels wirklich ein Bettenproblem.«

»Äh, wie?«

»Nicht nur die deutschen, sämtliche internationalen

Medienleute werden hier nun einfallen wie eine Heuschreckenplage. Je entsetzlicher ein Mord, umso größer ist das öffentliche Interesse, das müssten Sie als ehemaliger Pressesprecher der Polizei doch wissen.«

»Schon. Aber ich überlege gerade, ob Lauras Vater richtig liegt mit dem Verdacht, dass dieser Bernd Bückling, den seine Tochter bei der Werbeagentur betreut hat, auch ihr Mörder ist. Bringt man eine Frau um, weil die ihn mit der Schwangerschaft ihrer Schwester erpresst hat?«

»Sie dürfen nicht vergessen, dass dieser OB-Kandidat verheiratet ist. Wenn da vor der Wahl was rauskäme, dann wird er doch nie Oberbürgermeister dieser Stadt, das ist doch klar. Das heile Familienbild, das er mit seinem Werbematerial dem Wahlvolk vermitteln will, das wäre kaputt, verstehen Sie? Na ja, falls er sie wirklich geschwängert hat. Muss ja nicht sein. Der Vater wird nicht dabei gewesen sein, schätze ich mal. Wann ist überhaupt der Wahlsonntag?«

»Der kommende Sonntag, also schon morgen.«

»Dann haben wir heute Samstag, ich bin ganz durcheinander. Hoffentlich finde ich meine Wahlbenachrichtigung. Aber ich glaube, man kann auch mit dem Personalausweis ins Wahllokal gehen. Ich bin so was von durch den Wind. Irgendwie lässt mich auch die blöde Geschichte mit meiner Mutter nicht los. Sie könnte langsam wieder auftauchen. Ich hasse dieses Spielchen von ihr. Sie will doch nur eine Portion Aufmerksamkeit. Manchmal habe ich einfach Angst, dass sie sich was angetan hat. Sie kann sehr impulsiv sein. Kleinste Gefühlsregungen können ihren Verstand ausschalten, dann spielt sie verrückt. Hat Ihr Freund Helle was angestellt? Mit einer anderen Frau?«

»Ich glaube nicht, außer dass er zurzeit von hübschen

indischen Schauspielerinnen umgeben ist.«

»Aha.« An der Ampelanlage, bei der wir rechts zur Kongresshalle und zum Hotelturm abbiegen konnten, mussten wir halten. Ihr Blick in die Ferne schwenkte für eine Sekunde zu mir um. Der Hotelturm blinkte durch das dichte Laub der Bäume im Wittelsbacher Park. Während die Kommissarin ihre Sonnenbrille aufsetzte, klappte ich den Sonnenschutz herunter und dachte darüber nach, was ich der Kommissarin gegenüber noch ausplaudern konnte. Wer den Vater gestohlen und verbrannt hat?

»Ich bin mir ziemlich sicher, dass ich Ihre Mutter in einer Schönheitsklinik gesehen habe und ...«

»In welcher? Wo? Reden Sie!«, stieg Sara Insagg sofort auf meine Bemerkung ein.

»In der Aphrodite Clinic, in Hochzoll. Da war ich erst vor ein paar Sunden.«

»Wollten Sie sich verschönern lassen? Das haben Sie doch nicht nötig«, konnte sie sich ein hämisches Grinsen nicht verkneifen. »Sie haben sich nicht getäuscht? Was sollte meine Mutter in einer Schönheitsklinik wollen?«

»Tja, was wohl«, ließ ich die Worte in der Luft hängen wie einen schlaffen Luftballon.

Sie verzichtete auf eine Antwort, sondern zog faltenreiche Grimassen. Dachte sie über ihre Schönheit nach? Die Kommissarin lenkte das Auto an der Kongresshalle vorbei, direkt vor die Eingangstüren des Hotelturms. Eine gehörte zum Klassik-Radio und eine war für die privaten Mieter, vor der wir hielten. Wir stiegen aus.

»Hallo, hallo! Bis heute Abend! Ich freu mich auf Sie!«, winkte mir eine lächelnde Frau zu, die gerade aus dem privaten Eingang des Hotelturms kam.

Sie hatte ein Plakat an die gläserne Türe geklebt. Ich

winkte zurück. Vorsichtshalber. Man weiß ja nie. Ich möchte nicht als arrogant gelten, der alte Freude und Bekannte nicht mehr kennt. Aber, das war doch keine Punkerin gewesen. Heute Abend war doch das Punk-Konzert. Ein Blick auf die Uhr sagte mir, dass es bald 18 Uhr war. Meine Auftrittskleidung hatte ich im Proberaum. Ich musste nur den Jungs Bescheid sagen, dass sie für mich alles mitnehmen sollten. Diese Frau, die mir zuwinkte, war elegant-teuer angezogen. Diese Frau, genau, die war heute auf der Café-Terrasse der Aphrodite Clinic gesessen und sie war von ihrer Freundin Heddi als Bruni bezeichnet worden. Die Event-Managerin erledigte ihre Werbearbeit selber. Sehr sympathisch, dachte ich mir. Die geht auch nach dem Motto: Was ich gemacht habe, davon weiß ich wenigstens, dass es gemacht worden ist.

»Wer war denn das?«, fragte mich die Kommissarin.

Wir traten durch die Glastüre, die sich mit einer Lichtschranke automatisch öffnete. Die Frage überhörte ich. Eine ehrliche Antwort darauf würde eine Informationsschleuse öffnen. Die Flut, die darunter durchschießen würde, konnte mich wegspülen. Ich versuchte zu erkennen, was auf dem aufgehängten Plakat stand. Es ging um eine Modenschau beim Bekleidungshaus Wöhrl in Augsburg. Das Datum bekam ich nicht mehr mit. Ich hastete hinter Sara Insagg her. Sie hatte sich vor der Rezeption des Hotelturms aufgebaut.

»Sie wünschen?«, sagte die Frau an der Rezeption. »Geht es um einen Notfall? Benötigt einer unserer Mieter einen Arzt?«, sah sie mich an.

Am Liebsten hätte ich zu ihr gesagt, nein, ich brauche nur Schlaf, eine ordentliche Portion Schlaf. Könnte sogar sein, dass ich den Wahltag verschlafe. Wäre mir ja egal gewesen. Es schien sich alles um Verkehrspolitik zu drehen. Interessierte mich nicht. Sollte ich die WLA wählen? Wir lieben Augsburg, der Name war so doof, richtiggehend naiv, dass er schon wieder gut war, dachte ich mir. Ob den auch die tote Laura erfunden hatte? Wie Laura wohl aussah? Was war sie für ein Typ? Blonde Sexbombe? Intellektueller Vamp mit Brille? Ich sollte bald mal im Internetcafé nach ihr googeln. Allerdings muss man bei dieser Methode wissen, dass rund die Hälfte der gegoogelten Informationen falsch oder Schund sind.

»Selbstverständlich, der oder die Bewohnerin von Zimmer ... wie war die Nummer gleich wieder?«, sah sie mich fragend an, »hat bei uns in der Praxis angerufen. Es geht um einen Notfall, um Leben und Tod. Wir sollten sofort kommen.«

»Verstehe, selbstverständlich, das kommt vor«, griff die Frau an der Rezeption, die nach meiner Meinung ein indisches Aussehen hatte, nach dem Telefonhörer der Hausanlage. »Ich bräuchte aber die Nummer des Appartements. Zimmer gibt es bei uns nicht. Bei uns wohnt man anonym, wissen Sie.«

Ich sah aus den Augenwinkeln, wie Sara Insagg ziemlich erbost über dieses Hemmnis in ihre helle Sommerjacke griff. Sie zog die Hand aber wieder leer hervor. Wahrscheinlich hatte sie nach ihrem Kripo-Ausweis gegriffen. Doch es kam ihr klüger vor, diesen nicht zu zeigen.

»Zwodreiviervier«, sagte ich knapp zu der Frau an der Rezeption.

»Zwodreiviervier?«, schaute mich die Kommissarin zweifelnd an. »Stimmt die? Ich hab's mir notiert. Der Zettel mit der Nummer liegt aber leider im Auto. Muss ich ihn nicht holen? Sind Sie sich sicher?«

»Klar. Als der unglückliche Mann uns die Nummer im Vincentinum verriet, dachte ich mir, so ein verrückter Zufall, das ist ja genau die Geheimnummer, die ich immer am Geldautomat meiner Bank eingeben muss, wenn ich einen der vielen ergebnislosen Versuche unternehme, ein paar Euroscheine aus der grauen Kiste zu pressen«, warf ich mich in die Brust.

»Hier stehen ein Arzt und eine Frau ...«, sprach die Frau an der Rezeption in die Sprechmuschel.

»... und seine Arzthelferin«, verbesserte die Kommissarin die Information »... die geradewegs aus dem Urlaub kommt und keine Zeit hatte, sich die nötige Kleidung anzuziehen.«

»Ja, gut, ich schicke sie gleich zu Ihnen hoch.« Dann sagte sie zu uns: »Es ist ein Notfall. Sie können gleich hoch. Der Aufzug befindet sich da drüben. Aber wo haben Sie Ihren Arztkoffer?«

»Ach, Gottchen, das ist meine Schuld«, entfernte sich die Kommissarin. Mitten in der per Lichtschranke geöffneten Türe blieb sie stehen. Sie drehte sich zu mir um.

Von mir wollte die Frau an der Rezeption den Namen wissen. Sara Insagg kam mit dem Notfallkoffer aus dem Auto zurück. Die Frau an der Rezeption notierte sich, dass ein Dr. Klaus Kessler mit seiner Arzthelferin zu einem Notfall zum Appartement 2344 ging. Sie hatte die strikte Anweisung von der Zentrale, besondere Vorfälle in einem Buch, das unter der Theke ihrer Rezeption lag, zu dokumentieren.

Als wir vor dem Aufzug standen, lachte ein Kind. In meiner Hosentasche. Die Kommissarin sah mich verblüfft an, als wäre ich pädophil oder so was. Ich zog das immer lauter werdende lachende Handy aus der Tasche, nahm es ans Ohr. Vielleicht war einer von meiner Band dran?

Während die Kommissarin den Aufzug-Knopf drückte, damit der für uns kam, hörte ich im Handy eine weibliche Stimme loslegen: »Ich hab's ja schon immer gewusst, der Maruschke steckt auch mit meinem Ex unter einer Decke. Der Maruschke hat mich verraten. Wie sollte mein Ex mich sonst finden? Du musst mir unbedingt helfen, ich stehe hier irgendwo in der Prärie. Wir haben uns im Auto gestritten, wegen unserer Scheidung, da hat er mich einfach rausgeworfen und ...«

»Ich muss aufhören«, sagte ich, »der Aufzug kommt gerade.«

19. Kapitel

Blonde Perücke liegt am Boden / Klaus Kessler kennt eine Frau / Mann mit Maske / Der Kimono klafft weiter auf / Männer mit braunen Schuhen / Silikon im Busen wird gehasst

Die Tür des Appartements 2344 im siebten Stock stand einen winzigen, kaum sichtbaren Spalt offen. Eigenartig. Gerade hier, wo man derart auf Anonymität achtete. Hysterische Laute drangen heraus. Dazwischen mischte sich ein dumpfes Stöhnen wie von einem Tier. Die Kommissarin drückte leicht gegen die Türe, die sich weiter öffnete. Ich sah einen kurzen Gang, auf dessen Boden Kleidungsstücke durcheinander lagen. Solche für Frauen und solche für Männer. Dazwischen lag eine Frau. Sie streckte ihre Hände nach der Türe aus, durch die wir eintreten wollten. Aus ihrem knallrot geschminkten Mund kamen die hysterischen Laute. Sie war nackt. Vollkommen nackt. Ihr Gesicht sah uns flehend, aber auch sehr verwirrt an.

Das konnte kein Zufall mehr sein. Ich kannte das Gesicht. Obwohl es zu einem Kopf gehörte, der von einer Glatze gekrönt war. Was wurde hier gespielt? Warum wollte man mich in das ganze Schlamassel hineinziehen? Wer hatte diese Spuren für mich ausgelegt, die ins Verderben führten? Zu den Verschwörungstheoretikern zähle ich hundertpro nicht, aber diese Zufälle waren keine Zufälle mehr.

Die nackte Frau, die an einer Ferse von einer haarigen Männerhand festgehalten wurde, das war die Freundin von Bruni. Kein Zweifel, auch wenn neben ihr eine blonde Perücke lag, die von ihrem Kopf gerutscht war. Ich erkannte Heddi an den Ohren. Diese leicht spitzen Fledermausohren.

»Was ist hier denn los?«, drängte sich Sara Insagg schnell, aber vorsichtig am Kopf von Heddi vorbei. Ihre rechte Hand griff nach der Pistole in ihrem Schulterhalfter. Vorher drückte sie mir den Notfallkoffer in die Hand. Mit ihrem rechten Stiefel, sie trug tatsächlich welche, war mir vorher nicht aufgefallen, trat sie auf die Männerhand, die durch den Türspalt kam.

Ein kurzer Stöhner erklang. Fast ein Grunzen. Die haarige Hand öffnete die Finger und ließ den Fuß der Frau los. Die Kommissarin ging in den Raum hinter der Tür, wo die Männerhand herkam. Ich wartete neben der Frau ab, was passieren würde. Gerne hätte ich ihr ein Kleidungsstück über den nackten Körper gezogen. Ich verharrte jedoch. Konnte ja sein, dass es ein Kampf zwischen der Kommissarin und diesem Unbekannten geben konnte, bei dem sie meine Hilfe brauchte. Die haarige Hand, fast eine Gorilla-Hand, zog sich zurück. Ich bemerkte ein heftiges Getümmel.

»Runter mit der Maske«, hörte ich die schneidende Stimme der Kommissarin. »Fasching ist vorbei! Sonst muss ich das erledigen. Dann reiße ich Ihnen aber die Nase und die Ohren mit runter!«

Die Frau, die mit dem Bauch auf dem Boden lag, sah zu mir hoch. Sie griff nach meiner Hand. Ich half ihr auf. Zuerst schwankte sie kurz. Sie wischte sich mit dem Handrücken über die Augen. Als sie mich länger ansah, weiteten sich ihre Augen. Sie wusste, dass sie mich irgendwoher kennt. Sie angelte sich vom Boden ihren Kimono. Blitzschnell schlüpfte sie hinein.

»Sie sind doch der nette Arzt, von heute, der Ohrenspezialist. Wollten Sie jetzt meine Ohren operieren?« Sie lachte hysterisch. »Entschuldigen Sie, ausgerechnet jetzt muss ich lachen, so was Dämliches. Ich könnte tot sein, ermordet, wenn Sie nicht mit der Frau gekommen wären. Der Kerl ist ein ganz fieses Tier. Der sieht aus wie ein harmloser Teddybär, ist aber ein blutgieriger Yeti. Der wollte mich wirklich unterm Messer haben. Aber nicht meine Ohren, dieses miese Stück Fleisch. Das ist kein Mann, das ist ein Monster. Wir müssen sofort die Polizei rufen. Dieser Mensch, egal, wer und was er ist, der gehört sofort hinter Gitter.«

»Müssen wir nicht. Sie ist schon da, die Polizei. Die Frau, die mich begleitet, ist bei der Kripo.«

»Wie kommen Sie hierher? Wie haben Sie mich gefunden? Woher wussten Sie, dass ich in einer Notlage bin?« Sie schüttelte fassungslos den Kopf. Sie hielt sich mit beiden Händen an meiner Schulter fest. Ich konnte durch den aufklaffenden Kimono ihre Brüste sehen. Jetzt noch mehr als auf der Café-Terrasse, wo sie mir stolz das Ergebnis eines begnadeten Schönheitschirurgen gezeigt hatte. Nun war ihr Make-up verschmiert. Ich konnte meinen Blick von ihrer Glatze nicht abwenden.

»Chemo«, sagte sie. »Ich habe Krebs. Mit mir ist es bald aus. Aber ich hänge am Leben. Und ich lebe gerne. Da nimmt man halt jede Kundschaft. Aber den Kerl da drin hätte ich mir sparen können.«

Sie löste sich von mir, straffte ihre Figur, holte die blonde Perücke vom Boden, setzte sie auf und ging in den Raum, wo die Kommissarin mit dem Unbekannten war. Ich folgte ihr. Die Kommissarin war gerade dabei, dem haarigen Mann, dessen Oberkörper mit einem weißen Feinrippunterhemd bekleidet war, das aus einer vornehm gestreiften Anzugshose kam, zu überwältigen. Er trug braune Schuhe. Männer mit braunen Schuhen fand ich sowieso merkwürdig.

Inzwischen hatte Sara Insagg den Mann mit einem Elektrokabel, das zu einer Dreifachsteckdose gehörte, an einen Stuhl festgebunden, der eine hohe Lehne hatte. Sie zerrte an seiner Maske, aus der dumpfes Stöhnen hervordrang: »Nocht! Nucht!«, oder so ähnlich klang das. Er wackelte auf dem Stuhl hin und her und strampelte mit den Füßen. Ich musste mich setzen, als die Kommissarin die Stoffmaske in der Hand hielt. Es war eine Halloween-Maske mit einem Totenkopfgesicht, das zwei Augen für die Löcher hatte. »Leuchtet im Dunkeln!« las ich auf der Verpackung, die neben dem Micky-Maus-Heft lag, von dem die Maske abgetrennt worden war. Wenn ich ein so guter Detektiv wie Micky Maus wäre, dann würde ich wissen, wie dieser Mann auf dem Stuhl, dem es jetzt so ging wie mir in dem Wohnwagen auf dem Kuhseeparkplatz, außer dass hier nicht an Menschenbeinen geknabbert wurde, in das dieses ganze Puzzlespiel gehörte. Mein Magen versuchte sich bei dieser Erinnerung umzudrehen. Doch der Anblick des Mannes vor mir ließ das nicht zu. Ich war schockiert. Da saß ein kleiner rundlicher Mann, der morgen zum Oberbürgermeister gewählt werden wollte.

»Das gibt es doch nicht«, stellte sich Heddi neben die Kommissarin, die noch mehr staunte als ich.

»Du Hure, du Hure, du Hure!«, schrie Bernd Bückling Heddi an. Und dann schrie er noch öfters ein Wort, das mir bekannt vorkam. Ich hatte es bei den Menschfressern im Wohnwagen gehört.

»Die Hure bist schon du«, verpasste ihm Heddi eine

schallende Ohrfeige. »Du bist sogar noch viel schlimmer als jede Hure. Ich habe das Fax in deiner Tasche gesehen. Ich kann nämlich Englisch. Ich bin nicht nur eine verkommene geile dumme Möse, wie du es vorhin so poetisch formuliert hast. Du Mistkerl. Lieber mit Ficken Geld verdienen als mit Bomben und mit Minen, sag ich. Dieses Stück Scheiße da verklopft Waffen, Bomben und Minen nach Pakistan. Für viel Geld. Das Fax, unterzeichnet nur mit H.S., ist eine Nachricht aus Pakistan, sein Gewährsmann hat Angst um die Verbrecher-Kohle, weil Piraten das Schiff mit der heißen Ware für Pakistan geschnappt haben. Und ein gewisser Dindi will mehr Kohle als Vermittler. Der soll sofort weggeräumt werden.«

Sie reichte das Fax an die Kommissarin.

»Kommt von einem Faxgerät aus dem Hotel Golden Globe in Bombay«, entzifferte die Kommissarin die Herkunft am Seitenanfang des Faxes.

»Ich durchsuche die Jacken von Kunden, die mir nicht geheuer sind. Dann weiß ich mehr über sie. Sicherheitshalber. Bei ihm habe ich es gemacht, als er auf der Toilette war. Das hat sich ja wieder bestätigt, dass diese Methode nicht schlecht ist. Dieser Herr hier«, und das sprach sie in einem abgrundtief verächtlichen Ton aus, »ist ein ganz gemeiner Krimineller.« Sie schlug ihm wieder ins Gesicht. Die Kommissarin sah tatenlos zu. »Was machen wir mit ihm?«, winkte sie mich zu sich.

»Am besten wäre es, wir lassen ihn irgendwie verschwinden«, antwortete ich.

»Ich würde ihn ja auch am liebsten in die gelbe Tonne stecken«, sagte die Kommissarin. Dann stand sie auf und hielt die Hand von Heddi fest, die nach dem Brotmesser auf dem Tisch griff.

Wieder ein Zufall?

»Damit wollte er an meinen Busen, er hasst nämlich Silikon im Busen ...«, blickte sie von der Kommissarin zu mir und wieder zurück.

»Nicht geeignet für Kinder unter 3 Jahren wegen verschluckbarer Kleinteile. Verpackung bitte aufbewahren, sie enthält wichtige Informationen!«, las ich auf der Verpackung der Maske.

»Du Hure! Du Hure! Du Hure!«, plärrte der OB-Kandidat der WLA wieder los. So müsste man ihn auf den Wahlplakaten sehen, dachte ich mir. Der Mann würde zum OB in der Hölle gewählt. Wenn er wie ein Drache Flammen hätte speien können, wäre im Appartement 2344 schon längst Feuer wie in der Hölle.

»Ich kann's nicht mehr hören«, steckte Sara Insagg die zusammengeknüllte Totenkopfmaske in den offenen Mund von Bernd Bückling. »Viel lieber würde ich von Ihnen hören, was hier passiert ist, mein Name ist Sara Insagg, ich bin ...«

»Ich weiß schon, Herr Doktor Kessler, hat es mir bereits verraten, Sie sind bei der Kripo. Ich danke Ihnen ganz herzlich für meine Rettung. Damit das klar ist, ich verdiene hier als Edelnutte mein Geld. Ich habe finanzielle Probleme. Die Scheidung von meinem Mann kostet Geld. Zu meiner Glanzzeit als Model habe ich hervorragend verdient, das können sie mir glauben.« Sie ging an eine Kommode und holte ein Foto-Album heraus. Das gab sie der Kommissarin. Ich schaute mit hinein. Die Frau, die ich auf den Fotos erblickte, war nicht mit der Frau zu identifizieren, die mit einer blonden Perücke vor Bernd Bückling stand, der jetzt die Augen geschlossen hielt. Sie holte ihr Feuerzeug heraus, schnippte es an und mit der Flamme daraus brannte sie seine Brusthaare an.

»Wie du mir, so ich dir.«

»Lassen Sie das, bitte, erzählen Sie weiter, auch wenn er das verdient hat.«

»Meine Geldberater lagen schlecht. Sie haben die Gebühren beim Kauf dieser Müll-Fonds verdient, ich habe fast alles verloren. Obwohl mich der impotente Bankchef persönlich beraten hat. Das sind alles Geldratten, das Konto ist ihr Tagebuch, die Zinsen ihr Orgasmus. Hier, auf dem Bett, auf dem Sie sitzen. Ich musste ihm das Geld in den Arsch reinschieben. Im wahrsten Sinne des Wortes. Der ist aber schon mit seiner Frau und seinen Kindern bestraft. Mein junger Freund, der mich sooo unendlich liebt, mit dem ich eine Weltreise machen wollte, der ist schon mal vorgereist. Mit meinem letzten Geld. Jetzt darf ich anschaffen gehen. Ich arbeite als Prostituierte. Deswegen muss ich mich ab und zu in der Schönheitsklinik aufmöbeln lassen.«

Wir hörten gebannt zu.

»Heute habe ich es Bruni gestanden, mein Doppelleben. Sie will mir helfen, eine neue Model-Karriere als Best-Agerin zu starten.«

»Bruni ist ihre Freundin, kenne ich«, wurde von mir diese Personalakte ergänzt.

»Haben Sie ihn nicht gleich erkannt?«, zeigte die Kommissarin auf den ruhig gestellten OB-Kandidaten.

»Nein, er trug eine Sonnenbrille und einen Hut. Er zog sich im Bad um. Dann zog er sich im Bad diesen Totenkopf über. Manche meiner Kunden haben absonderliche Wünsche. Ich tue es auch für Lore und Laura, meine Töchter, die sind mit meiner Hilfe auf dem Weg nach oben.«

Zufall?

Sagte sie nicht Laura und Lore? Meine Blicke trafen die Blicke der Kommissarin, die auch die beiden Namen registrierte. Wusste sie noch nichts vom Tod ihrer Tochter Laura? Wohl kaum. Hätte sie sonst einem Mann Sex verkauft, wenn sie gewusst hätte, dass er ihre Tochter ermordet hat? Wohl kaum. Oder wollte sie mit dieser Methode herausbekommen, was passiert war? Wie war er auf sie gestoßen? Sollte ich fragen? Nein, das war der Job der Kommissarin.

»Wie hat er Sie gefunden?«, fragte die Kommissarin Heddi.

»Ich weiß ja, wer das ist«, sagte Heddi. »Dieser Abschaum will Oberbürgermeister von Augsburg werden. Ausgerechnet meine beiden Töchter arbeiten in der Agentur, die die Werbung dafür machen. Hätte ich gleich gewusst, wer das ist, hätte ich ihn nicht als Kunde akzeptiert, das können Sie mir glauben.«

»Wie hat er Sie kontaktet?«, wollte die Kommissarin herausbekommen, wie die beiden ins Geschäft kamen.

»Er hatte meine Handy-Nummer. Wahrscheinlich aus meiner Anzeige im Extra. Warten Sie.« Sie holte aus der Jacke von Bernd Bückling seine Brieftasche.

Sara Insagg beugte sich zu mir: »Wir sagen das besser nicht, was wir über Laura wissen. Dieser Bückling wird mir immer unsympathischer.«

Ging mir auch so. Ich würde morgen auf jeden Fall lieber der Zwiebel von den Linken oder dem Wengerle von der SPD oder dem Gruft von Pro Augsburg oder der Dreikant von den Grünen oder dem Schönzwerg von den Freien Wählern meine Stimme geben. Auch wenn sie uns, das liebe Wahlvolk, ein bisschen anschummelten, was ja menschlich ist, so waren sie doch keine perversen Triebtäter und Waffenschieber, wie das Ungeheuer mit den geschlossenen Augen vor mir, der erregt durch die Nase atmete.

Heddi kam mit der Brieftasche zurück, durchsuchte sie vor den Augen der Kommissarin. Bernd Bückling ruckelte wutentbrannt auf dem Stuhl herum. Sie fanden die ausgeschnittene Anzeige, mit der Heddi für ihre Liebesdienste warb. Die Kommissarin steckte sie in die Brieftasche zurück, die sie in ihrer Jacke unterbrachte.

»Letzten Sonntag waren Lore und Laura noch bei mir. Nicht gleichzeitig, nein. Lore um vierzehn Uhr und Laura um achtzehn Uhr. Sie wollten mit mir reden. Meine kleinen Häschen haben ein Problem. Sie sind ja Scheidungskinder. Ihr Vater wollte nach ihrer Geburt von Laura und Lore nicht mehr, dass ich meinem Beruf nachgehe. Wir haben uns scheiden lassen. Das habe ich nicht eingesehen. Ich habe mir meine Karriere so hart erarbeitet. Das wollte ich nicht aufgeben. Nun ist es passiert, Lore, mein kleines Häschen ist schwanger. Ich vermute, auch Laura weiß, wer der Vater ist. Stellen sie sich vor, beide wollen mir, ihrer Mutter, nicht verraten, wer es ist. Früher sind meine kleinen Häschen immer gemeinsam zu mir genommen. Sie sind jetzt arg verstritten, haben sie mir gesagt. Auch wegen dem Selbstmordversuch von Lore. Ach, ist das traurig. Gerade jetzt, wo sich die beiden gegenseitig mehr denn je brauchen könnten.« Heddi liefen Tränen über das nebenbei aufgefrischte Make-up.

Sara Insagg sah mich an. Sie schien auch das zu denken, was ich dachte. Aber wer will eine gebrochene Frau, eine leidende Mutter unnötig quälen? Ich nicht. Sara Insagg auch nicht.

Heddi schnäuzte kräftig in ein Taschenbuch. Mehrmals.

»Ich glaube nicht mehr an Gott. Was der uns antut, das würde er nicht tun, wenn es ihn gäbe. Jetzt verstehe ich, warum der Kerl hier«, spielte sie am Feuerzeug herum, »warum der mir ein Kreuz im Gesicht verpassen wollte. Mit diesem Brotmesser hier. Er hatte es dabei. Wissen Sie, warum er mein Gesicht zerschneiden wollte?«

Wir schüttelten verneinend den Kopf.

»Dann müssen Sie nur in den Kühlschrank schauen, dort liegt seine Tüte. Mit einem abscheulichen Inhalt. Abgesaugtes Bauchfett und so was aus einer Schönheitsklinik.«

»Ausgerechnet Sie«, wollte ich sagen, behielt es aber für mich. »Womöglich würden Sie sich selbst essen«, wollte ich als Pointe bringen, schluckte das aber auch ungesagt hinunter. Das war voll daneben.

»Ich sollte das mit ihm verspeisen, ausgerechnet ich, dann wollte er Sex von mir haben. Seit er das mit ein paar Gleichgesinnten mache, wäre es mit ihm aufwärts gegangen. Er glaube, dass mit dem Fleisch von anderen Menschen auch deren Kräfte in den übergehen, der sie verspeist. Der Bursche gehört in die Klapse. Nicht seine Frau. Das hat er mir auch erzählt, seine Frau halte den Wahlkampf nervlich nicht aus, sie wäre grundlos eifersüchtig auf eine Mitarbeiterin seiner Werbeagentur. Dieses krankhafte Verhalten schwäche ihn ungemein.«

Die Lippen der Kommissarin kräuselten sich. Sie konnte sich kaum zurückhalten, einige Fragen an die Frau zu stellen, die wie ein Wasserfall Geständnis um Geständnis präsentierte. Sie vertraute aber darauf wie ich, dass Heddis Redefluss noch Einiges an den Tag bringen würde. Der Radiowecker sprang mit seinen digitalen Zahlen auf 18:00 Uhr. Draußen war ein wunderbarer Tag. Ein idealer Open-Air-Tag. Jetzt hätte ich langsam in den Proberaum müssen, die Sachen für das Punk-Festival heute Nacht mit den anderen Musikern zusammenpacken. Ging nicht. Ich konnte jetzt nicht weg. Erst wenn die Kommissarin diese abstruse Szene beendigte. Meine Musikerkumpels würden das schon für mich erledigen, da hatte ich keine Sorgen, auf Matze, Chris, Michi und Yogi den Großen war Verlass.

Die Kommissarin, die seit ein paar Minuten, genau wie Heddi, mit dem Rücken zu der Kommode vor dem Fenster stand, durch das man auf den Augsburger Hauptbahnhof hinuntersehen konnte, hatte ihren Kopf gesenkt. Sie hörte konzentriert zu. Ab und zu blickte sie zu Heddi und nickte ermunternd. Ab und zu warf sie einen schnellen Blick zu mir, der mir bedeuten sollte, dass sie sich nun Einiges zusammenreimen konnte. Hatte Bernd Bückling Heddis Tochter Laura ermordet, weil sie vor der Wahl die Schwangerschaft ihrer Schwester hinausposaunen wollte und seine OB-Wahl damit den Bach hinunterschwamm? Oder war Lore auf Laura so schlimm eifersüchtig gewesen? Hatte Bückling Laura wirklich eine Heirat versprochen? Konnte deswegen eine Schwester die andere töten? Die Antworten zu diesen Fragen wurden langsam greifbar.

»Schauen Sie, das hat der Kerl gemacht!«

Heddi holte hinter dem Bett ein Ölgemälde hervor. Es zeigte ein Portrait der jungen hübschen Heddi mit voller Haarpracht. Sie hatte auf dem Bild glattes schokobraunes Haar, wie von dunkler Zartbitterschokolade, das ihr Gesicht einrahmte und weich über ihre Schultern floss. Das Portrait war zerschnitten. Mit zwei diagonalen Schnitten, die sich in der Mitte des Bildes trafen. »Der war das!

Mit dem Brotmesser!« Sie griff wieder danach. Die Kommissarin war schneller. »Der Verrückte hat ein Kreuz, ein Wahlkreuz, in mein Gesicht geschnitten. Das würde er auch richtig mit meinem Gesicht mache, wenn ich nicht sagen würde, dass ich ihn wählen würde. Sperren Sie ihn ein. Der Kerl ist gemeingefährlich. Wenn der Oberbürgermeister wird, dann, dann, dann gute Nacht Augsburg!«

»Wird er nicht mehr«, stand ich auf. »Die Kommissarin wird ihn einsperren. Der tut keinem mehr was. Für den ist die Wahl gelaufen. Er hat für die nächste Zeit als Domizil eine U-Haft-Zelle in der Augsburger Karmelitengasse gewählt.«

»Wenn Sie das sagen. Ich hätte noch eine Frage. Was ich nicht verstehe ...«

Es klopfte. Ich schaute unwillkürlich zur Türe. Hatte ich die Türe des Appartements geschlossen? Wer konnte das sein? Die Frau von der Rezeption? Wollte sie sehen, was mit dem Notfall auf Appartement 2344 los war, warum wir nicht zurückkamen? Das Klopfen, das nicht aufhörte, sondern sich im Gegenteil zu einem Gepolter steigerte, es kam aus dem viertürigen Wandschrank. Seine zwei inneren Türen waren mit großen Spiegeln ausgestattet, in denen wir uns gegenseitig beobachten konnten.

Die Kommissarin machte mit dem Brotmesser in der Hand ein Zeichen, dass ich zu dem Schrank gehen und nachschauen sollte. Heddi war erstarrt. Der Kopf des OB-Kandidaten war herumgeschnellt, er hatte die Augen aufgerissen. Sein schreckverzerrtes Gesicht spiegelte sich in den beiden zwei Schranktüren, die unter den Schlägen erzitterten, die aus dem Inneren des Schrankes kamen. Bevor ich die verspiegelten Schranktüren öffnen konnte, sprangen sie auf. Ich musste schnell zurückweichen, sonst hätten sie mich getroffen.

Ich will jetzt nicht mehr von Zufall reden. Seit ich gesehen habe, wer aus diesem Schrank, eingewickelt in diverse, durchaus teure weibliche Kleidungsstücke, herausplumpste, als würde sie vom Schrank geboren, ist für mich das ganze Leben ein Zufall. Oder eine Strickweste, mit den heißen Nadeln der drei Nornen Urd, Werdandi und Skuld unter der Weltesche Yggdrasil gestrickt.

»Mama!«

In dieser Lautstärke hatte ich Sara Insagg noch nie einen Schrei ausstoßen hören. Ich hätte bei diesem Anblick genauso reagiert. Man stelle sich vor, wie die eigene Mutter aus einem wildfremden Kleiderschrank in den Schoß eines perversen Triebtäters purzelt, der zum Oberbürgermeister von Augsburg gewählt werden will.

Wie belämmert schaute ich in den offenen Kleiderschrank. Vielleicht kam auch noch Helle raus? Und Kareena und Kalima mit der Asche ihres Vaters in der Urne? Vielleicht war in diesem Schrank ein Durchgang zu einer Parallel-Welt?

Bernd Bückling nutzte die Chance der Verwirrung: Er sprang samt dem Stuhl auf dem Rücken durch das Appartement in den kreisförmigen Gang des Hotelturms. Die Türen waren noch offen. Sara Insagg wollte das, damit ihre Leute, die gleich kommen sollten, schnell herein konnten. Anna Insagg, die Mutter der Kommissarin, die er dabei kräftig anrumpelte, plumpste auf den Boden. Wir sprangen zu dritt zu ihr, um ihr aufzuhelfen. Das gelang uns auch.

»Verfolgen Sie lieber den Kerl mit dem Stuhl«, schob mich Sara Insagg von ihrer Mutter weg, der ich unter die

Achsel greifen und aufhelfen wollte. Mich hätte jetzt brennend interessiert, wie Anna Insagg, die entführte Verlobte von Helle, genau in diesen Schrank gekommen war. War sie von Heddi entführt worden? Wegen Lösegeld? Für eine neue Schönheitsoperation? Wie viel war gefordert worden? Wo hatte ich den in der Pfanne getrockneten Brief, war es da nicht dringestanden? Durch den Sturz hatte Anna Insagg Nasenbluten bekommen. Die Kommissarin, die fieberhaft nach einem Taschentuch für ihre Mutter suchte, bemerkte nebenbei, dass ich zu überlegen begann und gab mir einen kräftigen Schubs mit der Hand in den Rücken.

»Verfolgen Sie lieber den Kerl, mit meiner Mutter komme ich schon klar. Unten warten sowieso schon meine Leute. Die wissen Bescheid. Er wird also nicht entkommen.«

Ich rannte raus. Die Aufzugstüren hatten sich bereits geschlossen. Ich konnte meine Hand nicht mehr durch die Lichtschranke strecken, damit der Aufzug stehen blieb, seine Türe sich wieder öffnete.

Ich drückte hektisch den Knopf, der den Aufzug holte. Die beleuchteten Zahlen über der Aufzugstüre zeigten mir, dass die eiserne Zelle an den Drahtseilen, ohne zu halten, immer tiefer fuhr. Bis das rote »K« leuchtete. Ich drückte wieder den Knopf. Es dauerte, bis er wieder zurückkam. Der leere Aufzug. Ich stieg ein. Ich drückte den Knopf mit dem »K« für Keller. Hoffentlich hatten die Leute der Kommissarin auch mit der Fluchtmöglichkeit durch den Keller gerechnet!

Vor dem Getränkeautomaten lag der zertrümmerte Stuhl. Dabei das abgestreifte Elektrokabel mit der Dreifachsteckdose. Wo war er? Wie kam man aus dem

Keller des Hotelturms? Wohl doch nur mit einem Generalschlüssel. Irgendwie musste die Hausverwaltung das Gebäude gegen unbekannte Eindringlinge schließlich abschotten. Ich sah einen Pfeil, der zu einem Gang zeigte, der zu dem Raum, in dem die Waschmaschinen standen, führte. Hier im Keller des Hotelturms war ein kleines Labyrinth. Ein Gang führte zu den Abfalltonnen. Einer zum Park hinaus.

»Vorsicht! Passen Sie auf!«, ermahnte mich laut ein Mann, der vom Park her gerade durch die Glastüre im Keller hereinkam. Es war einer von dem schwulen Pärchen mit den Hunden. Ich wusste nicht, was er meinte, aber ich sprang wie ein Känguru neben den Getränkeautomaten. Ein Stuhlbein zischte durch die Luft, das mich auf den Kopf treffen sollte. Bernd Bückling kam mit dem Stuhlbein in der Hand Schritt für Schritt drohend auf mich zu. Seine Augen waren schmale Schlitze. Mit zwei Händen hielt er das Stuhlbein, das er auf mich knallen wollte. Wo blieb die Kommissarin? Wo waren ihre Leute? Wie sollte ich mich gegen den aggressiven Kerl wehren? Ich griff in einen Bierkasten neben dem Getränkeautomaten, in dem leere Flaschen steckten. Commerzienrat Riegele, dessen Portrait auf der leeren Bierflasche prangte, flog als Abwehrwaffe durch die Luft auf Bernd Bückling zu. Und traf ihn. Zumindest sein Stuhlbein. Entweder war Bückling Baseballspieler, oder es war ein ganz seltener Zufall, jedenfalls traf er mit dem Stuhlbein die leere Flasche, die auf sein Gesicht zuflog. Die Flasche zerplatzte. Glassplitter flogen herum. Ich hielt meinen linken Arm schützend vor meine Augen.

»Mich hat's erwischt«, jaulte der Schwule, der mich gewarnt hatte. »Ich blute. Es hat mich tatsächlich im

Gesicht getroffen. Hilfe!«

Was sollte ich tun? Bückling lief zur Türe. Ich drehte mich zu ihm und nahm die Verfolgung auf. Er warf das Stuhlbein nach mir. Ich duckte mich. Der Schwule blutete aus der Naset. Das würde er überleben, dachte ich mir. Auch wenn er mir geholfen hatte, musste er auf meine Hilfe verzichten. Ich rannte zu der Glastüre, durch die Bückling eben verschwunden war. Dann rannte ich den geteerten Weg hoch. Wo war er? Die hereinbrechende Dämmerung machte es nicht leichter, einen flüchtenden Mann im Unterhemd zu suchen. Ich rannte über die Anfahrt zum Dorint-Hotel auf die Straße, blickte nach links und rechts.

Die Hupe eines Lastwagens brüllte vor mir auf. Günter stand mit seinem Container-Transporter direkt vor mir.

Nein, ich sage dieses Wort jetzt nicht!

»Spinnst du, KaKa, ich hätte dich beinahe überfahren«, schimpfte er zum offenen Fenster seiner Fahrerkabine heraus. »Mensch, ist dir deine Freundin abgehauen, haha.«

»Viel schlimmer, man hat mir mein Handy gestohlen«, versuchte ich die Lage mit Humor zu meistern. Er schwieg verdutzt. »Ist nicht zum Lachen. Da ist gerade ein Verbrecher davon. Hast du jemanden gesehen, der mit einem Feinrippunterhemd durch die Gegend rennt?«

»Mensch, klar, mir entgeht nichts, schau mal, da kommt er gerade!«

Aus dem Parkhaus neben dem Hotelturm kam blubbernd ein dreirädriges Motorrad angerollt. Der Fahrer trug einen Helm und ein weißes Feinrippunterhemd. Der sah nicht aus wie ein zukünftiger Oberbürgermeister, sondern wie ein Prolet, der sich noch ein paar Flaschen Bier und Knabberzeug zum Länderspiel auf die Schnelle an der Tanke besorgen wollte.

»Das ist er!« Ich rannte um das Führerhaus von Günter. »Du musst ihm folgen! Fahr los!«

»Mensch, hast du den Arsch offen? Erst muss ich noch den Abfall beim Hotelturm holen, dann muss ich zu unserem Konzert, du übrigens auch, was geht mich dieser Heini da an?«

»Der hat vielleicht die junge Frau ermordet, die sie heute beim Fünffingerlesturm gefunden haben. Im Hotelturm oben ist die Kommissarin, die ihn festgenommen hatte. Er hat eine Frau mit dem Messer bedroht. Er konnte aber leider fliehen, weil ...«

»Hör auf, Mensch, reicht schon, wir käschen uns den Typen, keine Sorge, den mach ich zum Pfannkuchen.«

»Bitte nicht, wir brauchen ihn lebend.«

Günter fuhr los. Der behelmte Fahrer sah sich um. Er wollte uns abschütteln und fuhr vor der Sporthalle einfach rechts über den Randstein und den Gehweg in die Wiese des Wittelsbacher Parks. Mit Günters Zähigkeit hatte er nicht gerechnet. Er lenkte seinen Transporter ebenfalls durch die Wiese. Durch Büsche und Bäume hindurch. Durch fluchende Fahrradfahrer, kreischende Mütter mit Kinderwägen und einen schwulen Mann, der einen großen und einen kleinen Hund an zwei Leinen hatte, dessen Freund sich gerade mit einem verletzten Gesicht im Hotelturm befand. Der kleine Hund trug ein nettes pinkfarbenes Schleifchen um den Hals. Weiß der Teufel, wie es geschah, aber eine der Ketten, die von Günters Wagen herunterbaumelte, mit der die Container hochgehoben wurden, erfasste das Schleifchen das weißen Pudels, der sofort mitgeschleift wurde. Sofort bremste Günter ab.

»Gottverdammtes Vieh!«

Günters Fahrzeug kam auf der Wiese ins Schleudern. Ausgerechnet jetzt, wo wir dicht hinter Bernd Bückling waren, der nur noch zum Biergarten des Parkrestaurants weiterfahren konnte, weil eine lange Menschenschlange, die zur Kongresshalle lief, den Weg auf die Straße versperrte. Umdrehen konnte der von uns Verfolgte auch nicht. Wir waren zu dicht hinter ihm. Die Schnauze von Günters Fahrzeug machte mächtig Eindruck auf ihn. Ein paar Laternen warfen in der Dämmerung ein schummriges Licht auf die Wege im Park. Vor uns ließen zwei Küchenhelfer einen Behälter fallen, als wir auf sie zukamen. Sie spritzten beiseite. Der kleine Hund, dessen Halsschleifchen gerissen war, sprang zu seinem Herrchen zurück, das ihn tröstete. Den großen Hund interessierte das nicht. Der schien ein Vegetarier zu sein. Oder war etwas Speck in dem Kartoffelsalat, den der große Hund futterte, der seine Leine hinter sich herschleifte. Der Kartoffelsalat, der aus dem Behälter kippte, den die Küchenhelfer im Stich gelassen hatten, brachte Günters Transporter endgültig zum Schleudern. Wir schlitterten auf den Teich neben dem bunt beleuchteten Biergarten zu. Entsetzte Menschen flohen von den Tischen. Biergläser fielen auf den Boden und zersplitterten. Kerzen purzelten in ihren Windgläsern um. Bänke und Tische fielen durcheinander. Die Bedienungen hasteten davon. Teller zerbrachen. Besteck klirrte am Boden. Chaos im Biergarten. Wir schrubbten ein hölzernes Ausschankhäuschen um, schoben es vor uns her und erwischten mit unserem Rückteil noch das dreirädrige Motorrad von Bernd Bückling, der es geschafft hatte, den Küchenhelfern auszuweichen und knapp vor dem Biergarten abzubremsen. Ich wurde in dem Führerhaus durcheinander geschüttelt. Günter versuchte das Lenkrad nicht loszulassen. Er fluchte wie der Teufel persönlich, dem man einen Sünder vom Spieß geklaut hatte. Wir rutschten in den See. Der Transporter sank in den Schlamm auf dem Grund des Sees ein. Günters Fahrzeug neigte sich auf meine Seite.

»Mensch, du solltest nicht so viel fressen«, knurrte mich Günter an. »Die ganze Scheiße hier habe ich dir zu verdanken. Das andere Arschloch schwimmt da drüben. Wenn deine Band mal einen Bassisten braucht, ich stehe nicht zur Verfügung.« Er grinste ziemlich schief und haute mir auf die linke Schulter. »Mensch, wie kommen wir hier raus. Wir haben doch noch einen Auftritt heute. Würde mich nicht wundern, wenn dann noch die Bühne unter dir zusammenkracht, an dir klebt doch das Pech zentnerweise.«

Ein echter Musiker, der Günter. Konnte passieren, was wollte, das nächste Konzert war das wichtigste Problem auf der Welt. Deswegen war ich so gern mit Musikern unterwegs. Solche Probleme waren zu regeln.

Bernd Bückling schwamm mit seinem Helm, der auf dem Wasser aussah wie ein schwimmender Ball, der von einem Kind hineingeworfen worden war, durch den See. Keiner beachtete ihn. Alle sahen zu uns. Sie wollten sehen, wie wir aus unserem Fahrzeug in den See steigen mussten. Der Wasserspiegel reichte bis an den unteren Rand unserer Fahrzeugtüren. Die Musiker, die in barocker Kleidung in dem Pavillon auf einer kleinen See-Insel musizierten, waren verstummt. Ein abwartendes Schweigen lag über uns. »Mensch, Mensch, Mensch«, murmelte Günter. »Mensch, was soll ich meinem Chef erzählen?«

»Sag ihm halt, du musstest unbedingt den Augsburger OB-Kandidaten Bernd Bückling verfolgen.«

»Damit mein Chef meint, es hat mir endgültig das Hirn von dem Giftmüll zerfressen. Der kündigt mir sofort. Haha! Da kennt der nix. Erst darf man sich für so einen aufarbeiten. Dann wird man entsorgt. Wenn er könnte.« Günter lachte kurz auf. »Ich habe ihm nämlich vorhin, bevor ich dich Pechvogel traf, per SMS gekündigt. Der soll seinen Dreck selbst transportieren. Ich habe einen neuen Job bei einer seriösen Firma.«

Das Wasser der hohen Fontäne des Springbrunnens im See klatschte auf unser Fahrerhaus. War nervig. Wir wurden von einigen Enten neugierig umkreist.

Mein Handy lachte mich aus. Ich dachte, vielleicht ruft jemand an, der uns retten will?

»Ich steh jetzt vor einer Pension, in einem Kaff namens Wolfsberg, irgendwo in den Bergen, soll ich mich da einquartieren, bist du kommst?«, gellte mir Manuelas Stimme im Ohr. Ich drückte sie sofort weg. Ich konnte sie jetzt nicht retten. Erst waren wir dran.

Neben Günters offenem Fenster tauchte der Container auf, der sich durch unseren Unfall von der Ladefläche befreit hatte. Er schaukelte sehr behäbig, wie eine Gondel in Venedig, über das Wasser. Sah aber nicht so elegant aus wie eine Gondel. Immerhin war er leer. Günter hatte ihn ausgeleert, nachdem er die Abfälle vom Vincentinum eingeladen hatte. Wie zur Aufforderung, doch einzusteigen, drehte sich der Container mit dem niederen Ende zu Günters Türe hin. »Mensch, das ist die Chance, nicht nass zu werden, komm!« Er öffnete die Türe und kletterte in den Container. Ich zwängte mich am Lenkrad vorbei und folgte ihm sofort. Vom Rande des

Teiches erklangen Beifall und Bravo-Rufe. Na ja, einige Pfiffe mischten sich auch darunter. Doch das herunterfallende Wasser der Fontäne, das teilweise auf uns und den Container prasselte, hielt uns auf einer Stelle fest. Wir bekamen nasse Schuhe.

»Hallo! Festhalten! Leine kommt!«

Die Stimme von Sara Insagg erkannte ich sofort. Sie warf uns keine Leine zu. Das war ein Elektrokabel, sie war heute unter die Elektriker gegangen, mit den bunten Leuchtbirnen, die sie uns zuwarf. Günter erwischte das Ende des Kabels, das wir bei unserer Kartoffelsalat-Katastrophe heruntergerissen hatten. Drei Frauen, Sara Insagg, ihre Mutter und Heddi zogen uns zuerst an den Rand des Teichufers. Dann beteiligten sich immer mehr Zuschauer mit Hauruck-Rufen an unserer Landungsaktion.

»Er ist uns entkommen«, gestand ich Sara Insagg. »Leider. Wir haben alles versucht.«

»Man sieht's«, lächelte sie verzeihend. »Kann passieren. Aber das macht nichts, wir wissen, wohin er geflohen ist.«

»Ehrlich? Wie das?«

»Wir haben seine Handy-Nummer. Meine Mutter hatte sie, man stelle sich das vor, ausgerechnet meine Mutter, die arme Entführte. Ha! Sie hat den Bückling in der Schönheitsklinik kennen gelernt. Unglaublich, oder? Zufälle gibt es. Ich kann's noch nicht fassen! Die bekommt noch ihr Fett ab, das sage ich Ihnen! Was ist mit Ihnen, Sie sind plötzlich so blass im Gesicht.«

»Mir wird rein zufällig übel.«

»Das macht man doch nicht, seine eigene Tochter derart in Angst und Schrecken zu versetzen, oder? Aha, meine

Kollegen haben ihn geortet. Wir haben da seit neuestem so eine wunderbare Verfolger-Software. Ich muss nur das Navi in meinem Auto einschalten.«

»Ich könnte die Nummer von Bückling wählen, wenn Sie die mir geben, dann können Sie mit ihm reden, ich habe nämlich seit kurzem wieder ein Handy durch Günter.« Mit einem Lachen quittierte das Handy meine Worte.

»Wieso drückst du mich einfach weg? Du bist mir vielleicht eine Hilfe. Wahrscheinlich verrätst du mich auch. Woher sollte mein Vater sonst wissen, wo ich bin? Sein neuer Freund, diese widerliche Transe, die hat bei mir hier in der Pension angerufen und wollte sich bei mir einschleimen, der machte mir ein ganz übles Angebot ...«

Dieses Mal konnte ich mein Handy auslachen. Der Akku war leer.

Die Kommissarin unterhielt sich mit Heddi und Anna. Schnell verschwand das Trio aus meinem Blickfeld, während ich überlegte, ob ich das Handy nicht besser in dem See vor mir versenken sollte. Aber wenn diese Manuela wirklich Hilfe brauchte? Ich würde schon mal Zeit haben, etwas ausführlicher mit ihr zu reden. Erst musste ich es wieder aufladen. Mal schauen, woher ich so ein Aufladegerät für diese Marke bekam. Günter unterhielt sich bestens mit dem Wirt des Parkhaus-Restaurants. Es ging um die günstige und schnelle Beseitigung von Abfällen. Günter knüpfte die ersten Kontakte für seine neue Firma. Schließlich wurde er wie ein Held gefeiert, als das schwule Pärchen schilderte, wie tierfreundlich sich Günter verhalten hatte. Sie zahlten ihm im Namen ihre Hunde sogar ein Weizen. Das zerrissene Halsschleifchen hefteten sie dem Günter als Aids-Schleife ans Revers.

Jetzt fiel mir auch wieder die Krautpunk-Band ein, bei der Günter früher mal mitgespielt hatte: Rosarot. Ihr Plakat zeigte zu dem Namen einen rosaroten Winkel, wie ihn die Nazis in den KZs den Homosexuellen aufgezwungen hatten. Günter war aber beileibe nicht schwul. Seine Freundin war schließlich die Drummerin bei den Hograiser.

20. Kapitel

Unbekanntes Wort kommt Kessler bekannt vor / Affe bekommt Zucker / Eine Tüte mit Fleisch wird sichergestellt / Helle hätte besser suchen sollen

Wir saßen zu viert im Auto der Kommissarin. Während mir Heddi und Anna schilderten, wie die Mutter der Kommissarin in den Kleiderschrank des Appartements 2344 gekommen war, stellte Sara Insagg den Navi zur Verfolgung von Bernd Bückling ein. Das Navi führte uns über die Friedberger Straße nach Hochzoll. Wir brausten zu viert die lange Friedberger Straße entlang.

»Sie werden nichts dagegen haben, ich muss in Hochzoll raus. Ich habe mit meinen Impotenz-Jungs jetzt dann ein Konzert«, erklärte ich der Kommissarin, als sie nach der Hochzoller Lechbrücke an der Ampel halten musste. Sie holte das Fax hervor, das Heddi - bei der Kommissarin hatte sie sich inzwischen als Heidrun Haug geoutet - dem Bückling abgenommen hatte.

»Können Sie das glauben«, sah sie mich an, »ein Augsburger OB-Kandidat finanziert seinen Wahlkampf mit Waffenschmuggel? Wenn das zutrifft, dann verliere ich den letzten Glauben an die Menschheit.«

»Er hat wahrscheinlich noch mehr auf dem Kerbholz«, versuchte ich den Gurt ein wenig zu lockern, der mich einschnürte. »Dieses unbekannte Wort, das er gebrauchte, um sein Opfer zu beschimpfen, das habe ich auch von dem Typen gehört, der mich im Wohnwagen mit seinen Kannibalenkollegen vernaschen wollte, im wahrsten Sinne des Wortes. Das kann doch kein Zu ..., äh, ich denke, das ist doch ein starker Hinweis auf einen Zusammenhang. Von dem hat Bückling seine perverse Bein- und Feinkost.«

»Jetzt blasen Sie aber ein wenig viel Zucker in den Affen«, meinte die Kommissarin, die darauf wartete, dass die Ampel auf grün umschaltete. Als die Ampel freie Fahrt signalisierte, bog sie rechts, vor dem japanischen Restaurant, in die Oberländer Straße ein, die links vom Lech, unter den Eisenbahnschienen nach München hindurch, zum Kuhsee hochführte. »Für jedes Verbrechen werden wir den Bückling nicht haftbar machen können. Meine Leute haben die Tüte mit dem Fleisch im Kühlschrank von Frau Haug sichergestellt. Es war nicht gleich zu erkennen, ob es sich um Menschenfleisch handelt.«

»Wo waren Ihre Leute, als ich mit Bückling kämpfen musste«, fragte ich wie nebenbei. Als wollte ich wissen, wie das Wetter morgen wird. Mein Ton, der ein bisschen anklagend war, veranlasste sie zu antworten: »Die warteten leider an der Rezeption im Erdgeschoss des Hotelturms. Ein Fehler meinerseits. Das habe ich denen so mitgeteilt. Ich wusste nicht, dass der Hotelturm einen privat zugänglichen Keller hat.«

»Sie wissen aber seit einigen Minuten, dass ich später ein Konzert habe, und dass Sie mich bald rauslassen müssen.«

»Wo genau ist denn Ihr Konzert?«

»Im Lehmbau. Ein Punk-Festival.«

»Ach ja, mit diesen arroganten Impotenz-Burschen, die mich in dieser Kneipe an der Adenauer-Allee auflaufen ließen. Ich kann Sie jetzt nicht einfach rauslassen. Wir dürfen keine Sekunde verlieren, das verstehen Sie doch, oder?«

Klar verstand ich. Außerdem erklärte uns Anna Insagg

gerade, warum sie so sauer auf ihren Verlobten Helle war, der vor ihren Augen eine junge Inderin am Kuhsee geküsst hatte. Wie sie sich mit einer Nachricht zur Entführten erklärte, damit Helle beweisen konnte, ob er sie noch liebte. Wie sie sich in der Schönheitsklinik Aphrodite einquartiert hatte. Unter falschem Namen. Wie sie dort Heddi und Bruni kennen gelernt hatte. Wie sie auch Bernd Bückling kennen gelernt hatte, der sich dort für den Wahlkampf verschönern ließ. Er war auch unter einem falschen Namen behandelt worden. Neben der Schönheitsklinik befand sich eine unscheinbare Pension, in der die anonymen Patienten, die nach der Operation noch einige Tage Nachbehandlung benötigten, untergebracht wurden. Vom Keller der Schönheitsklinik aus gelangte man, durch einen Gang, der als Heizungsraum getarnt war, in die Pension hinüber. Wie ein Lauffeuer, so Anna Insagg, hatte sich das Gerücht herumgesprochen, dass der OB-Kandidat der WLA-Liste die Dienste der Aphrodite-Chirurgen in Anspruch nahm. Die Sekretärin am Empfang erzählte Anna Insagg empört, dass sie der OB-Kandidat, der als Franz Krabbe angemeldet war, sich erkundig habe, ob sie auch Abtreibungen vornehmen würden. Er kenne da ein junges Mädchen, dem er gerne helfen würde. Er würde jeden Preis bezahlen. Anna Insagg konnte sich nicht zurückhalten, so erzählte sie, als sie dem OB-Kandidaten in der Pension beim Frühstück begegnete, da machte sie ihm wegen den Abtreibungswünschen grobe Vorhaltungen.

»Er bedrohte mich! Ich musste weg. Die liebe Heddi hat sich meiner angenommen. Sie hat mich in ihrem Appartement wohnen lassen. Leider hatte ich vergessen, dass sie heute das Appartement selbst brauchte. Ich dachte, erst morgen. Ich wäre sonst ja im Park spazieren gegangen. War ja wunderbares Sommerwetter heute. Herrlich, diese Sonne. Als Heddi mit ihrem Besuch kam, bin ich schnell in den Schrank.«

»Was hätten Sie gemacht, wenn Ihnen zufällig Helle begegnet wäre?«, fragte ich Anna Insagg. »Es gibt ja manchmal Zufälle, man glaubt es kaum.«

»Ach, Sie haben Recht. Es gibt völlig verrückte Zufälle. Also, ich hätte mich richtig gefreut, wenn mir mein Hellileinchen im Wittelsbacher Park begegnet wäre. Ich habe das Versteckspiel schon lange satt. Er hätte mich besser suchen sollen.«

»Ich kann es Ihnen verraten, liebe Anna Insagg, mein Freund Helle, Ihr Verlobter, ist sehr, sehr traurig, seit Sie verschwunden sind. Ihm schmeckt kein Essen und kein Bier mehr.«

»Wenn das so ist, dann muss ich ihn bald sehen. Hat er noch diese junge Inderin?«

»Die hatte er noch nie. Das war doch nur ein Filmkuss.«

»Das weiß ich schon, ich bin ja nicht von Gestern, aber der Kuss sah so echt aus, dann ist er noch mit ihr weggefahren. Seit er bei diesem Film mitmachte, kümmerte er sich nicht mehr richtig um mich. Das habe ich nicht vertragen. Ich musste was tun.«

»Ja, Mama, kaum wirst du von deinem Hellileinchen mal nicht verführt, dann musst du dich entführen. Womit habe ich diese Mutter verdient?«

Der Navi zeigte an, dass der Verfolgte sich dem Kuhsee näherte. Als wir zum Parkplatz am Kuhsee kamen, sahen wir gleich am Anfang das Dreirad-Motorrad, ein Chopper-Trike, mit niedrigen Pedalen für klein gebaute

Fahrer, von Bernd Bückling stehen. Lustigerweise neben einem Wahlplakat, das den freundlich strahlenden OB-Kandidaten der WLA mit dem Spruch »Neuer Schwung für Augsburg«, zeigte. Eitel war er auf jeden Fall. Soll bei kleinen Männern öfters vorkommen. Ich verabschiedete mich von den drei Frauen.

Die Kommissarin rief dann ihre Kollegen zur Unterstützung für die Fahndung an. Anna Insagg und Heddi gingen zur Terrasse des Kuhsee-Restaurants.

Als ich beim Lehmbau, dem Hochzoller Jugendzentrum, auftauchte, war da verdächtig wenig los. Ein Zettel über dem Punkfestival-Plakat informierte mich, warum es hier so ruhig war: »Wegen der großen Nachfrage haben wir das heutige Punkfestival an den Kuhsee verlegt!!!«

Zettel mit Pfeilen an Bäumen und Masten zeigten mir den Weg zum östlichen Teil, zum Ende des Kuhsees, wo das Open Air steigen sollte. Ich gelangte verschwitzt im Dauerlauf dorthin. Eine Band, Jailbreak aus Dinkelscherben, hatte gerade aufgehört. Die Römer schleppten einen Kasten Bier neben die Bühne. Das war das deutliche Signal, dass die als nächstes drankamen.

»Hey, KaKa! Deine Jungs suchen dich schon verzweifelt«, kam der General, der Organisator, in seiner schwarzen Lederjacke in knallengen Jeans auf mich zu. »Wieso gehst du nicht an dein Handy?«

»Weil ich es nicht mehr habe. Wo sind die Jungs?«

»Da hinten, in der blauen Bauhütte, ich glaube sie gehen gerade die Set-Liste durch.« Dann neigte er sich vertraulich näher. »Heute sind merkwürdig viele Bullen am Kuhsee. Kaum machen wir mal ein bisschen Musik, dann schicken sie gleich die geballte Staatsmacht los.«

»Die sind nicht wegen deinem Punk-Festival hier«, erklärte ich ihm. »Die suchen jemanden. Aber keine Musiker, das weiß ich aus erster Hand.«

»Prima. Wenn alles klappt, seid ihr um zweiundzwanzig Uhr dreißig dran.«

Selten wurde ich so stürmisch begrüßt wie in der blauen Bauhütte. Man reichte mir eine Flache aus dem Kasten. Wir stießen an. Dann probten wir akustisch die Nummern durch. Als ich die nächste Flasche Bier aus dem Kasten fischte, klopften die Jungs spontan ein Riff herunter und ich sang einen Text dazu, der mir in den Ohren hängen geblieben war:

»Lieber mit Ficken
Geld verdienen
als mit Bomben und mit Minen ...«,
sang ich auf das punkigrockige Riff.
»... schmierte einst der alte Goethe
an ne Berliner Scheißhausmauer:
Nutten an die Macht!
An die Macht!«

Als wir dann diese Nummer mit dem Titel »Nutten an die Macht« dann später live von der Bühne donnerten, tobte das Volk. Besonders, als wir den Leuten erklärten, dass wir den Song gerade eben hinter der Bühne fabriziert hätten, dass es ein Song gegen Waffenhändler und solche Typen ist. Als Zugabe brachten wir »Arme Hunde, »Zungenkuss«, »Innendrin« und »Liebe macht Blöd«.

»Schön, dass Sie mir ein Lied gewidmet haben«, kam nach dem Konzert Sara Insagg zu mir. Ihre Extensions fehlten. War auch besser so, dachte ich. Auf ihren kupferroten Haaren trug sie eine flache Mütze, die sie noch viel frecher ausschauen ließ.

»Du, ich habe unseren Schlafsack dabei«, kam meine Schuldirektorin Lucia angeschwirrt. »Heute holen wir das nach, was neulich hier nicht geklappt hat.« Sie nahm mich in Beschlag. »Es wird dieses Mal schon keine so große Explosion geben, außerhalb unsres Schlafsacks«, kicherte sie mich angesäuselt an.

Moment mal, dachte ich, ihr Gesicht schaut ja wie neu aus. Und überhaupt, warum sagt sie keinen Ton wegen ihrer Verbrennung.

»Das sieht ja super aus«, befühlte ich mit meiner Fingerspitze ihr Gesicht an der Stelle, die ich als schlimme Brandwunde in Erinnerung hatte.

»Du hast ja zur Heilung nicht gerade viel beigetragen, leider, obwohl ich wegen dir in dieses Schlammassel geraten bin«, klang sie auf einmal wesentlich nüchterner und geradezu bissig. »Immerhin hast du mich in die Klinik gebracht, aber ...«, schaute sie mich strafenden Augen an, »... du bist aus der Klinik verschwunden, ohne nach mir zu schauen! Mein Gesicht ist dir ja anscheinend völlig schnuppe ...«

»... Mir geht's ja vor allem um deine inneren Werte«, machte ich einen müden Scherz, »aber ich freu mich ganz ehrlich, dass du wieder so blendend ausschaust wie früher. Wie haben sie das denn hin bekommen?«

»Unkraut vergeht nicht! Ich hatte ein Schweineglück. Sie mussten nicht einmal meine Haut vom Arsch ins Gesicht transplantieren, weil nämlich die Verbrennung Gott sei Dank nur eine Verbrennung 1. Grades war.«

»Bin ich froh. Mann, hab ich ein schlechtes Gewissen gehabt, das kann ich dir sagen, aber ich konnte nicht anders, ich würde dich doch niemals freiwillig im Stich lassen. Lucia, das musst du mir glauben«, versuchte ich Mitleid zu erregen,

»Das kannst du mir ja im Schlafsack ausführlicher erzählen«, entspannten sich ihre vorwurfsvollen Lippen im tadellos reparierten Gesicht.

»Darf ich dir was Intimes verraten?«

»Gerne.«

»Ich liebe es immer, deinen Arsch zu küssen, egal, wo er ist.«

Sie lachte ein mädchenhaftes Lachen. Und überhaupt, seriös sah sie heute auch nicht aus. Ihre Frisur war zerschnippelt punkig. Als hätte sie im Drogenwahn durch ihre Haare gesäbelt. Ihre alte Lederjacke, mit der sie früher bei unseren Konzerten im Subway und Metro war, stand ihr bestens.

Trotzdem beneidete ich den blonden Günter, der noch seinen Bass umhängen hatte. An ihn drängte sich Heddi. Bis er von seiner Drummerin weggezogen wurde. Heddi sah wunderbar aus. Ihre Perücke aus indischen Haaren saß wie echtes Haar. Die Frau hatte Nehmerqualitäten. Best Agerin halt. Ihre Freundin Bruni war auch da. Sie unterhielt sich mit der Sängerin Isabell Münsch. Nach ihrem Konzert sind sie hierher gefahren. Isabells Freund spielte nämlich bei den Wreckers, die vor uns dran waren, die Gitarre.

»Habt ihr ihn erwischt?«, wollte ich von Sara Insagg wissen.

»Das nicht, er ist spurlos verschwunden. Ich weiß auch wie. Ich habe vorhin bei der Wasserwacht von Ihrer angebeteten Ursula erfahren, dass Bernd Bückling früher Rettungstaucher war. Manchmal kommt er noch ehrenamtlich zur Badewache an den Kuhsee. Sie zeigte mir den leeren Schrank, in dem sich normalerweise die Ausrüstung des Rettungstauchers befindet. Und was habe ich gefunden?«

»Ein blutiges Brotmesser?«

»Nein, wieso? Einen Ausweis habe ich gefunden. Mit einem Foto von Bernd Bückling. Aber der Name lautete nicht auf Bernd Bückling.«

Vom Wasser her kam ein beleuchtetes Floß. Es hatte an jedem Eck eine Fackel. Indische Musik erklang vom Floß. Der Duft von Räucherstäbchen wehte durch die milde Abendluft.

»Vorsicht, die Invasion der Hippies«, grinste der General. Nachdem er mir das Synergie-Konzept von »Augsburg Calling« wie er es nannte, das Zusammenspiel der Fußballfans vom FCA, deren Gegnern und den Rockmusikern aus Augsburg und der Gegnerstadt erklärte hatte, kletterten wir mit den anderen Musikern auf das Floß. Er hatte sich ein indisches Catering ausgedacht.

Wer spricht hier von Zufall? Ist doch keiner, wenn nebenan gleich am Ufer ein indisches Restaurant namens Shanti ist.

»Wenn ihr den Schlafsack nicht braucht«, schob sich Helle zwischen mich, Lucia und Sara Insagg, dann nehmen wir ihn gerne. Anna will heute mit mir im Freien übernachten. Sie braucht viel Luft. Im Schrank konnte sie nur wenig kriegen, man ließ sie ja nicht raus«, schaute er mich anklagend an.

Er schnappte sich den Schlafsack. Anna zerrte ihn am Schlafsack fort. Die indischen Schauspieler und ihr Produzent ruderten mit ihnen auf den See hinaus. Am Bug flackerten Kerzen in aufgesteckten Laternen. Die Königlich Bayerischen Lechgstanzler sangen »La Paloma« auf

Augschburgerisch. Horror pur.

Lucia suchte mit ihren Fingern meine. »Ich habe dich sehr vermisst, ich habe mir richtig Sorgen um dich gemacht. Wo warst du? Ich habe dich nicht auf deinem Handy erreicht.«

Sie wurde ausgelacht. Mein Handy meldete sich. Komisch. Manche Akkus luden sich nach einer Weile durch Wärme wieder auf.

»Ich habe mir einfach ein Taxi gerufen, ich hielt es hier in Wolfsberg, am Arsch der Welt ist das, in dieser stinkigen Pension nicht aus. Ich brauche dich. Ich komme zu dir, wo bist du? Die verkommene Transe von meinem Vater hat mir erklärt, dass er mir das Geld von dem Maruschke, das der von meinem Konto gezockt hat, geben würde, wenn ich ihm dafür das Zimmer neben seiner Wohnung überließe, das zu meiner Wohnung gehört. Das schlägt doch dem Fass den Boden aus. Hörst du mir überhaupt zu?«

»Natürlich, natürlich. Aber ich muss mich gerade um Lucia kümmern ...«

»Wer ist Lucia? Bist du noch bei Sinnen? Du musst dich endlich um mich kümmern. Um mich! Um deine Manuela! Du bist doch Theo? Deine Stimme klingt ganz anders. Hast du das Handy geklaut? Wer ist da dran? Wer bist du?«

»Mein Name ist Klaus Kessler. Ich habe dieses Handy von Günter geschenkt bekommen ...«, versuchte ich es mit einer Lebensweisheit meiner Oma, die lautete: Die beste Ausrede ist die Wahrheit.

Entweder hat diese Manuela aufgelegt, oder ihr Akku konnte nicht mehr. Wo war Lucia? Was hatte sie mit dem General zu reden?

Es wurde eine gigantische Party auf dem Floß. Die Schwestern Kareena und Kalima hatten ein wunderbares Büfett aufgebaut. Ihre Halbschwester aus dem Aphrodite-Café war auch da. Sie hatten sich mit ihr geeinigt, hörte ich. Sie bekam einen Teil des väterlichen Erbes. Vielleicht war es auch anders gewesen, was man halt noch so versteht mit 2,8 Promille oder mehr im Blut. Sàra Insagg und Lucia haben sich glänzend unterhalten, glaube ich. Was ich mit Misstrauen beobachtete. Sie waren noch mehr besoffen als ich, das war klar. Ich betätigte mich sinnvoll, um meinen Alkoholpegel zu senken und ging zum aufgebauten Büfett. Mit einigem Happen auf dem Teller wollte ich mich daneben setzten.

Ich rutschte aus.

Ohne große Geräusche glitt ich ins Wasser. Fast wie eine Robbe, so gekonnt. Das machte mich halbwegs nüchtern. Das Wasser im Kuhsee war angenehm warm. Keiner achtete auf mich. Ich schwamm, halbwegs nüchtern geworden, an Land. Als ich an die blutige Kettensäge dachte, mit der die Kannibalen im Wohnwagen den Badegästen die Arme und Beine abgeschnitten haben, schwamm ich wesentlich schneller Richtung Ufer. Das Handy lachte mich nicht mehr aus. Es war im Wasser verschwunden. Irgendjemanden würde dieser verfolgten Manuela schon helfen. Am besten, so dachte ich mir, wird es sein, wenn sie sich selbst hilft.

Epilog

Sonntagvormittag. Wieder ein schöner Sommertag, zumindest aus der Sicht der Meteorologen. Wahltag in Augsburg. Sechzig Stadträte und ein Oberbürgermeister mussten gewählt werden. Was brauchte eine kleine Großstadt wie Augsburg so viele Stadträte, von denen man fünfzig nicht kannte? Mitten auf dem Tisch in meinem Zimmer lag die Benachrichtigung, die mich zur Abgabe meiner Stimme berechtigte. Darunter lag noch ein Zettel. Es war die Nachricht, dass ich als Wahlhelfer akzeptiert sei. Ich müsste mich schon eine Stunde, bevor das Wahllokal in der Stadtwerkekantine öffnete, dorthin begeben.

Ein paar Minuten verharrte ich vor den Kästen der Augsburger Allgemeinen, neben dem Rathaus, in denen einige Seiten der Samstag/Sonntag-Ausgabe zu lesen war. Ich las den Bericht zu den Ermittlungen über die Kuhsee-Katastrophe. Sara Insagg wurde darin auch zitiert: »Wir verfolgen viele Spuren. Man kann sich vorstellen, dass bei einem Dutzend Ermordeten, unzählige Hinweise bei uns eingegangen sind, denen wir alle nachgehen müssen. Sollte das der Täter, oder sollten das die Täter gewollt haben, so ist ihnen das leider gelungen. Wobei es aber eine ungemein zynische und unmenschliche Handlungsweise ist, möglichst viele Menschen zu töten, damit die wahre Spur zum Mörder verborgen bleiben kann.«

Alles klar Frau Kommissar, ging mit der gute Falco durch den Kopf, als ich weiterging. Aber mit keinem Wort hatte sie ein Motiv für die Tat erwähnt. Auch keinen OB-Kandidaten, der einen Konkurrenten in die Luft gehen ließ. Wenn Bernd Bückling der Täter war, der Mann, der das Floß in die Luft jagte, wie es durch das Fax, das Heddi bei ihm gefunden hatte, ja ausschaute, warum hat sie es nicht erwähnt? Konnte es auch um Geld gegangen sein? Bückling brauchte sicher einige Kohle für seinen teuren Wahlkampf mit Augsburgs teuerster Werbeagentur. Das Stichwort Geld aktivierte mein GZB, Abkürzung für Graues Zellen Büro. Das GZB lenkte mein Interesse schnell auf meinen Geldbeutel. Ein Blick hinein ließ mich sofort am Rathausplatz, den ich überquerte, zu einer Bank mit einem Geldautomaten hintigern. Ich schob meine Kreditkarte mit zitternden Fingern, lag vielleicht auch an dem Kater vom Punk-Festival, in die Kiste. Mein Geldbeutel war leerer als die Sahara. Wie sollte ich diesen Wahlsonntag überleben?

Zufall?

Eine Gestalt trat an den Geldautomaten neben mir. Eine rothaarige Frau, deren kurze Haare mich an eine erwachsene Mischung aus Pumuckl und Pippi Langstrumpf erinnerten.

»Hallo, Herr Kessler, was machen Sie hier am Wahlsonntag in aller Frühe? Haben Sie sich verirrt? Wollten Sie in die Kirche? Nötig hätten Sie es bestimmt? Heben Sie etwas Geld ab, damit Sie was spenden können, damit der Himmel Ihnen gegenüber gnädiger eingestimmt ist? Ihre Punkgesänge sind ja eine Aneinanderreihung von übelsten Lästereien.«

Jeder und jede verträgt halt kein Punk-Festival. Sah sie deswegen ein wenig derangiert aus? Hatte Sie hinter mir her spioniert?

»Äh. Nein. Also.« Ich kam ins Stottern. »Verflixte Kacke. Jetzt habe ich meine Geheimnummer vergessen. Das ist mir noch nie passiert. Sie haben mich drausgebracht.

Ich habe gerade die Zeitung gelesen und mich gewundert, warum Sie Bückling nicht erwähnten. Warum diese vornehme Rücksichtnahme beim OB-Kandidaten der WLA? Gehören Sie da auch dazu?« Meine Worte wurden heftiger als geplant.

»Weil ich das am Freitag Nachmittag um vierzehn Uhr noch nicht wusste. Zu diesem Zeitpunkt habe ich das Interview zur Kuhsee-Katastrophe gegeben.«

»Ah ja, das kann ich nachvollziehen«, übernahm ich eine Politikerfloskel. Gleichzeitig ärgerte ich mich über meine Gedankenlosigkeit, das hätte ich als ehemaliger Pressesprecher der Augsburger Polizei doch wissen müssen, dass in die Samstagszeitung nur noch Meldungen reinkommen, die bis achtzehn Uhr rum von der Redaktion verarbeitet werden. »Übrigens mir fällt wegen Ihnen gerade ein, dass ich genau an dem Tag mit einer Bekannten am Kuhsee war, als das Floß explodierte ...«

»Diese Bekannte heißt nicht zufällig Lucia Eberle und wollte mit Ihnen den Schlafsack teilen?«

»Wow! Das ist knallharte Recherche. Wo haben Sie das her?«

»Ach, wissen Sie, allerliebster Klaus Kessler, Herr Oberermittler, während Sie versuchen, bei möglichst vielen Frauen mit Anbaggerungszufallsergebnissen fündig zu werden, gehe ich konsequent meiner Arbeit nach, für die ich bezahlt werde.«

»Das muss nicht falsch sein.«

»Jawoll richtig! kann ich da nur sagen. Sie haben mir verschwiegen, und das finde ich nicht fair, dass Sie am Tag der Kuhsee-Katastrophe mit Lucia Eberle am Kuhsee waren und dort Pläne für eine Schul-Bibliothek schmiedeten. Ich kann Sie dafür nicht verhaften, aber ich sage Ihnen hier in aller Deutlichkeit, dass ich Sie ...«

»Moment, ich wollte die Frau nicht in Schwierigkeiten bringen, das müssen Sie doch verstehen. Wenn man an der Schule erfahren hätte, dass die Direktorin sich im mit dem neuen Hausmeister im Schlafsack herumtreibt, das könnte Probleme machen.«

»Mag schon sein. Trotzdem sollten Sie Ihr Wissen nicht unter dem Schemel lassen, wenn ich das alte Sprichwort mal so umwandeln darf. Wir arbeiten doch meistens gut zusammen. Ich kann nichts dafür, dass Ihre ehemalige Gattin auch eine Kriminalkommissarin ist. Das scheint Sie mir gegenüber zu traumatisieren, habe ich den Verdacht. Ich vergesse auch nicht, dass Sie mir im Hotelturm helfen wollten, den Bückling dingfest zu machen. Das ist ein Pluspunkt für Sie.«

»Danke. Ein Fleißbildchen zum Anhauchen wäre mir lieber.«

»Sie Kindskopf. Sie sind und bleiben einer von denen, die nicht alt werden wollen. Wenn ich schon Ihre Schuhe sehe ...«

»Das sind aber ganz billige Nonames«, entschlüpfte es mir entschuldigend, als ich auf meine zerrissenen Stoffgummiturnschuhe für Neunneunzig aus dem Schnäppchenmarkt hinunterblickte, die die Aufschrift Made in Taiwan trugen. Jedenfalls nicht aus Pakistan waren.

»Vergessen wir mal schnell Ihr pubertäres und sexistisches Impotenz-Gesinge, kommen wir zum Kern der Sache ...«

»Und der ist?« Lieber hätte ich mit ihr über meine Songtexte diskutiert. Sie hatte da einiges nicht kapiert. Hatten wir mit »Kinder-Krieger« nicht einen reinrassigen Antikriegssong im Programm? Hatte ihr Innendrin nicht gefallen, weil wir uns über die Mädels lustig machten, die über ihre schönen Rivalinnen lästerten und daher ihre inneren Werte anpriesen?

»Der geschiedene Mann von Lucia Eberle wurde auch von der Explosion auf dem Kuhsee getötet. Er war mit auf dem Partyfloß. Als Stammkunde dieses stinkeleganten Modeladens, der die Einweihungsparty feierte. Ich will jetzt nicht rassistisch werden, aber der Mann von Lucia Eberle war Ausländer. Haben Sie das gewusst?«

»Nein. Nach solchen Dingen frage ich nicht bei Frauen.«

»Ah, hier spricht der Kavalier der alten Schule, oder? Hätten Sie aber tun sollen. Dann hätte ich das früher gewusst, weil Sie es mir sicher erzählt hätten.«

»Ganz sicher.«

»Sei es, wie es sei, der tote Mann von Lucia Eberle hat den äußerst eingängigen Namen Dindi Windi und ist Pakistani. Sagt Ihnen das was?«

»Irgendwie schon. Den Namen habe ich schon mal gehört.«

»Den kann man nicht vergessen, oder? Der steht auf dem Fax, das Heidrun Haug dem Bernd Bückling im Hotelturm abgenommen hat. Erinnern Sie sich nicht?«

»Muss ich mal mein GZB fragen?«

»Sie sprechen in Rätseln. Seien Sie mal nicht albern. Die Punkmusik tut Ihnen nicht gut. Die zerstört ihre grauen Zellen ungemein. Der unbekannte H.S., der das Fax in einem Hotel in Bombay an Bückling absandte und auch wollte, dass er es nach dem Empfang und Lesen sofort vernichtet, hatte Bückling damit aufgefordert, dass ein gewisser Dindi, der erpresserische Forderungen wegen den pakistanischen Geschäften stellte, unbedingt ausgeschaltet werden muss.«

»Verstehe. Sie tippen also auf Bückling als Täter?«

»Die Schlinge zieht sich zumindest immer mehr zu. Aber ich brauche ihn vor mir, um ihn vernehmen zu können. Es wäre ein geschickter Schachzug von Bückling gewesen. Damit hätte er sogar zwei Fliegen mit einer Explosion erledigt. Damit hat sich der Mann im Vorfeld schon als Politiker gezeigt, was ich von einem ehemaligen Apotheker nicht erwartet hätte. Ich werde ihn finden. Spätestens, wenn er sich am Montag nach der Wahl der Presse stellen muss, dann schnappe ich ihn mir, auch wenn es ein größerer Skandal wird.«

»Ich liebe Ihren schwarzen Humor und Ihre verdrehten Sprichwörter. Wer soll die zweite Fliege sein, die von Bückling erledigt wurde?«

»Sein Konkurrent von der CSU, der auch auf dem Floß war.«

»Logo. Wo habe ich nur meine Gedanken. Mir pressiert's. Ich wollte noch schnell etwas Geld hier abheben, dann muss ich sofort zu meinem Wahllokal in der Stadtwerkekantine. Dort bin ich als Wahlhelfer eingeteilt, müssen Sie wissen. Ich arbeite auch mal wieder für den Staat. Wenn mir nur meine Geheimzahl einfallen würde, verflixte Kacke.«

»Geben Sie mir mal Ihre Karte«, sagte sie. Das tat ich. Sie schob sie in die Kiste. »Ist doch kein Problem: Zwovierdreidrei! Wissen Sie nicht mehr?«

»Klaro, die Appartement-Nummer. Jetzt, wo Sie es sagen.«

»Nanu, sehen Sie mal, das Gerät meldet, die Nummer ist falsch. Wie kann das sein?«

»Sie haben sich vertippt. Lassen Sie mich mal!«, drängte ich mich zur Tastatur des Geldautomaten.

Wieder falsch. Ich fluchte innerlich.

»Das war gestern doch zu viel. Ich lasse das jetzt. Bei der dritten falschen Eingabe schluckt das Gerät meine Karte. Dann muss ich eben ohne Kohle meinen Einsatz als Wahlhelfer hinter mich bringen.«

Die Angelegenheit war für mich zu rätselhaft. Gut, das Konzert gestern ging bis vier Uhr in der Frühe. Und die paar Flaschen Bier, die nach unsrem gelungen Konzert durch meine Kehle liefen, das konnte doch mein Hirn nicht derart aufweichen haben, dass ich meine Geheimzahl nicht mehr richtig eintippen konnte. War aber so. Ich verstand die Welt und mich nicht mehr.

»Tut mir Leid«, sagte die Kommissarin. Dabei klopfte sie mir im Vorraum der Stadtparkasse mitfühlend auf die Schulter. »Soll ich Ihnen was leihen, damit Sie über das Wochenende kommen? Ich dachte, Sie tragen das Geld bündelweise in Ihrer Plastiktüte mit? Apropos Plastiktüte, das Fleisch von Bückling in der Plastiktüte war normales Schweinefleisch. So kann man sich täuschen. Das war nur ein Trick von ihm, die arme Frau zu demütigen.«

Ich hörte nicht richtig zu. Ich dachte mir nur: Woher weiß der Bückling aber, dass am Kuhsee Kannibalen ihr Unwesen trieben? Für mich war der Fall Bückling schon abgeschlossen. Anna war wieder bei Helle. Das war die Hauptsache. Kalima hatte die Kinokarte mit strahlenden Augen entgegengenommen. Und die Augsburger Kommunalpolitik musste auf einen Verbrecher verzichten.

»Ein Zehner würde schon reichen«, äußerte ich zerknirscht.

Zufall?

Schon eine Weile gab es das Gewinnspiel nicht mehr, bei dem man eine bestimmte Geldscheinnummer haben musste. Gewohnheitsmäßig machte ich es doch, obwohl ich vermutete, dass da geschummelt wurde. Der Veranstalter musste schließlich den Schein mit der Nummer aussetzen, damit er wusste, dass er im Umlauf war. Alles Schummelei. Nicht nur in der Politik. Ich blickte auf die Nummer des Zehneuroscheins. Die letzten vier Ziffern waren 2344.

»Ein Dreher«, sagte ich verblüfft zur Kommissarin. Das Lachen über meine Dummheit fiel mir nicht leicht. »Wir haben die Zahlen vertauscht. Wie kommen wir auf Zwovierdreidrei? »Zwodreiviervier! Das ist meine Geheimzahl! Mein Gott, vielleicht ist die Punkmusik doch etwas zu viel für mich.«

»Selbsterkenntnis ist der beste Weg zur Besserung. Aber Fehler haben auch was Gutes. Wer weiß, wenn Sie die Appartement-Nummer, die wir von Lauras Vater bekamen, nicht verdreht hätten, dann wären wir im Hotelturm nicht auf Bernd Bückling im Appartement von Heidrun Haug gestoßen. Wir suchen Bückling übrigens immer noch. Wir haben sogar alle Restaurants in der Umgebung abgeklappert, die koscheres Essen auf der Karte haben.«

»Wieso denn das? Koscheres Essen, ist das nicht was für Juden?«

»Schon. Wir haben vom Inhaber seiner Werbeagentur erfahren, dass sich Bückling bei Problemen gerne mit einem jüdischen Kabbala-Experten bespricht. Wie Madonna. Meistens bei einem koscheren Essen. Wussten Sie, dass man angeblich mit Kabbala den Zufall ausschließen kann? Ich kenne Kollegen, die versuchen sogar ihre schwierigen Fälle mit Kabbala zu lösen.«

Ich gab ihr den Zehner zurück: »Dann brauche ich ihn ja doch nicht.« Wieder zurück zum Geldautomaten. Wieder Karte rein. Wieder die Geheimzahl tippen, halt, nein, nicht wieder die falsche Zahl. Nicht die Appartement-Nummer von Heddi!

»Liebe macht blöd«, schaute mich die Kommissarin mysteriös lächelnd an. »Vor allem, wenn man hinter mehreren Frauen her ist, gell. Ich soll Ihnen nämlich schöne Grüße von einer Ursula und einer Lucia ausrichten, die Sie nach Ihrem Auftritt verzweifelt gesucht haben. Und was die mir alles erzählt haben ...«

Ich tat, als könne ich ihr gerade nicht zuhören. Woher kannte sie unseren Songtitel? Wie ein Habicht mit seinem Schnabel hackte ich mit meinem rechen Zeigefinger auf die Zahlentasten des Geldautomaten. Zwo! Drei! Vier! Vier!

»Heute ist leider keine Auszahlung mehr möglich«, konnte ich mit den schwarzen Buchstaben auf dem grau schimmernden Display des Geldautomaten lesen.

Ich schob meine Karte frustriert in die Brieftasche.

»Ich brauch ihn doch!« Erneut griff ich nach dem Zehner, den Sara Insagg immer noch in den Fingern hielt.

»Schöne Scheiße, wenn der Automat nichts ausspuckt«, sagte sie mitfühlend. »Sie haben doch jetzt einen festen Job als Hausmeister. Damit dürften sich Ihre Geldprobleme doch erledigt haben, oder?«

Dieses oder mit Fragezeichen am Ende ihrer Sätze war mindestens so nervig wie meine und mit Fragezeichen.

»Apropos Scheiße, Sie werden es nicht glauben, aber ich habe einen übereifrigen Kollegen, der sich bei der Fahndungsarbeit für nichts zu schade ist. Seit er diesen

Borat im Kino gesehen hat, der mit einer Gefriertüte, gefüllt mit seiner Scheiße, die Leute angemacht hat, hat er auch so Gefriertüten dabei.«

»Und?«

»Mein Kollege hat die Scheißereste, die er auf der Toilette im Appartement von Heidrun Haug von Bückling gefunden hat, zusammengekratzt. Die lässt er untersuchen. Wir sind gespannt, ob der Bückling menschliches Fleisch durch seinen Verdauungstrakt gedrückt hat. Sollte das der Fall sein, dann muss der Staatsanwalt erst noch herausbekommen, welches Delikt das wäre.«

Ich hörte fasziniert zu. Die Suche nach der Wahrheit hatte ich schon öfters als Griff ins Klo bezeichnet.

»Apropos drücken«, sagte ich. »Ich verdrücke mich jetzt zu meinem Wahlraum. Tschüss!«

Ich war der Letzte, der im Wahllokal eintrudelte. Diesmal ohne Arztkleidung. Klang irgendwie mickrig, als sie mich nicht als Herr Doktor Kessler begrüßten. Einige saßen schon auf ihren Plätzen und falteten die riesigen Wahllisten in handliche Formate. Eine Frau schenkte uns aus ihrer Thermoskanne Kaffee aus. Die Tassen holten wir uns aus dem Geschirrschrank der Kantine. Der Leiter unserer Gruppe beauftragte mich und einen Studenten, die Wahlurnen aus einem Nebenraum zu holen. Mit meiner Kaffeetasse in der linken Hand machte ich das. »Mensch«, würde der blonde Günter sagen, »Mensch, Wahlurne friss nicht so viel.« Außerdem hatte sie vor Aufregung gepinkelt. Oder wie kam das Wasser am Boden rings um die Wahlurne hierher? Das Teil war schwer. Das bemerkte ich, als wir sie in das Wahllokal tragen wollten. Sie sollte doch leer sein. Woher kam das mysteriöse Gewicht? Sie war doch nicht aus Metall, sondern nur aus Holz, mit Leinen überzogen. Die Wahlzettel kamen doch erst noch hinein. Durch den Schlitz am Deckel, den man abnehmen konnte. Ich schaute den Studenten an. Der zuckte unwissend die Schulter. Ich hob den Deckel der Wahlurne.

Bernd Bückling schaute mich an. Wenn man das von toten Augen sagen kann. Dass er so klein ist, dass er sogar in eine Wahlurne passte, hätte ich nicht vermutet.

Ich kippte sofort um.

Zufall?

Kalima, Kareena, Gundia, Helle und Anna blickten mich an. Sie drängten sich um mein Bett.

»Wo bin ich?«

Ich bemühte die klassische Frage nach dem Erwachen aus einem Zustand, von dem man in den ersten Sekunden des Aufwachens nicht weiß, wie man in ihn hineingeraten ist.

»Rate mal«, säuselte Helle. Bestimmt hatte ihm irgendein Weißkittel den Tipp gegeben, mich nicht zu laut anzusprechen.

»Im Krankenhaus. Aber wieso? Und warum und in welchem?«, versuchte ich einen munteren Eindruck zu machen.

»Kalima und Kareena gingen heute Vormittag zum Wählen ...«, begann Helle zu erklären.

»... wir sind seit fast einem Jahr deutsche Staatsbürger«, zeigte Kalima und auf sich und Kareena.

»... sehr löblich, ja, und da sahen die beiden dich, wie du ohnmächtig auf dem Boden lagst. Mit einer Schnittwunde im Gesicht. Der ganze Boden war mit Blut versaut. Du bist beim Umfallen, so sagte man, in deine Kaffeetasse gefallen, die zersplittert ist. Aber ich wäre auch umgekippt, wenn ich einen Toten, dazu einen OB-Kandidaten, in der Wahlurne gesehen hätte. So jedenfalls hat man es erzählt.«

»Ist korrekt«, fasste ich in mein Gesicht, wo sich langsam ein pulsierender Schmerz ausbreitete. »Das hat mich umgehauen. Weiß man schon, wer ihn da hineingesteckt hat?«

»Er wurde erschossen«, meldete sich Anna brav mit dem Zeigefinger wie in der Schule. »Meine Tochter hat es mir erzählt, unter dem Siegel des Schweigens. Mit einer kuriosen Waffe. Einer Unterwasser-Pistole, bei der die beweglichen Teile auf ein Minimum reduziert sind. Sogar auf den Repetiervorgang wird verzichtet. Diese Waffe verfügt über fünf Läufe. Um ein Eindringen von Wasser zu verhindern, sind die separaten Läufe vorne mit Plastikkappen wasserdicht verschlossen, das habe ich mir alles gemerkt.« Sie machte eine Erzählverschnaufpause. »Das wollte ich Ihnen exakt erzählen, weil Sie sicher danach fragen. Man hat den Bückling mit Taucheranzug in der Wahlurne gefunden. Die Läufe werden mit einer Batterie elektrisch gezündet. Die Reichweite dieser Pfeilgeschosse beträgt unter Wasser bis zu fünfzehn Meter, hat meine Tochter gesagt. Auf kurze Distanz soll damit sogar Stahlblech durchschlagen werden können.«

Helle lobte seine Anna für ihr tolles Gedächtnis.

»In sein Gesicht wurde nicht geschossen. Das hätte ich bemerkt. Aber stimmt, ich erinnere mich, Bücklings Gesicht war irgendwie dunkel umrandet. Das könnte ein Taucheranzug gewesen sein. Dann war er doch als Taucher im Kuhsee? Und wahrscheinlich hat er höchstpersönlich das Floß mit den Minen in die Luft gejagt? Motto: Was man selbst tut, hat man sicher getan. Jetzt musste man den Verbrecher nur noch finden. Verrückt wird es ja nur, wenn er die Wahl gewinnen sollte und er kommt nicht ins Rathaus, sondern ins Gefängnis, ähh, jetzt Friedhof.« Meine Stirn legte sich in Falten. Es tat gut, eine aufmerksame Zuhörerschaft zu haben, die meine objektive Ermittlerarbeit schätzte. Auch wenn es keine Punks waren. Kalima hing an meinen Lippen. Fast bei jedem Wort versuchte sie ihr Gesicht den Sinn sichtbar nachempfinden zu lassen. Diese Frau war ein lebendes Echo. Die Traumfrau für jeden Künstler, der Publikum braucht wie die Suppe das Salz. Ich lehnte mich zufrieden mit dem Rücken an die Rückwand des Bettes. Auf den Applaus verzichtete ich. »Weiß man schon, wer Bückling kalt gemacht hat?«

»Heddi hat's mir erzählt. Es war der Vater von Lore und Laura. Als er erfuhr, dass Lore einen Selbstmordversuch unternommen hat, hat er sie besucht. Dabei hat sie ihm gestanden, dass Bernd Bückling der Vater ihres Kindes sei. Der Vater von Lore und Laura war früher als Zeitsoldat Kampftaucher bei der Marine. Daher hat er wohl diese eigenartige Pistole. Meine Tochter erwähnte auch, dass Bückling wahrscheinlich im Wasser getötet wurde. Vielleicht sogar im Kuhsee beim Tauchen«, berichtete Anna.

»Ist halt nicht immer gut, wenn Politiker abtauchen wollen. Der Mann wusste nicht mehr, wie er aus der Klemme kommen konnte. Gut, dann ist das auch geklärt«, gab ich zufrieden von mir. »Mit dem Bückling habe ich null Mitgefühl. Diese Gesichtsverletzung habe ich mir ehrlich verdient, auch wenn mich der Bückling bei unserem Kampf im labyrinthischen Keller des Hotelturms - habe ich euch davon schon erzählt? - nicht getroffen hat«, wölbte ich stolz meine Brust. Zu gerne hätte ich gehört, dass sie mich auffordern würden, über das Duell mit Bückling zu berichten, was ich natürlich ein wenig ausgeschmückt hätte. Sie hätten gehört, wie ich Bückling mit einem Faustschlag von Heddi trennte, wie ich Bückling bereits am Boden hatte, wenn mich nicht ein großer blöder Hund von einem Schwulen Hotelturmbewohner angegriffen hätte. »Hoffentlich bleibt wenigstens eine kleine Narbe. Das sieht männlicher und gefährlicher aus. Aber in einer Schönheitsklinik machen sie das einem womöglich weg?« Ich grinste wie ein Honigkuchenpferd über meine positiven Gedanken. »Schöne Männer haben keine interessante Aura.«

»Na ja, du hast dir jedenfalls fast deine Nase fast weggesäbelt«, wurde Helle ernst. »Ich weiß nicht, ob eine Narbe quer über die Nase eine besondere Aura hat?«

»Wieso hat's nicht mein Ohr erwischt?«, versuchte ich weiter mit Humor die Situation in den Griff zu bekommen.

»Weil du mit der Nase voraus in die Tasse gedonnert bist, deswegen«, brummte Helle.

»Ich habe gleich Gundia angerufen und sie hat ihre Beziehungen spielen lassen«, freute sich Kalima nachträglich über ihre Idee.

»Dann bekomme ich jetzt sicher einen guten Espresso?«, richtete ich mich auf. Mit einer Hand tastete ich über den Verband, der über mein Gesicht lief.

»Aber sicher, der Herr Doktor Kessler, wie Sie wünschen. Auch wenn heute Sonntag ist, ist für Sie das Café in der Aphrodite Clinic offen.«

»Hier bin ich also gelandet, in der Schönheitsklinik. Ich will aber nicht schöner werden.«

»Wirst du auch nicht«, tröstete mich Helle. »Sie haben nur deine Nase angenäht, die hing aus dem Gesicht raus wie ein verbogener Kleiderhaken.«

»Eine kleine Narbe wird dir bleiben«, gab mir Anna Insagg die Hand. »Daran bin ich Dummerle schuld. Mit meiner Entführungsidee. Helle hat mir alles erzählt. Ich war noch nie in meinem Leben so eifersüchtig. Ich war bisher noch nie eifersüchtig gewesen, vielleicht hat's mich deswegen so gepackt, dass ich meine Entführung inszenierte?«

Ob er auch das mit Kareena erzählt hatte, mit der er nach Indien gehen wollte?

»Mein Hellilein ist manchmal so ein Dummkopf, er hat mir auch erzählt, dass er aus Enttäuschung über mein Verhalten mit Kareena nach Indien gehen wollte. Stimmt's Kareena?«

Die Inderin nickte fröhlich: »Dein Freund Helle ist ein raffinierter Mann. Ich musste ihm den Gefallen tun und mitspielen. Er dachte, wenn er dieses Gerücht herumerzählt, dann wird es auch bald Anna hören und sie wird aus ihrem Versteck kommen wie die Maus, wenn sie einen Käse riecht.«

»Mein Hellilein hat verrückte Ideen. Er ist mein Sonnenschein. Bin ich froh, dass ich dieses Gerücht nicht gehört habe, wer weiß, wie ich reagiert hätte?« Sie nahm Helles Gesicht zwischen ihre Hände. Ihr verzeihender Blick machte ihn glücklich. »Lieber Klaus, ich muss mich auch bei Ihnen vielmals entschuldigen. Wie kann ich das nur wieder gut machen?«

»Nie!«, grinste ich. »Sie könnten mal ein gutes Wort bei Ihrer Tochter für mich einlegen. Ich wollte schon ewig mit ihr mal Essen gehen, aber sie hat ja nie Zeit für mich.«

»Das mache ich, da können Sie Gift drauf nehmen. Wisst ihr was? Ich lade Sie, Sara, Helle und mich in das Kuhsee-Restaurant von Kareena, Kalima und Gundia ein.«

»Gundia macht doch hier in der Schönheitsklinik das Café«, korrigierte ich Annas Einladung ein wenig.

»Das Café hier mache ich ab nächsten Monat nur noch vormittags. Kareena und Kalima beteiligen mich an ihrem Restaurant.«

»Sie ist doch unsere Schwester«, legten Kalima und Kareena ihre Hände auf die Schulter von Gundia. »Wir wollen mit ihr zusammen arbeiten und leben und alles teilen. Auch das Erbe unseres Vaters Rami.«

»Ich denke, der heißt Dindi?«

»Wer hat das behauptet?«

»Gundia!«

»Ich wollte nicht, dass Klaus meinen echten Vater kennt. Auch weil ich mich für ihn schäme. Nach seiner indischen Frau heiratete er eine Deutsche. Die Mutter von Kareena und Kalima. Mit seiner Geliebten, auch eine Deutsche, zeugte er mich, das Kind der Schande. Natürlich heißt unser Vater Rami und nicht Dindi. Die neugierigen Augen von Klaus rieten mir zur Lüge. Ich habe ihm gleich angesehen, dass er allen Dingen auf den Grund geht. Keiner sollte den Namen meines Vaters kennen. Ich will diesen Vater nicht haben. Ich habe einfach den Namen von einem Gast genommen, der wirklich leicht zu merken war, für den ich eine Rechnung ausstellen musste, nachdem er sich in meinem Café mit Bückling unterhalten hatte.«

»Das freut mich«, freute ich mich wirklich. Irgendwie hätte mich das runtergezogen, wenn die Schwestern ihr

Geld von einem Waffenhändler geerbt hätten. Aber hatte ihr Vater wirklich im Lotto gewonnen? Oder hatte Gundia mich angeschwindelt? Alle Fragen müssen nicht gestellt werden, dachte ich mir. »Hoffentlich verderbe ich euch nicht die Stimmung, wenn ich jetzt ganz doof wissen will, wie meine Nasenreparatur finanziert wird? Diese Schönheitsklinik hat sicher gepfefferte Preise.«

»Du hast keine Kosten zu scheuen«, erklärte Gundia. »Du musst der Klinikleitung nur einen Gefallen tun. Ich habe das eingefädelt. Nachdem ich von deinem Freund gehört habe, dass du der beste Privatdetektiv von Augsburg bist, habe ich dich bei meinem Chef empfohlen.«

»Wurde eine Nase, ein Busen oder ein Ohr gestohlen, das ich wieder finden muss?«, büßte ich die witzig gemeinte Grimasse, die ich zog, mit einem stechenden Schmerz an der Naht meiner Gesichtshaut.

»Du liegst ziemlich nah an der Sache«, meinte Helle und schaute sich triumphierend um. »Habe ich es nicht gesagt, mein Freund bringt alles raus.«

»Seit einiger Zeit verschwinden in dieser Klinik ...«, Gundia schaute sich mit dem Finger auf den Lippen verschwörerisch um, »... bestimmte Körperteile, die normalerweise mit einem Spezialcontainer in der Verbrennung landen müssten, irgendwie anders. Das müssten Sie aufklären. Dann ist die Behandlung für Sie gratis.«

»Das ist ganz einfach ...«, startete ich meine Recherche, »... wir müssen nur diesen Albaner, der mit Ursula befreundet war, aufspüren. Sie wohnt übrigens nicht weit von hier, ein paar Meter Richtung Augsburg, auf der rechten Seite der Friedberger Straße, über Babsys Kneipe ...«

»Welche Ursula?«, blickte sich Helle um, ob vielleicht noch ein weibliches Wesen im Raum war, das so hieß.

»Sie wohnt nicht weit weg ...«, ich stoppte meinen Redefluss. Zu einfach durfte Detektivarbeit nicht klingen. Sonst würde mir die Klinik vielleicht nur einen Teil der Rechnung erlassen.

Mein Handy lachte unerschütterlich sein fröhliches Kinderlachen. Hab ich das nicht verloren? Anscheinend doch nicht. Egal. Was würde mir diese Manuela dieses Mal ins Hirn blasen?

»Das wirst du nicht glauben, da springst du im Viereck, der Maruschke lässt es voll krachen, ey, hör gut zu, du musst gleich zu mir kommen, der hat mich telefonisch aus der eigenen Wohnung rausgeworfen. Das musst du dir geben.«

»Momento, ich habe gerade Besuch ...«

»Du hast Besuch? Das hattest du doch noch nie. Mit dir stimmt doch was nicht? Da ist doch was oberfaul mit dir. Du willst mich wohl auch reinlegen? Du gehörst wohl auch zu der Verbrechersippe um meinen Vater?«

»Nein, nein, äh, wo wohnst du überhaupt?«

»In Hochzoll, Friedberger Straße, in dem Haus, wo Babsys Kneipe drin ist, drüber, das habe ich dir doch schon gesagt.«

»Das gibt es nicht. Über Babsys Kneipe?«

»Das gibt‘s schon! Warum soll ich da nicht wohnen? Im gleichen Stockwerk wie mein Vater. Hast du was dagegen? Du bist gegen alles, was ich tue. Mir reicht's!«

Sie unterbrach die Verbindung.

»Erlebt ihr auch so komische Zufälle wie ich?«, fragte ich verdutzt in die Runde. Dieses Handy hier in meiner Hand, das habe ich neulich geschenkt bekommen ...«

»Von dieser Ursula, war die jetzt dran?«, wurde nun Helle vom Detektivfieber befallen.

Ich erzählte ihnen die Geschichte von dem Handy und der dazugehörigen Manuela.

Als sie mich verließen, legte Kalima noch ein eingepacktes Geschenk auf das fahrbare Tischchen neben meinem Bett.

»In dem Buch ist ein besonders Lesezeichen. Ein Gast hat es in meinem Café liegen lassen. Ich wusste gleich, wer das war. Auch wenn er sich in der Aphrodite Clinic mit einem falschen Namen anreden ließ, einen falschen Bart hatte und eine Brille mit Fenstergläsern trug. Ich erkannte ihn doch als den Mann, der von den vielen Wahlplakaten herablächelt, die in ganz Augsburg herumstehen. Aber ich hielt meinen Mund. Betriebsgeheimnis. Seit ich hier arbeite, weiß ich, wie die Menschen sich verkleiden und verstellen, wie sie ausschauen wollen und wie sie tatsächlich ausschauen. Das Innere kommt immer durch. Es war der Besucher von Bückling, ein Mann, der Pandschabi sprach, also ein Pakistani, der den Prospekt zerrissen und in den Papierkorb meines Cafés geworfen hatte. Dessen Namen Dindi Windi ich auf die Rechnung schreiben musste. Ich hätte das nicht weiter beachtet.«

»Sag mal, für mich schauen die Pakistanis und die Inder alle gleich aus. Was ist denn eigentlich der Unterschied?«

»Pakistan hat in seiner Fahne einen Halbmond mit Stern. Das ist schon mal der wichtigste Unterschied. Das bedeutet, dass die meisten der rund Einhundertfünzigmilionen Pakistanis Muslime sind, die mehrheitlich wieder zu den Sunniten gehören. Wusstest du, dass Pakistan eine islamische Präsidialrepublik, also der größte islamische Staat auf der Welt ist?«

»Nein, habe ich nicht gewusst.«

»Kein Wunder, wenn sich die Pakistanis schwer tun mit den Wünschen der US-Regierung, deren Krieg gegen den Terror auf dem Rücken der Islamisten ausgetragen wird. Die pakistanische Menschenrechtskommission wirft der Regierung vor, die zivilen Opfer zu verheimlichen. Pakistan liegt wie ein Pufferstaat zwischen Indien und Afghanistan.«

»Von was leben denn die Pakistanis? Ich kenne nur einen, der von gegrillten Brathendl und Schweinshaxen lebt, dessen mobile Grillstation am Oberhauser Bahnhof steht. Ghul heißt er, und ich sage jetzt nicht, was das in den Gruselromanen für eine Bedeutung hat. Das müsste ausnahmsweise ein christlicher Pakistani sein.«

»Die Pakistanis exportieren hauptsächlich Textil. Da musst du nur in deine Schnäppchenmärkte schauen. Das sind die Jeans für Neunneunzig. Aber sie importieren mehr, als sie bezahlen können. Da ist das Geld der Amerikaner natürlich willkommen. Der Luxus der oberen Zehntausend will bezahlt sein. Und die oberen Zehntausend müssen so tun, als würden sie die islamischen Terroristen bekämpfen. Dabei können sie sehr wohl den einen oder anderen verschwinden lassen, der ihnen nicht passt.«

»Das nennt man auch Politik. Gehörte Pakistan nicht mal zu Indien?«

»Bis 1947 gehörte Pakistan zum ehemaligen britischen Indien. Nachdem sich 1971 Bangladesh von Pakistan trennte, blieb nur noch das ehemalige Westpakistan als eigener Staat übrig, so ist das. Und weißt du, dass Pakistan eine Abkürzung ist? Wie WLA die Abkürzung von *Wir lieben Augsburg*.«

»Nein, wusste ich nicht, klär mich bitte auf.«

»Das P steht für Pandschab, das A für Afghania oder Assam und das das K für Kaschmir ...«

»Und der Rest?«

»Der Rest wurde einfach angehängt. Wie bei Warziristian, Baltuschistan, Tadschikistan oder Afghanistan.

Gundia kannte sich aus. Wahrscheinlich las sie jeden Tag die Zeitung in ihrem Café. Von den Promifrauen, die hier ihr Geld rauswarfen, konnte sie diese Allgemeinbildung nicht haben. Die unterhielten sich doch nur über Mode und ihre Rivalinnen.

»Man weiß über diese Gegend viel zu wenig«, sagte ich. »Wenn wir schon dabei sind und ich meine Erdkundekenntnisse wieder auffrische, es gibt doch in Indien noch andere Religionen als Hindu?«

»Die Mehrheit der Inder, rund achtzig Prozent sind Hindus. Rund fünfzehn Prozent sind Muslime und wir haben auch noch Sikhs, Buddhisten, sogar Christen und Parsen.«

Was sind denn Parsen?, dachte ich mir. Aber mich interessierte etwas anderes mehr: »Wieso hast du den weggeschmissenen Prospekt beachtet?«

»Ich wühle normalerweise nicht im Müll. Aber der Prospekt war mit einer indischen Schrift verfasst. Ich habe scharfe Augen. Das konnte ich sehen, als ich den Papierkorb ausleerte. Ich kann diese Schrift lesen. Sie erinnerte mich an die Heimat. Die Zeichnungen sagen auch einiges. Ich gebe ihn lieber dir und du kannst ihn der Polizei geben. Das sieht nach Terrorismus aus, damit will ich nichts zu tun haben.«

»Wie geht's eigentlich eurem Vater?«, wollte ich wissen. »Unsere Feuerwehr hat ihn ja leider in alle Winde zerstreut. Das ist ein bisschen schief gelaufen.«

»Genau wie unser Vater auch im Leben war. Mal hier, mal dort.« Sie schlug die Augen nieder. Dann sah sie mich lächelnd an. »Wenn du diesen Prospekt nicht lesen kannst, dann übersetze ich es dir gerne«, sagte sie. Dann winkte sie mir schnell und ging als letzte aus dem Zimmer. Ich packte gleich das Buch aus. Zwischen Seite 118 und 119 lag der zerrissene Prospekt. An einem Stück. Fein säuberlich von Gundia mit Klebefilm restauriert. Er war wirklich in einer merkwürdig geringelten Schrift abgefasst. War das Sanskrit? Mehr wusste ich von indischen Schriften nicht.

Die Bilder in dem Prospekt zeigten einen flachen Gegenstand, eine Mine, die unter Wasser an eine Bootswand geheftet wurde. Ein stichhaltiger Beweis war das zwar nicht, dass Bernd Bückling die Kuhsee-Katastrophe mit den vielen Toten ausgelöst hatte, jedoch ein weiteres Indiz, das ihn als Täter einkesselte, brachte ich meinen Ermittlernamen ins Spiel. Aber was soll's. Bückling war endgültig aus dem Rennen. Es war auch kein Beweis für eine große Liebe, dass Kalima ihre Handynummer mit der Hand auf den Prospekt notiert hatte.

Aber es war doch ein weiteres Indiz, ein unübersehbarer Hinweis, dass ich vielleicht eines Tages mit ihr, Hand in Hand, eine echte Verbrennung am Ganges bestaunen würde.

Ich verrate nur die ersten beiden Buchstaben vom Titel des Buches über die Liebeskunst. Die gleichen, mit denen auch ihr Namen begann.

Zufall?

WEITERE AUGSBURG-KRIMIS VON PETER GARSKI

KLAUS KESSLER UND HELLE ERMITTELN

DER PERLACHMORD
Mord beim historischen Bürgerfest.

DER INTENDANT STIRBT DRAMATISCH
Mord im Theater.

DER PLÄRRER-KILLER
Mord in der Geisterbahn.

DAS FUGGEREI-PHANTOM
Mord in der Fuggerei.

PANIK IN DER PUPPENKISTE
Mord in der Augsburger Puppenkiste.

GEHEIMNIS IM GLASPALAST
Mord in der Künstler-Szene.